Scrittori italiani e stranieri

Benedetta Cibrario

Sono molte le cose umane

RACCONTI

MONDADORI

Della stessa autrice in edizione Mondadori

Il rumore del mondo
Per ogni parola perduta

mondadori.it

Sono molte le cose umane
di Benedetta Cibrario
Collezione Scrittori italiani e stranieri

ISBN 978-88-04-79183-6

I edizione agosto 2024

Sono molte le cose umane

Due capponi di prima classe

Londra, 24 settembre 1953
The Welbeck Hotel
Welbeck Street

Caro Chef,

non abbiamo ancora avuto occasione di incontrarci di persona, ma immagino lei sappia che sono la nuova Direttrice Aggiunta. Se mai dovesse chiedersi a cosa sono aggiunta, le chiarisco che la mia qualifica non è nebulosa come sembra. Dallo scorso lunedì sovrintendo alla sala ristorante e mi prendo cura dei clienti. Conosco la giovane proprietaria del Welbeck da quando era una mia allieva. Per la verità, di professione sono insegnante di lingua e letteratura inglese, ma il collegio dove insegnavo è stato chiuso nel dicembre del '39. Vorrei proporle – se questo non interferisce con l'organizzazione delle sue giornate – di prendere un tè la settimana prossima: verso le quattro?

Ho gustato il suo canard à la Rouennaise. È un piatto classico, ma non per il cuoco inesperto. Se non consideriamo la barbarie di un'uccisione per strangolamento, l'anatra resta una delle pietanze che preferisco.

La scelta di accompagnare il canard con una composta di limone è eccellente.

A giudicare dai piatti finora usciti dalla sua cucina, mi rallegro per le sorti del Welbeck. La concorrenza sta diventando spietata. E tuttavia, non è meraviglioso pensare che si ricomincia a vivere? Stiamo all'erta, naturalmente, ma senza allarmarci troppo. Le capacità dei singoli lasciano ben sperare per il rendimento della squadra.

Giovedì della settimana ventura potrebbe andarle bene?

Per il menu di mezzogiorno del prossimo sabato, vorrei chiederle di preparare la più minuta coscia d'agnello che si possa trovare a Smithfields, della miglior qualità.

Helen Bailey
Direttrice Aggiunta

Londra, 25 settembre 1953

Cara signorina Bailey,
giovedì prossimo mi troverò davanti al suo ufficio, alle quattro. Preferisco avvisarla in anticipo che ho un treno, alle cinque, che non posso permettermi di perdere.

Per "la più minuta coscia di agnello", farò del mio meglio. Riterrei opportuno accompagnarla con una salsa di ribes.

Rispettosamente,

Tomász Wozniak

Londra, 1° ottobre 1953
The Welbeck Hotel
Welbeck Street

Caro Chef,
prendo il suo treno-da-non-perdere come l'opportunità di andare immediatamente al punto che ci riguarda: parleremo delle nostre rispettive responsabilità qui al Welbeck. Una mezz'ora, minuto più, minuto meno, sarà sufficiente.

In vista di giovedì, mi sembra utile anticiparle qualche informazione: non potrebbe venire a sapere nulla di me chiedendo al personale. Come le ho scritto, sono un'insegnante. Mi trovo a occupare una posizione per me del tutto nuova grazie a un incontro fortuito con la signorina Mallard in Marylebone Street. Vorrei rassicurarla, come ho già rassicurato il maître: ogni mancanza di esperienza si colma da sé con il tempo. Ci vogliono senso di responsabilità e dedizione, due caratteristiche che credo di possedere. Ecco dunque qualche altro ragguaglio, riceverlo dalla diretta interessata mi pare efficace e sbrigativo.

Ho sottomano il menu per stasera, in cui colgo un suggerimento. Sarebbe troppo lungo raccontarle per esteso come sono arrivata a ricoprire l'incarico di Direttrice Aggiunta. Considerata la sua professione, sono sicura che le apparirà più interessante in forma di menu.

HORS D'ŒUVRE

Studi: universitari.
Letture preferite: romanzi.
Inclinazioni particolari: nessuna.

PLATS SUPERBES

Appena diplomata, vengo assunta come insegnante di lingua e letteratura inglese presso il collegio femminile di Drayton Halls. (Per quattro anni, ho avuto il privilegio di condividere le mie giornate con ragazze di cui ricordo ancora nomi e fisionomie.)

PLATS DU JOUR

La Germania invade la Polonia.
Drayton Halls chiude i battenti e licenzia il personale.
Entro nel corpo delle WAAF, le ausiliarie alle forze aeree, dove presto servizio dal 1942 al 1944.
Perdo i contatti con le mie studentesse.

(La lista dei piatti si fa piuttosto lunga, con più di una voce che non trova collocazione precisa. Seguono diverse pietanze indigeste, tutte indimenticabili. Tra i contorni e i condimenti c'è una varietà ragguardevole, direi quasi alfabetica – si comincia con la *a* di "arruolamento" e la *b* di "bombardamenti", ma le garantisco che per ogni lettera, fino alla *z*, ci sarebbe qualcosa da raccontare.)

Restando sul personale, qui di seguito le portate che mi sono state servite:

PLATS FROIDS

La casa in cui sono nata, dietro Brunswick Square,
viene bombardata.
Ci salviamo tutte – è un miracolo, non saprei come altro
definire la circostanza per cui, alle sei pomeridiane
dell'11 novembre 1940, mia sorella Rosie e mia madre Joan
si trattengono in casa di un'amica
mentre io sto rientrando da Peckham.
Bruciano però i miei Thackeray, i miei Dickens
e tutti i Trollope di Rosie.

ENTREMETS, SAVOURIES, FROMAGES

Tempo di pace.
Riapertura del Welbeck Hotel in Welbeck Street.
Incontro casualmente la signorina Mallard a Marylebone.
Mi invita a prendere una tazza di tè nella sala azzurra,
la mia preferita.

Segue uno scambio di lettere, a conclusione del quale accetto l'incarico di Direttrice Aggiunta che mi era stato generosamente offerto.

EXTRAS

Sono la ragione per cui mi trovo qui.

Come dice Diana Mallard, bisogna che ogni esperienza al Welbeck sia indimenticabile per i nostri clienti.

Helen Bailey

Londra, 2 ottobre 1953

Gentile Direttrice,
il mio menu è meno ricco.
Minestra, pietanza, contorno e frutta.
Se le interessa, ne parleremo a voce.
Ossequi,

Tomász Wozniak

Caro Chef,
è stato un piacere incontrarla giovedì.

Gli scones che ha avuto la gentilezza di farmi preparare per il tè erano perfetti. Burrosi al punto giusto, senza traccia di pesantezza. È un gran vantaggio che ai ristoranti sia stato risparmiato il razionamento. Nelle case private è ancora difficile procurarsi lo zucchero in quantità sufficiente.

Diana Mallard ha in programma di invitare un gruppo di amici. Dobbiamo sempre avere persone di rango tra i nostri clienti. Credo che ci sarà qualche membro del Gabinetto. Il padre di Diana aveva una vasta rete di conoscenze; non era un politico, beninteso, ma un uomo di relazioni, se capisce cosa intendo.

Mi permetto un suggerimento:

Sogliola di Dover alla Cleopatra
Sedano al burro
Charlotte di pere

Se le sembra che la mia scelta abbia un colore troppo uniforme, le propongo un ventaglio di possibili alternative. Immagino che per uno spirito creativo debba essere stato un vero patimento l'obbligo ministeriale di ridurre i menu a sole tre portate complessive. Ma le regole si stanno ormai allentando, ho letto che a febbraio dovrebbe cessare il razionamento dello zucchero e l'anno venturo, si spera, quello relativo alle carni rosse. Grazie al cielo, siamo un paese ricco di selvaggina. Nelle campagne ci si è nutriti decentemente. E non abbiamo mai avuto limitazioni sul pesce! Mi hanno detto che nelle zone costiere ci sono stati dei fortunati che hanno potuto nutrirsi a ostriche, dentici e branzini. Non so se sia accaduto davvero, ma certo siamo un'isola e non ci mancano né le scogliere né le acque cristalline. Ah, le aragoste scozzesi! E i grassi granchi di Cromer o della Cornovaglia!

La signorina Mallard mi ha incaricato di darmi da fare per scovare quello di cui lei ha bisogno; mi ha detto chiaramente che in cucina lei è un professionista, mentre io come Direttrice sono ancora agli inizi (non lo ha detto ma era implicito). Tuttavia, ha ammesso che potremmo essere complementari. È un po' azzardata come conclusione, ma la signorina Mallard è sempre stata una romantica, in particolare quando si tratta degli altri; la gente complementare non sa mai di esserlo e, quando qualcuno glielo fa notare, normalmente se ne adombra. Io dico solo che possiamo allearci per fronteggiare la straordinaria occasione che il tempo di pace ci offre: il razionamento sta per diventare un brutto ricordo (ah, l'orrore di tutti quegli anni con la tessera per il tè, senza limoni né arance, e i panetti di burro più introvabili delle sigarette americane), e la cucina è un'arte dalle mille sfaccettature; ed è anche nobile, a parer mio.

Che ne dice di:

Quaglie e fagiano in corona imperiale con salsa di menta
Piselli alla giardiniera
Budino di mele e noci

Raffinato non le pare? Sobrio. E tuttavia autarchico.

Se tra gli ospiti della signorina Mallard dovesse esservi qualche membro del governo, non potrebbe che rallegrarsi che al Welbeck sventoli, anche in cucina, l'Union Jack. Per un menu più leggero, ugualmente britannico nei suoi ingredienti, le propongo:

Selezione di ostriche
(Maldon, Colchester e Jersey)
Pesce San Pietro al vapore con pere al sidro
Gelatina di uva spina

Immagino che durante il giorno i tempi richiesti per la cucina non consentano di intrattenersi in conversazioni. Certamente è così per me. Diciamo che sto ancora cercando di prendere le misure a questo impiego che la signorina Mallard ha voluto così impetuosamente offrirmi. Le propongo dunque una comunicazione epistolare. Possiamo scrivere e leggere agevolmente, finito l'orario di lavoro, scambiare idee e suggerimenti che ci permettano di dare il meglio.

Non ha trovato curioso che abbiamo entrambi prestato servizio a sostegno della nostra aviazione, lei come meccanico e io al tracciamento radar? Entrambi a Weymouth, nell'Essex e in Cornovaglia, e ora entrambi al Welbeck – lei a governare la cucina, io la sala.

Helen Bailey

Cara Direttrice,

è gentile da parte sua sottolineare che in qualità di meccanico sono stato di sostegno alla nostra aviazione. Tuttavia, io speravo di volare.

Non sono riuscito a ottenere il brevetto di pilota perché la mia vista è imperfetta. Una spiacevole miopia mi ha impedito di prendere parte attiva alle operazioni belliche e mi ha obbligato a lavorare negli hangar. La meccanica, comunque, ha il suo fascino. Costringe a essere scrupolosi e veloci. Ci si sporca le mani di grasso, si lavora nella confusione, si controllano i più minuti dettagli. C'è qualcosa in comune con la cucina.

Tomász

Caro Tomász,

la mia squadra – eravamo otto ragazze – faceva turni massacranti. Dovevamo essere pignole e scrupolose come voi meccanici. Sapevamo che per i piloti era fondamentale. Tracciatori e radaristi hanno contribuito a salvare molte vite.

Anche lei dovrebbe essere molto fiero di aver fatto parte del personale di terra. Durante la battaglia d'Inghilterra, è stato il lavoro dei meccanici a permettere agli Spitfires di volare. E senza gli Spit non sarebbe servito a niente essere un bravo pilota. Non si rammarichi, dunque.

Riguardo al pranzo che ci ha servito oggi: gli ospiti – tra i quali una giornalista – hanno detto, esplicitamente, che non esiste un altro ristorante a Londra in cui si mangi con tanta raffinatezza. La giornalista ha assicurato che ne scriverà sul suo giornale (americano). Il granchio era davvero eccellente.

Sabato scorso sono andata in ricognizione da Delvaux e ho mangiato la peggior aragosta della mia vita. Stracotta, stopposa... Dev'essere rimasta in frigorifero per molto, molto tempo. Era accompagnata da un'insalata moscia e da un'unica fetta di pomodoro, così esangue da far venire la tristezza solo a guardarla. Non sono sorpresa che il locale fosse quasi vuoto e che si vociferi della sua prossima chiusura. Considerati i prezzi, dovrebbero come minimo mettere in tavola qualcosa di edibile.

Delvaux mi ha fatto riflettere. Le aragoste, i granchi, le ostriche sono e saranno sempre sinonimo di raffinatezza – purché serviti come si deve –, ma la buona cucina dovrebbe essere accessibile a tutte le tasche e puntare sulla freschezza degli ingredienti. Lo dico sottovoce, caro Tomász, ben sapendo che un hotel come il Welbeck mira soprattutto a un certo tipo di clientela.

Helen

Cara Direttrice,

mi permetto di contraddirla: è un certo tipo di clientela che deve mirare al Welbeck.

Con rispetto,

Tom

Caro Chef,

touchée! Colgo il suo punto di vista, ragionevolissimo.

Le assicuro che farò del mio meglio per mettermi al passo. Riflettendoci, una delle ragioni per cui sono entusiasta del mio ruolo sta proprio nel fatto che imparo ogni giorno qualcosa di nuovo; e posso avere la ragionevole certezza che quello che imparo un giorno mi sarà utile. Fa una bella differenza rispetto agli anni di guerra, in cui abbiamo dovuto imparare questo e quello ma si trattava in maggioranza di argomenti che avremmo preferito non dover mai sapere: come si prepara una torta di compleanno senza uova, senza zucchero, senza burro e senza cioccolato. Scommetto che non ci riuscirebbe neanche lei, caro Chef.

Helen

Gentile Direttrice,

delle uova si può fare a meno. Specie se la torta è piccola. Si sostituiscono con bicarbonato di soda. Per i dolci più grandi, adoperi un cucchiaino di aceto bianco per ogni uovo.

Quando non si trovano i limoni, ricorra sempre all'aceto; va bene anche per sbiancare il pesce, per i carciofi e la selvaggina; in alcuni piatti potrebbe usare il timo limoncino; lo triti finemente però.

La margarina è ormai di qualità, se ne serva tranquillamente al posto del burro. E, se lascia riposare qualche ora una bottiglia di latte, vedrà che in superficie si raccoglie una crema più densa. Non è buona come la panna ma è decorosa.

Al posto dello zucchero, carote grattugiate. La frutta asprigna migliora con un pizzico di bicarbonato di soda. Quella secca è un ottimo sostituto dei cereali zuccherati e, quanto al tè, le ricordo che durante il razionamento tutti gli anglosassoni si sono accorti che prima della guerra preparavano una teiera intera per berne magari solo una o due tazze: un popolo di prodighi. Solo quando ogni manciata di foglie di tè è diventata preziosa ci siamo accorti che ne bastava una tazza al giorno per rendere formidabile quel momento della giornata. E abbiamo anche capito che è più buono senza zucchero.

In ogni caso, le nostre api producono un ottimo miele.

Tomász

Caro Chef,

burro, bacon, zucchero, carne bovina, marmellate, biscotti, cereali, caramelle, formaggi, uova, lardo, latte, frutta candita, frutta in scatola, limoni, mandarini, arance, banane, tè, cioccolato, caramelle, vino, liquori. A partire dal 1940 la lista della spesa di ogni famiglia si è fatta sempre più rarefatta. L'anno in cui hanno razionato il tè è stato il '42. Una data scioccante. Non mancavano, almeno sulle riviste femminili, articoli in cui la deplorevole scarsità di tè veniva intrecciata a considerazioni ottimistiche: con premura, infatti, si ricordava alle casalinghe britanniche che da noi non erano oggetto di razionamento né i conigli né le pernici e tantomeno il pesce o i crostacei. Immagino che in molte case, all'ora del tè, abbiano cominciato a servire quaglie e conigli. In qualche casa raffinata avranno pensato alle ostriche.

Signor Wozniak: non mi dia lezioni con l'aria di non volerne dare. E non si affretti a dirmi che i tagli meno eleganti della carne sono anche i più nutrienti, e che una dieta priva di proteine nobili non è affatto dannosa per la salute, se si consumano fagioli a sufficienza. Mi pare che lei abbia fatto di quel celebre discorso di Churchill in cui ci veniva raccomandato di osare e sopportare il suo Motto Personale. To dare and endure, o qualcosa del genere.

Lei ha osato, con l'aceto al posto delle uova.

Io ho sopportato. Sempre l'aceto al posto delle uova.

Forse siamo davvero complementari, come suggerisce la signorina Mallard. Che orrore! Già complementari. E dire che ci conosciamo appena.

Direttrice Bailey

Direttrice Bailey,

ho detto qualcosa di sbagliato? Non è facile scusarsi senza sapere dove siamo inciampati. Ma qualunque sia stato il mio errore, la prego di perdonarlo.

Lei ha scritto che la signorina Mallard mi ha definito un professionista. Be' allora, consideri che i professionisti commettono sempre l'errore di ritenere la loro esperienza o le loro conoscenze qualcosa di ovvio, che tutti dovrebbero avere.

Non volevo affatto darle lezioni; al contrario, volevo semmai condividere con lei il mio pensiero, che è poi in definitiva assai semplice: la guerra ci ha lasciato in eredità una fame senza precedenti. Abbiamo fame di spensieratezza, fame di felicità, fame di orchestrine lungo le rive del Tamigi, di feste campestri, di abiti da sera, di commedie teatrali, di viaggi turistici. Fame di libertà, fame di democrazia. La cucina è un'arte; richiede un lavoro preciso, faticoso, a volte un po' sgradevole ma, alla fine, l'aspetto creativo è quello che prevale. Nella maggioranza delle case, è sempre una donna la persona che sta ai fornelli, che taglia, sminuzza, rosola, rimesta, cuoce, pulisce, sbuccia, inforna.

Questa è la storia, signorina Bailey. La storia dell'umanità, non la storia della cucina. E non mi parli di aristocrazia e alta borghesia, quello è un menu a parte. Io parlo di donne come lei e come la mia vicina. Donne che sono l'essenza stessa dell'Inghilterra o della Polonia. Mi correggo: che sono l'anima del mondo intero. Più brave, meno brave; ma tutte cuoche, perché la cucina è un'arte antica come il mondo, e sono sicuro che anche quei nostri antenati che per primi arrostivano carni alla brace o pestavano grani con una pietra, avevano la tentazione di aggiungere un'erba o una manciata di semi essiccati a ogni pietanza che preparavano. Un bravo cuoco non spreca. Inventa. Pianifica. Crea. Questo è cruciale, la cucina può anche essere antica come il mondo ma c'è sempre qualcosa di nuovo da provare. È anche un'arte complessa: non tutti la capiscono. E tuttavia richiede curiosità e umiltà. Un cuoco come si deve è sempre pulito, preciso, coscienzioso.

Abbiamo una grande possibilità lei e io, qui al Welbeck: possiamo insegnare. Mostrare al mondo che oggi ci sono una disponibilità e varietà di cibo prima impensabili. Verranno giorni in cui a questa maggiore possibilità potranno accedere tutte le classi sociali. Mangiare bene non è solo possibile, è indispensabile. Noi, adesso, offriamo questa possibilità solo a coloro che possono permetterselo. Ma le voci corrono. Le società evolvono. Abbiamo appena imparato, in sei anni di orrore, che moriamo e soffriamo tutti per le stesse cose. Nel giro di qualche anno impareremo che vogliamo mangiare tutti allo stesso modo.

Mi perdoni, signorina Bailey.

I cuochi ragionano a modo loro.

Tomász

Caro Tomász,

se lo ricorda lo slogan *Dig For Victory*, Scava per la Vittoria? Il governo voleva che fossero le donne a coltivare frutta e verdura. E, ovviamente, anche a cucinarle. In casa nostra, a ogni compleanno si infilzava con una candelina dell'albero di Natale quello che era possibile preparare: uno sformato di rape e carote al succo di uvaspina, una focaccia di segale. L'anno migliore fu quello in cui Rosie tornò con una dozzina di pere e riuscì a farne un budino. Sono d'accordo con lei, non c'è più niente che assomigli alla vita di prima. Com'era brutto quel tempo in cui nulla aveva l'aspetto o il sapore che avrebbe dovuto avere. Ora occorre accomodarsi nella novità. Discretamente fieri di aver vinto, parecchio più poveri, terribilmente ammaccati, anagraficamente più vecchi. Avevo appena compiuto ventidue anni quando ho cominciato a insegnare e credevo che tutta la vita sarebbe stata solo un lungo nastro di seta colorato, per infiocchettare quello che il futuro mi stava preparando. Era il 1938. Non credo che nessuno potrebbe definire regalo quello che è accaduto in seguito.

Quanto piovosi e freddi sono stati quegli autunni di guerra. Ecco un'altra cosa appresa e messa da parte: la meteorologia non tiene in minimo conto le difficoltà umane. Ho anche scoperto la civetteria di mia madre (è una confidenza a cui mi trascina la penna, la dimentichi dopo averla letta, se posso chiederglielo): ogni volta che suonava la sirena, la signora Bailey si infilava un secondo vestito sopra quello che già indossava, nel caso fossimo dovuti restare nei tunnel della metropolitana anche il giorno successivo. E infilava nella borsetta una boccetta di profumo. Anche mia sorella Rosie non voleva saperne di imparare le regole, figuriamoci seguirle. Ascoltavamo i discorsi di Churchill alla radio, e spesso con il fazzoletto in mano, ma poi Rosie si infuriava per il fatto che non si trovassero più calze da nessuna parte e protestava perché tutte le sarte di Londra, secondo lei, si erano trasferite in campagna per andare a coltivare la segale.

Tutto questo è passato. È quello che dico a mia madre, quando vado a trovarla: consoliamoci con il pensiero che quel periodo della nostra vita è concluso, che non tornerà più, che dobbiamo sperare nelle generazioni future. Sa cosa mi risponde la signora Bailey? Che solo una maestra per vocazione può davvero aver fede nelle generazioni future, mentre lei si fida solo del tè di Fortnum & Mason.

Dopo l'esplosione del nostro caseggiato siamo sfollate in campagna. Turville è il più incantevole villaggio che si possa immaginare, appena una decina di casette raccolte intorno alla chiesa. In primavera i malvoni crescono perfino nelle crepe dei muri ed è tutto un correre di scoiattoli. Nel tardo autunno la faccenda cambia: il sole tramonta dietro la collina poco dopo le tre e sembra di non poter tollerare una notte tanto lunga e umida. Mia madre si lamenta del freddo, del buio e del dolore alle ossa; Rosie, mia sorella, corre dietro ai gemelli tutto il giorno. E loro litigano da quando si svegliano fino a che non crollano esausti, insieme a Rosie, quando fuori è già scuro da un pezzo. Rosie dice che prima o poi andranno al ginnasio, ma ci vorrà ancora un po' di tempo. E a quel punto, magari Ted sarà tornato. L'ultima lettera che ha scritto a Rosie arrivava dalla Grecia. Lei la legge spesso ai gemelli. Abbiamo anche cercato l'isola sull'atlante. Rosie mi ha confidato che, se Ted non dovesse tornare, prima o poi ci andrà. Sembra impossibile perdersi in un'isola così piccola, ha detto.

Quando ho incontrato la signorina Mallard in Marylebone Street mi trovavo a Londra per un colloquio di lavoro. Diana era una delle migliori studentesse del mio corso, sperava di essere ammessa a Oxford. Letteratura. Keats, Shelley, Byron. Voglio laurearmi come mio fratello Charlie, diceva. Le altre ragazze pensavano solo a sposarsi bene, ad avere belle case. Diana no, viveva in adorazione di Charlie. Io l'ho visto una volta sola, era venuto a prenderla con l'auto alla fine del trimestre. Un ragazzo alto, sorridente, con i capelli scuri. Il tipo sempre a suo agio. Del resto come non esserlo, Charlie era l'erede designato, come ha detto la signorina Mallard, quello a cui sarebbe toccata la gestione del Welbeck se non fosse successo quello che è successo. E così, tre mesi fa, alla morte del padre, Diana ha ereditato il Welbeck e addio poesia romantica. Quando ci incontrammo, a essere sincera, mi sembrò terrorizzata dal compito che l'aspettava. Vorrei avere accanto qualcuno con più esperienza di me, diceva, perché non viene a lavorare al Welbeck?

Fu mia cura farle notare che non avevo la minima esperienza alberghiera, ma la cosa, disse, non aveva alcuna importanza: mi considerava discreta e precisa. Soprattutto di buon senso, sottolineò; e così, dopo qualche riflessione, ho accettato. Carattere. Ognuno ha il suo. Mi piace rendermi utile.

Non le sembra che nella vita ci sia qualcosa del tennis? È quello che mi ha detto la signorina Mallard, ringraziandomi per aver accettato l'incarico. La bellezza di una partita di tennis sta tutta nella precisione con cui la pallina rimbalza da un lato all'altro della rete. Miss Bailey, ha detto, sono certa che lei sarà una collaboratrice ideale.

Credo che, nonostante la nostra (trascurabile) differenza d'età, a volte mi consideri *quasi* un'amica.

Helen

Cara Direttrice,

non ho mai pensato che nella vita ci sia qualcosa del tennis, ma non faccio obiezioni al riguardo. Tuttavia, penso che la vita – la mia, la sua, quella di Diana Mallard e, per quanto mi riguarda, anche quella del capotreno che una volta alla settimana mi riporta a Ealing – sia semplicemente imprevedibile. E quindi la possiamo paragonare praticamente a tutto. Vorrei usare meno burro e meno strutto e sostituirli, almeno in parte, con l'olio d'oliva. Non si allarmi: non rinuncerò mai al burro. Rende morbido ogni piatto. Ma quella punta amarognola dell'olio d'oliva, soprattutto appena spremuto, solletica la lingua. Non penso di abusarne, ovviamente; una volta ogni tanto, un accenno mediterraneo. Per me, a essere sincero, è anche un rimpianto. Alla mia generazione è costato caro sbarcare, risalire, liberare. Andava fatto, lo hanno fatto. Io sono rimasto in officina a sporcarmi le mani di grasso e me ne vergogno.

Tom

Chef,

il suo olio del Mediterraneo mi ha costretto a una levataccia. Sono passata da Covent Garden. Ho parlato con un commesso di Miller & Sons. Ci farà sapere il prezzo. La avverto che se fosse troppo caro non sarà possibile. La fornitura dovrebbe essere abbastanza regolare.

Erano anni che non passavo da Covent Garden. Sono riapparse ceste con bellissime arance e mandarini profumati, limoni grandi come le nostre malinconiche rape, piccole zucche color albicocca. Mi sono divertita, Tom. E sa perché? Fare, fare, fare! Questo è il mio motto. Non si guardi indietro. Non pensi all'officina. Fare, fare, fare!

Helen

Buongiorno direttrice,

non sente nell'aria pungente un venticello di novità? Siamo in inverno, le pozzanghere ghiacciano e il mio treno attraversa campagne di zucchero a velo. Ho detto "zucchero". E lo ripeto: zucchero! Oggi è un giorno storico per tutti i bambini e per tutti gli adulti che hanno ancora in sé qualcosa di fanciullesco (*Peter Pan* è l'unico libro che conosco abbastanza bene per poter fare sfoggio di letteratura con lei). Ha visto le file di bambini davanti ai negozi di dolciumi? Ieri si sono svuotati tutti i salvadanai inglesi. Non un solo maialino di terracotta ha potuto conservarsi la pancia piena. Una fabbrica a Clapham ha regalato alla scuola di quartiere 150 libbre di lecca-lecca. L'ha detto la radio. Nella City pare che diligenti impiegati in abito scuro siano corsi a comprare scatole di cioccolatini per mogli e fidanzate.

Celebriamo la fine del razionamento con un menu solo a base di dolci. Una stravaganza, lo so, ma in qualche modo dobbiamo festeggiare.

Me lo consente?

Tom

Ovviamente no.

Il nostro Welbeck è un ristorane come si deve. Tradizionale, elegante. Più che un ristorante, è un modo di essere. Rallegriamoci insieme al nostro Paese, ma con compostezza. Porti in tavola una scultura di fili di zucchero caramellato, è un pezzo forte di Henri-Paul Pellaprat, mi pare si chiami Chevelure des Dames, il cuore credo sia di pasta choux, crema inglese e chantilly. È una bellezza. Aggiunga un dolce di cioccolato, in onore di quei signori della City di cui mi ha parlato.

Non c'è dubbio che la scarsità di cioccolato è stata dura da sopportare, per qualcuno. Ho saputo che in Messico lo servono con i piatti salati. Non credo che possiamo sperimentare qualcosa di analogo al Welbeck fuori dal Carnevale, ma una mousse di cioccolato mettiamola in menu settimanalmente. E anche il Paris-Brest, se le è possibile. È un dolce che fa sognare. Chi lo assaggia, subito immagina di attraversare la bella Francia in treno e di veder sfilare vigneti, castelli, locande con le tovaglie a quadri dove servono un sidro appena fatto. Non fa lo stesso effetto anche a lei, il Paris-Brest? C'è dentro tutto: la panna, le uova, lo zucchero, il burro, la farina bianca finissima, le fragoline di bosco, la pazienza, l'arte. E c'è anche la nostalgia di Parigi mentre si viaggia verso Brest, che è certo un posto magnifico, immagino, ma non si può dire che sia Parigi. Il dolce non avrebbe mai avuto lo stesso successo se lo avessero chiamato Brest-Paris.

Ormai siamo davvero liberi, non le sembra? Lecca-lecca gratis ai bambini di Clapham. Possiamo cucinare a casa (a saperlo fare) il Paris-Brest. Meglio ancora: possiamo andarci ogni volta che vogliamo, a Parigi. Che giorno perfetto! Il sogno di una mattinata di mezzo inverno. Se ripenso a come sono arrivati nella mia vita un impiego di responsabilità e un gradevole appartamentino nel secondo cortile, con una finestra affacciata su Welbeck Mews, finisce che mi commuovo. La strada che percorrevo, a un certo punto ha svoltato. E poi ha svoltato di nuovo. C'è stata Diana Mallard, d'accordo, e la sua generosa offerta. Ma consideri le circostanze: tutto è accaduto a causa dei tedeschi, che prima hanno minacciato l'invasione costringendo il collegio dove lavoravo a chiudere e a diventare un centro di addestramento di personale infermieristico, poi hanno bombardato il nostro appartamento nei pressi di Brunswick Square e ci hanno fatto sfollare a Turville, e infine hanno colpito l'aereo su cui volava il povero Charlie Mallard.

Dunque, se vogliamo, sono stati i tedeschi – oh, come mi affligge questo pensiero! – a disporre delle nostre vite, che avrebbero dovuto seguire ben altre traiettorie? Non possiamo evitare che ci accadano delle cose, belle o brutte che siano; ma, una volta accadute, tocca a noi sapere cosa farne. Io volevo insegnare, faccio invece la Direttrice Aggiunta. Lei voleva diventare aviatore, e invece è uno Chef. È andata diversamente da come avevamo immaginato, per tutti e due, ma dobbiamo comunque fare un buon lavoro. E domani, chissà. Oggi, in ogni caso, i bambini hanno i lecca-lecca e le caramelle; e un certo numero di fidanzate riceverà una bella scatola di cioccolatini. La vita è dolce. È il Paris-Brest.

Helen

Cara Direttrice,

ho saputo che al Dorchester è arrivato uno chef francese.

La cosa la preoccupa?

Ossequi,

Tom

Tom!

Non dobbiamo temere nessuno! Per principio. È una lezione che ci è costato caro imparare, ma credo che non la dimenticheremo più.

Tuttavia, non bisogna sottovalutare il nemico. Conto su di lei.

Ho gustato il suo prosciutto brasato al Madera e so di essere in ottime mani. E la ringrazio, più di quanto lei possa immaginare, per il Paris-Brest che è arrivato come una gemma preziosa al centro del carrello dei dolci. Lei è un maestro. Mi dica, lei che è un *professionista*: cosa pensa della cucina francese, del Cordon Bleu, dei vari Pellaprat, Lenôtre e compagnia? I puristi, a quanto ne so, sono cresciuti di numero. Tutto questo francese suona molto snob alle loro orecchie. D'altra parte, non è semplice trovare piatti o vocaboli inglesi che accarezzino nello stesso modo tanto l'udito che il palato. Un'omelette, per esempio: se non è perfetta, è orribilmente pretenziosa. Ma, quando è riuscita, è una sovrana rispetto a quelle sciattone delle uova strapazzate, non crede?

Avevo un paio di studentesse francesi nella mia classe di letteratura, e sa cosa le dico? C'è qualcosa, nell'essere francese, che infastidisce un certo tipo d'inglese. L'affettazione, per esempio: le mie studentesse, in maggioranza così brillanti, consideravano le loro compagne francesi iperbolici esempi di manierismo. Le francesi, per contro, avevano l'aria di pensare che ogni cosa anglosassone fosse troppo semplice. Nell'ultimo trimestre ho posto loro un quesito: Flaubert o Dickens? Thackeray o Balzac? Somerset Maugham o Georges Bernanos? Il collegio ha chiuso prima che potessero consegnarmi il compito.

Helen

Gentile Direttrice,

mi rasserena sentirla così impavida.

Cercherò di meritare la fiducia che ripone in me. Faccio

questo mestiere con passione, ma la passione a volte non è sufficiente. Ci vogliono anche fortuna e talento.

Se riuscissimo a procurarci del pepe rosa del Madagascar, credo che il prosciutto al Madera diventerebbe superbo.

La Francia si è guadagnata le sue stellette in cucina nei secoli. Con gli avversari ci si confronta. E comunque, quello che i francesi hanno in più rispetto agli inglesi è proprio la ricercatezza della maniera. In cucina, la cura del dettaglio è un elemento vincente. Quasi filosofico. Ci vuole molto tempo, e altrettanta pazienza, per realizzare un piatto importante. C'è un ragionamento, oltre che un procedimento. Non saprei dire se il concetto sia applicabile anche alle sue studentesse o agli scrittori che lei ha proposto nel suo questionario.

Cercherò di meritare la fiducia che ripone in me. Faccio questo mestiere con passione, ma la passione a volte non è sufficiente. Ci vogliono anche fortuna e talento.

A presto,

Tom

Tom,

provo un vago sentimento di indignazione nel sentirle dire che la passione non è sufficiente. Mi dica piuttosto che non va mostrata: non potrei essere più d'accordo con lei. È un punto debole, un tallone d'Achille – se vuole –, ma non è forse il tallone a fare di Achille l'immenso Achille? Che grandezza può esserci senza fragilità? Bisogna proprio che le dia qualcosa da leggere. La sera, dopo cena, potrebbe dedicare un'oretta alla letteratura.

Lei starà pensando: La Direttrice crede che sia tornato il tempo della scuola.

Ahimè, non lo credo affatto. Sarebbe un sogno, per me, tornare al tempo in cui la mia unica preoccupazione era far intendere alle mie alunne l'incandescenza di Lady Macbeth. Ci siamo tutti diplomati, da allora. L'universo intero, direi.

Ringraziamo il Welbeck. Dedichiamoci al compito per cui Diana Mallard ci ha assunti. Ma non si illuda che io lasci cadere l'argomento libri. La lettura aiuta a vivere meglio; o almeno così si dice. Di certo, aiuta me. E altrettanto certamente pungola l'immaginazione come il suo pepe del Madagascar solletica il palato. Un aspetto che nessuno chef dovrebbe sottovalutare. A proposito: troverà un pacchetto in cucina, sono riuscita a procurarglielo, il pepe. Lo usi con parsimonia, è costato un occhio della testa.

Helen

Cara Direttrice,

non sono pratico di libri. Se mi giustificassi dicendole che è stata colpa della miopia, sarei un bugiardo. Non leggevo perché non mi interessava. Se lei mi dice che la lettura aiuta a vivere meglio, ci credo; ma so che altre attività umane producono simili effetti. Uscirebbe con me, signorina Bailey? Sarebbe un piacere e un onore trascorrere una serata in sua compagnia.

Tom

Tom,

farò finta di non aver letto la parte finale del suo biglietto. Le ricordo che lavoriamo entrambi al Welbeck. Questo, a mio avviso, rende inappropriata la sua richiesta. Dovremmo pensare *esclusivamente* al nostro Welbeck, un bastimento in cui l'equipaggio lavora senza sosta per far sì che i crocieristi trascorrano a bordo giorni indimenticabili. Qualcosa di cui scrivere a casa, come si dice.

Mi sono procurata i menu settimanali del Dorchester. Sa cosa le dico? Il Dorchester sa di essere il Dorchester:

Melon Frappé (nulla di più facile)

Saucisson de Foie (elegante, ma non quanto il pâté)

Consommé Brunoise (ha un colore orrendo)

Crème de Tomate
(abitualmente acida, a meno di inondarla di panna)

Truite de Rivière Meunière
(la trovo sempre un po'campestre)

Filet de Bœuf grillé Saint-Germain
(pour la joie de carnivores)

Épinards à la Crème (immancabili)

Pommes persillées.

E qui mi fermo. Tom, non ha rivali da temere se nel cuore di Mayfair si servono patate al prezzemolo.

Helen

Gentile Direttrice,

non intendevo offenderla invitandola a uscire con me.

Non mi vedrà per alcuni giorni. Ho qualche linea di febbre e una bronchite che il medico ha classificato come "brutta".

Tom

Tom,

non sono offesa. Le ho mandato uno sciroppo alla propoli per la tosse e *Oliver Twist*. Non prenda freddo e si riguardi. Non so se la bronchite migliorerà più grazie alla propoli o al vecchio Dickens, ma tendo a ipotizzare che la loro azione congiunta le farà bene.

Helen

Caro Tom,

non ho più avuto sue notizie.

Sta meglio? Sono già passate due settimane. Sento dire in cucina che sono state le più tristi della stagione. I fagiani erano asciutti, i soufflé immangiabili – dica al suo sous-chef di metterci un po' di buona volontà – e il pesce crudo o stracotto. In sala si respira un certo qual nervosismo.

Mi sono procurata qualche libro di cucina, soprattutto francese. Qualche testo storico – lei li conoscerà, immagino – e pubblicazioni più recenti. L'informazione è alla base di ogni sapere, come dicevo alle mie allieve. Ho letto anche un articolo sulla riconversione delle industrie belliche. Non immaginavo che potesse dare una spinta tanto forte anche a settori che ci riguardano da vicino. Sembra che in futuro si potranno refrigerare i cibi a temperature polari, che si cucinerà con l'energia elettrica e molte operazioni che oggi si svolgono manualmente saranno affidate a delle macchine. Non so cosa pensarne. Le ho conservato l'articolo.

Sapendo che lei non era in cucina, ho preferito rinunciare al mio giorno libero settimanale, in modo da poter presidiare, diciamo così, il forte. Mia madre mi scrive tutti i giorni chiedendomi com'è Londra, se è ancora la stessa di prima della guerra, se ai grandi magazzini ci sono le calze di nylon e se da Harrods sono già tornati i profumi francesi. Rosie mi scrive che i gemelli hanno il raffreddore, che mia madre è terrorizzata di prenderselo e disinfetta con l'alcol tutto quello che toccano. Andrò a Turville non appena possibile, credo che Rosie abbia bisogno di tirare un po' il fiato; le ho scritto che preferisco attendere il suo rientro.

Posso essere sincera fino in fondo? Mi sento molto fortunata. Il piccolo appartamento dove vivo è tranquillo, silenzioso, comodo. Mangio tutti giorni in albergo, le cose più squisite che si possano immaginare (quando c'è lei, beninteso). Non posso dire che, in sua assenza, sia lo stesso, per cui la prego, si rimetta al più presto. Abbiamo bisogno di lei!

È arrivata una prenotazione per il mese prossimo, dodici persone, ricevono il signor e la signora Thomas Gray. Le ostriche sono una banalità, ma una banalità di cui vanno tutti molto ghiotti: vogliamo tenerlo a mente?

Ho saputo che riprenderà a lavorare lunedì. Ne sono davvero contenta.

Helen

Cara Helen,

grazie per lo sciroppo e per le attenzioni. Le sventure di Oliver mi commuovono e mi rattristano, ma non so quanti mesi ci metterò a finire il suo libro. Per caso ne ha bisogno? Vuole che glielo restituisca? Oltre a non essere un buon lettore, non mi trovo a mio agio con la penna. Perciò ho pensato di risponderle a modo mio.

Le ho fatto recapitare una scatola: per favore, la maneggi con cura e la tenga al fresco.

Tom

Tom!

Ho ricevuto una squisita, eccellente, regale anatra glassata. L'ho portata con me a Turville, mia madre e Rosie hanno voluto invitare anche il nostro vicino (è il signor Cobb, molto a modo e piuttosto paziente) e tutti la ringraziano e dicono di non aver mai mangiato nulla di più raffinato. Abbiamo brindato alla sua salute con un claretto portato da Cobb. Dove ha scovato i tartufi neri? Credevo che di questi tempi fossero introvabili. Ma dimentico che allo Chef del più rinomato ristorante di Londra non si può chiedere di rivelare le sue fonti, certamente segrete

Posso essere sfrontata, Tom? Come fa un meccanico polacco della RAF a cucinare così divinamente bene?

Helen

Gentile signorina Bailey,

faccio solo il mio lavoro. Non sarei capace di fare nient'altro, in tempo di pace. Quello che ho fatto durante la guerra appartiene al passato.

Pensa che sarebbe possibile ordinare uova di quaglia in quantità doppia rispetto all'ultima volta? Vorrei proporre un piatto – una sorpresa, in realtà – che credo le piacerebbe.

Tom

Caro Chef,

non la chiamerò più Tom. Lei per me, d'ora in avanti, sarà sempre e solo Chef.

I piatti che prepara per me da qualche tempo sono talmente speciali che mi domando se non dovremmo compilare dei menu a parte e spedirli a chi ci scrive chiedendo informazioni sulle nostre tariffe.

Diana Mallard insiste sul fatto che dobbiamo allargare la clientela. Consolidare i risultati.

Non sarà difficile, con lei al comando delle nostre cucine.

Mi piacerebbe far stampare un cartoncino spesso, di una grammatura come prima della guerra, con scritto qualcosa del tipo: *Questi piatti sono superiori a qualunque altra pietanza simile possiate trovare nel West End e vi garantiamo che chiunque li abbia provati anche una sola volta converrà sul fatto che si possono trovare solo al ristorante del Welbeck.*

Ho parlato con il maître, sta valutando la possibilità. Ho parlato anche con alcuni dei nostri ospiti abituali. Dicono tutti la stessa cosa: la qualità che offriamo noi – frutto della sua abilità, caro Chef – non ha eguali a Londra. Né prima né dopo la guerra.

Avrei bisogno di farmi un'idea dei prezzi: potrebbe dirmi quanto costano gli scampi come li cucina lei? E l'aragosta alla Newburg? E, soprattutto, la suprême di pollo? Ora che non ci sono più restrizioni, dobbiamo abituarci a offrire almeno sei portate per un menu non solo raffinato ma addirittura eccelso.

Helen

Cara Direttrice,

se lei desidera che io corteggi e seduca la clientela con i miei piatti, sono pronto. Mi piace inventare, accostare, proporre e sperimentare. Accetti di uscire con me, Helen. Se non vuole uscire con il suo Chef, esca con Tom. Parleremo solo di gastronomia, di cucina democratica, di quello che preferisce. Eventualmente anche di letteratura, se lo ritiene indispensabile.

T.

Accidenti, T! C'è stata una riunione nell'ufficio contabilità. Pare che, con questi prezzi in salita, il margine sia davvero risicato. Se non riusciamo a guadagnare di più – parlo di un profitto ragionevole e giusto –, rischiamo di dover tagliare il personale. Ho controllato e ricontrollato tutte le voci insieme al ragioniere e alla signorina Mallard. Dobbiamo abbassare i costi e continuare nell'ascesa verso il successo. Il suo talento lo merita.

Può provare a spendere meno per gli ingredienti? Se usassimo meno aragoste, meno ostriche, meno granchi e meno formaggi francesi, non si risparmierebbe un bel po'? Certo, lei dovrebbe comunque riuscire a inventare piatti sfiziosi, originali, che nessuno ha mai assaggiato prima.

Non è meraviglioso immaginare una sala sempre piena e gente sorridente? A cosa servono le tovaglie inamidate e i cristalli scintillanti se non a imbandire la certezza che possiamo ricominciare a sognare?

Helen

Cara Direttrice,

la buona cucina si fa con i buoni ingredienti. Se dobbiamo spendere meno, spenderemo meno. Mettiamoci al lavoro. Cerchiamo di capire cosa piace alla gente. Cosa piace *davvero*, intendo, a cosa non è disposta a rinunciare. Mi hanno detto che al Cumberland, a Marble Arch, si fa la nuova cucina, quella che vorrebbe lei. Raffinata ma poco costosa, piena d'inventiva. Ho un amico che lavora lì e credo di poter contare su un prezzo speciale. Forse dovremmo andare a dare un'occhiata. Si tratterebbe di una serata professionale.

Tom

Chef,

lei può fare quello che vuole. Vada al Cumberland. Scopra, impari, si ispiri. Io, in tutta onestà, credo che sia una perdita di tempo e di denaro. Lei è il migliore. Il pranzo di giovedì scorso era *straordinariamente* fuori dall'ordinario. Tutti gli ospiti hanno concordato nel dire che si mangia così soltanto a Parigi. La signora Rayne ha detto che non andrà mai più in nessun altro ristorante di Londra, e dire che è una cliente abituale dei migliori. Vive in un appartamento splendido, mi dicono, tra il Dorchester e Grosvenor House.

Mi ha appena scritto: vuole invitare al Welbeck quattro amiche, martedì prossimo; se lei riuscisse a preparare un pranzo come quello di giovedì, sul nostro Welbeck si accenderebbe la stella della celebrità.

Tra le amiche della signora Rayne ci sono due ricche americane scese al Claridge's, vuole dimostrare loro che il numero uno siamo noi.

È un momento cruciale, Tom. Una grande pubblicità, per la sua *cuisine* e per l'hotel. L'ufficio contabilità potrebbe tirare un sospiro di sollievo.

Non è splendido?

Helen

Cara Direttrice,

la prego di non costringermi mai più a inserire nel menu dei medaglioni di carne tritata. So che hanno avuto successo. Non sono troppo costosi, glielo concedo, e la carne è ottima. Molti locali ormai li servono un paio di volte alla settimana; in alcuni, anche arricchiti di formaggio fuso e cetriolini. Ma io li considero la morte della cucina. La fine dell'arte.

Tom

Tom caro,

lei è un Romantico con la *R* maiuscola. La morte della cucina, la fine dell'arte! Sciocchezze. Sono convinta che, se preparato al meglio, qualsiasi piatto può essere servito sulla nostra tavola. È stato lei a farmici pensare: la cucina è democratica. Prende qualunque ingrediente e lo eleva, lo mischia, lo nobilita. La democrazia, per sua natura, richiede sforzi, immaginazione, compromessi e fede.

Helen

Cara Direttrice,

sono molte le cose umane che richiedono sforzi, immaginazione, compromessi e fede. Accetti di uscire con me.

Tom

Caro Tom,

non sono sicura di poter accettare un invito a cena. Capisco che si tratterebbe di un'uscita professionale e che dovremmo andare, di tanto in tanto, a dare una sbirciatina dietro le linee nemiche. Tuttavia – e le assicuro che mentre scrivo sono piena d'imbarazzo –, non è mia abitudine uscire a cena con uno scapolo con il quale esiste un solido e intenso rapporto professionale. Può perdonare il mio motivato rifiuto? E pensare a un modo originale per servire ai nostri clienti una mousse di filetti di spigola? Alla turca? Accompagnata da beignet alla crema di indivia?

Helen

Helen,

dimentichi la mousse di filetti di spigola. Possiamo fare ben altro.

Immagini un giovane montone, di quelli che non hanno ancora odore di selvatico, disossato e battuto fino a essere sminuzzato. Condito con pinoli, nocciole, prezzemolo, cognac, mollica di pane, tartufo nero. Il tutto, impastato con uova battute e albumi montati. Se ne fa un budino da sformare. Lasci a me l'incombenza. Lei, signorina Bailey, si segni sull'agenda il 20 settembre.

Non provi nemmeno a pensare che io accetti il suo no.

Andremo al Cumberland. Alle sette. Ho chiesto il pomeriggio libero e lo stesso farà lei, spero.

Tom

Tom,

la sua insistenza mi fa arrossire, ma non mi vince.

Niente cena tête-à-tête al Cumberland. Torniamo a passeggiare in contrade più tranquille.

Oggi ho mangiato il miglior soufflé al formaggio della mia vita. Morbido, caldo, spumoso al punto giusto. Come ci riesce? La sua abilità non smette di incantarmi. Ci conosciamo da mesi, ormai, eppure quello che so di lei è terribilmente generico. Il mio Paese dovrebbe provare eterna gratitudine verso i suoi connazionali e ho sofferto quando ho letto sui giornali che una parte dell'opinione pubblica vorrebbe che i polacchi sfollati in Gran Bretagna dopo l'invasione tedesca rientrassero in patria. Se accadesse, mio caro Tom, il nostro Welbeck rischierebbe di perdere la sua clientela. Dove ha imparato a districarsi così bene tra salse e soufflé?

Sinceramente affezionata,

Helen

Gentile signorina Bailey,

vorrei introdurre nel menu della prossima settimana dei capponi di prima classe, puliti ma con le interiora cucinate a parte e glassate, come accompagnamento. Mi piacerebbe che arrivassero in tavola lucidi e croccanti, completi di zampe – ovviamente decorate –, serviti su una mousse di erbette.

Vorrei preparare anche del rognone, e non credo che possiamo dimenticare quanto sia gradita, specialmente in giovane età, una bistecca ben cucinata. La carne è ancora razionata, le bistecche sono difficili a trovarsi. Chi desidera pranzare al Welbeck può soddisfare un desiderio.

Tom

Una bistecca, Tom? Ne è sicuro?

Helen

Helen,

si fidi. Non ho ancora disdetto la prenotazione al Cumberland. Il 20 settembre, alle sette.

Torniamo alle nostre contrade, come dice lei.

Lo so che la bistecca accende assai poco l'immaginazione, ma si affidi a quello che sento. Come uomo e come Chef. E poi, pensi alle guarnizioni... Un buon contorno consente di realizzare un matrimonio riuscito tra i sapori.

Il segreto è tutto lì, nella combinazione di elementi differenti. Soprattutto se, a prima vista, appaiono distanti.

Riesce a capirmi, Helen?

T.

Tom,

lei sarà il miglior cuoco di Londra, ma io sono la più ostinata direttrice di sala.

Sospetto che lei mi stia facendo la corte. Preferisco parlarle delle sue crêpe. Dovrebbero essere una presenza fissa nel menu; credo che solleverebbero l'umore di tanti, come sollevano il mio. Un tempo ero convinta che fossero solo le creazioni sublimi dei poeti e dei romanzieri, le loro ricche portate così assortite – burrose e croccanti, profumate, agrodolci, trionfi di selvaggina e galantine per tutti i palati –, ad andare dritte all'anima di ciascuno e a prendervi dimora. Ah, mi sbagliavo. In tutto c'è grandezza, a saperla cercare.

Ho scritto al Covent Garden. Lunedì ci consegneranno una discreta quantità di patate novelle. Ho ordinato specificamente quelle di Guernsey. Tra le zucche ho scelto la varietà provenzale, mi hanno assicurato che quest'anno sono magnifiche. Sono impaziente di veder scritto sul menu qualcosa tipo *Gratin de courge musquée de Provence* o *Velouté de courge musquée à l'Arlésienne*. Le segnalo che quest'anno i tartufi del Périgord arriveranno in anticipo e con un prezzo finalmente accessibile. Sono d'accordo con lei, a partire dall'autunno ogni menu dovrebbe proporre una varietà di cacciagione. Il cervo è sovrano, la quaglia se non è disossata è immangiabile. Vorrei anche fagiani giovani, cucinati nell'ottimo modo che le è abituale, con abbastanza liquore da solleticare l'olfatto e accendere nei commensali qualche grazioso ricordo di antica gaiezza e dell'estate appena trascorsa. Ha visto che sole baldanzoso abbiamo avuto nella settimana appena trascorsa? Credo volesse scusarsi per essere stato così sfuggente durante l'estate, sempre nascosto dietro una nuvola. Con una stagione così piovosa le more e i lamponi sembravano perduti e invece saranno magnifici. Un buon insegnamento che arriva dalla meteorologia: non è mai detta l'ultima parola.

Sinceramente sua,

Helen

Helen, Helen, Helen...

Se crede, possiamo parlare delle patate di Guernsey e dei tartufi del Périgord; allo sfinimento. Per tutta la vita.

Tuttavia, preferirei cucinare per lei.

Le chiedo solo di sedersi al suo solito tavolo, domani, nel bovindo, alle due e mezzo, come fa d'abitudine, quando la sala è ormai semivuota. Troverà una bottiglia che ho scelto per lei, e vorrei che la bevesse cercando di pensare soltanto a cosa c'è nel bicchiere. Lasci da parte il resto. Non pensi al Welbeck, alla signorina Mallard, non pensi neanche a me. Si concentri solo sulle sue sensazioni. Vorrei che per la breve durata di un pranzo lei immaginasse che non ci sia nessun altro al mondo se non Helen Bailey. Solo Helen. I suoi occhi, le sue labbra, le sue orecchie, le sue mani, i suoi capelli, la sua voce, le sue ciglia, il suo profumo, la sua andatura.

Dimentichi il menu della sua vita. Dimentichi Londra, le ausiliarie, le aragoste alla Newburg, il pollo Maryland. Assaggi quello che ho cucinato per lei. Si affidi all'istinto e lasci che siano i miei piatti a dire quello che avrei voluto dirle fin dal nostro primo tè, un anno fa.

T.

Tom,

le infilo questo biglietto nella tasca dell'impermeabile. So che è in cucina, ma preferisco darle istruzioni per iscritto.

Per il menu di mezzogiorno di domenica vorrei:

Due capponi di prima classe
Il miglior filetto disponibile sul mercato
Oeufs mollets à la Parisienne
Qualche bocconcino di agnello, tenero e rosa, profumato al timo
Guarnizioni e contorni a piacere

H.

PS Riguardo al pranzo che ha preparato per me, segue lettera con la posta del pomeriggio.

Caro Chef,

mi aspettavo che cercasse di sedurmi con un'aragosta alla Newburg perfettamente decorata o qualcosa del genere.

Invece lei mi ha preparato un merluzzo. Un tranquillo, modesto, inoffensivo merluzzo. Il pesce più a buon mercato, quello che si frigge per i bambini e si sminuzza per i malati.

Lo ha accompagnato con una purée di patate al burro e una macinata di pepe.

Per dolce una mela al forno, spruzzata solo di limone.

Lei è un caro giovanotto polacco, che forse tornerà a Cracovia se qui avranno la meglio quelli che vogliono far sgomberare tutti gli stranieri. E probabilmente in Polonia – ma potrebbe accadere ovunque, nei sobborghi della nostra città, a Piccadilly, a Clapham o chissà dove – incontrerà una bella ragazza della sua età, invece di un'insegnante di lettere che ha almeno quattro anni più di lei.

Bisogna pur dire la verità, di tanto in tanto: se accadesse, mi si spezzerebbe il cuore.

Non so che cosa dirle né come dirglielo; e così non ci provo nemmeno.

Le ho fatto una marmellata. Sono i lamponi che raccolgo lungo la strada a Turville. La marmellata non è difficile a farsi, e non ci vuole più di mezz'ora. Nulla di complicato o di raffinato. Si scelgono i frutti più maturi, si dosa lo zucchero, si accende il fuoco e poi si aspetta. Si osserva. Si assaggia. Si corregge al bisogno. L'unico trucco per farla bene – cotta al punto giusto, né densa né liquida, perfettamente trasparente – è non abbandonarla mai, nemmeno per un momento. È come si dovrebbe fare con le amicizie e l'amore. La marmellata non è troppo diversa dal piatto che mi ha preparato lei. Afferiscono alla medesima idea. Si comprendono nel medesimo modo.

Accetto il suo invito, Tom. Verrò al Cumberland. Credo, a essere sincera, che la seguirò ovunque vorrà condurmi. E se in questo condurmi ci sarà da sopportare un cuore che si spezza, lo faremo. Ci dedicheremo l'uno all'altra con cura e attenzione. Correremo il rischio di fallire e quello di riuscire.

Per capire quello che sto cercando di dirle, Tom, prenda un cucchiaio e lo riempia di marmellata di lamponi. Poi lo sollevi lentamente e lo porti alle labbra.

Helen

PS Ha mai pensato a uno sformato di merluzzo con salsa di lamponi?

Il passo dello stambecco

1
Una lettera d'incarico, 1912

Breno Balangero guardava la lettera senza decidersi ad aprirla. Era un ragazzo allegro, non troppo alto, miope e con una gran testa leonina di capelli che si imbizzarrivano al minimo accenno di umidità. Dopo aver riconosciuto il timbro era andato a passeggio in compagnia di tutte le possibilità che immaginava racchiuse nella busta che aveva in tasca. Più si allontanava da casa, più gli pareva di essere sul punto di allontanarsi dall'incertezza vissuta fino all'arrivo di quella lettera.

Era, senza dubbio, una lettera d'incarico; non poteva essere altrimenti.

I giornali parlavano ogni giorno dell'arretratezza nazionale in tema di istruzione scolastica. Occorreva adeguare i programmi, istituire scuole rurali; mancavano i maestri e le maestre. Si annunciavano, a cadenza regolare, campagne di alfabetizzazione, aperture di nuove scuole e aumenti di stipendio, motivo per il quale Breno Balangero e molti altri giovanotti come lui si erano convinti che darsi all'insegnamento significava percorrere una strada in discesa, veloce, diritta e senza ostacoli.

Aveva superato con ottimi voti l'esame magistrale e ottenuto un diploma di abilitazione all'insegnamento. Da qualche parte aveva letto che la scuola era indispensabile alla costruzione di un Paese moderno, per essere, a conti fatti, soprattutto una grande addestratrice; ed era a questo ruolo di prossimo domatore di giovani allievi che Breno si vedeva chiamato con urgenza. Intorno al suo futuro mestiere ruotavano uffici i cui nomi gli suonavano importanti, anche se non sapeva né cosa facessero né come: i Circoli Direttivi Scolastici Comunali, i Patronati, gli Uffici d'Iscrizione a Ruolo. Tutti dipendevano dal Provveditorato Scolastico. Fare il maestro, pensava, voleva dire entrare a far parte di un'organizzazione complessa e autorevole. Altre considerazioni – più terra terra – le lasciava in un canto, pur sapendo che rientravano nel disegno complessivo: a ventidue anni, un impiego doveva trovarselo se non voleva tornare a fare la vita del montanaro nelle valli di Lanzo.

Aveva in tasca un diploma magistrale e un attestato di abilitazione all'insegnamento. Così equipaggiato, in una mattina limpida e senza nuvole come una giornata di primavera, si era presentato all'Ufficio Assunzioni del Provveditorato Scolastico appena inaugurato. L'impiegato a cui aveva consegnato la documentazione richiesta gli aveva suggerito di tornare dopo due settimane per sapere se la domanda era stata accolta.

L'impiegato – un tipo occhialuto, con le dita sporche di inchiostro – era il medesimo della prima volta e lo aveva riconosciuto; a Breno era sembrato che lo trattasse con più riguardo della volta precedente. Persino, possibile?, con una sfumatura di deferenza. A giorni manderemo le lettere, aveva detto. Gli aveva mostrato una busta celeste su cui era stampigliata la dicitura *Regio Provveditorato Agli Studi – Sezione Scolastica*. Riceverà una lettera uguale, la conferma ufficiale da parte del Ministero, aveva concluso, e aveva rituffato la testa nel registro.

Ora si trattava solo di sapere a quale scuola era stato assegnato, ed era questa la lettera che Breno si portava in tasca mentre faceva la sua passeggiata.

Arrivato al ponte, si appoggiò al parapetto a guardare il fiume. Ancora non si sentiva pronto a leggere la lettera; gli pareva di meritarsi un po' di lusso da perditempo: una camminata, niente di più – era sicuro che una volta aperta la lettera si sarebbe sentito calare addosso la responsabilità di un impiego statale, con tanto di stipendio e colleghi, maestri e maestre come lui, un lavoro che dipendeva in qualche modo fumoso e inflessibile da Direttori, Provveditori, Ministeriali. Era anche di ottimo umore, naturalmente; e prestava alle contrade che attraversava la stessa carica di ottimismo che aveva in sé, luccicante di speranze. La città si ingrandiva, sull'altra riva del Po venivano su caseggiati e nuovi quartieri si espandevano in tutte le direzioni, ciascuno con la sua scuola nuova, in via di costruzione; aveva anche individuato, ai piedi della collina, quella in cui sperava di essere assunto, intonacata di rosa, fiammante, così bella da sembrare una villa; aveva perfino una cancellata di ferro battuto e un'aiuola di rose in un angolo, con una panchina sotto un corniolo.

L'acqua del fiume era di un bel verde deciso, deciso come lui: non vedeva l'ora di cominciare. Andò avanti a camminare per un bel tratto, sempre con la busta in tasca, sempre senza aprirla, e come le case di abitazione lasciavano il posto a magazzini, officine e manifatture, così Breno si figurava una lunga sequenza di vite possibili, tutte aventi come protagonista Breno Balangero. Si vedeva maestro di prima, poi, in rapida successione, di seconda, terza, quarta, e poi di ginnasio, e dopo anni di studio e successi e complimenti da parte di tutto il corpo insegnante dei corsi di abilitazione, di storia al liceo. La lettera che aveva in tasca era il primo passo di tanti altri a seguire.

La Stura di Lanzo se la trovò davanti all'improvviso e la interpretò come un'indicazione: era arrivato il momento di aprire la lettera e sapere a quale destino si sarebbe avviato. Gli sembrò bello, in un certo senso, leggerla nel punto esatto in cui il fiume della sua valle si gettava nel Po.

Il posto lo aveva avuto. Lontano dalla città. Peggio che lontano: lo rimandavano in montagna, nella valle accanto a quella in cui era nato. La Stura di Lanzo, fiacca, torbida e con gli argini usati come discarica di rottami e ciarpame, confluiva nel Po, si perdeva nel fiume più grande, ci moriva; e che fosse proprio la Stura a fare da fondale al confluire delle ipotesi di carriera immaginate poco prima nelle acque molto più ricche e profonde della realtà che lo attendeva, gli fece venir voglia di piangere di disappunto; non riusciva nemmeno a gioire di aver avuto un posto da insegnante al primo colpo, ancora giovanissimo.

Tornando a casa, camminava a testa bassa, senza più alcun interesse per la città che gli scorreva dintorno. Di tutte le scuole che potevano aver bisogno di un maestro elementare – ce ne dovevano essere a decine in tutto il Piemonte, in città, in campagna, e se proprio era destino che lo mandassero in montagna, com'era potuto accadere che lo avessero destinato proprio alle valli chiuse di Lanzo, contornate da alcune delle cime più alte e più aspre delle Alpi occidentali... proprio in quella dovevano mandarlo? Cime percorse da generazioni di contrabbandieri – famiglie intere, a quanto ne sapeva –, che si inerpicavano per sentieri pericolosi con la mercanzia da smerciare sulla schiena. Valli durissime, scure anche in estate, con le pendici coperte di boschi e genti scontrose da cui era stato salvato già una volta, tanti anni prima, grazie a una borsa di studio che gli aveva permesso di frequentare il collegio in città. Senza quel danaro non sarebbe mai sceso da lassù. Sarebbe rimasto a vivere in Val Grande, boscaiolo, minatore o vaccaro.

Finché era stato in collegio non aveva più potuto tornarci, in parte per questioni di regolamento, in parte perché non aveva i soldi per farlo. La borsa di studio comprendeva la retta, i libri e i quaderni, la divisa e il corredo di biancheria personale, financo le spese mediche. Non gli spostamenti, però. Quasi tutti i convittori tornavano a casa la domenica, a piedi o grazie al carro da fieno o da latte di qualche parente; ma nel suo caso, per tornare a Groscavallo, anzi, a dodici chilometri a est di Groscavallo, ci sarebbe voluta quasi l'intera domenica. C'erano altri tre o quattro interni che restavano in collegio, perché abitavano troppo lontano o perché non avevano un posto dove andare; ma solo Breno aveva passato ogni singola domenica a scuola, dal primo giorno di corso all'ultimo. Era fiero di aver smesso di singhiozzare e di essersi adattato in poco tempo; e ancor più di aver sfruttato quelle eterne domeniche di solitudine per esplorare gli sterminati corridoi del collegio, le aule vuote, i magazzini dietro la cucina.

Nel giro di qualche mese aveva perso l'abitudine al rientro. A casa tornava solo due volte all'anno, a dicembre e in estate. Con le strade innevate, d'inverno, ci metteva una giornata intera. D'estate, il viaggio restava lungo ma era meno scomodo. La famiglia, i fratelli, non se li era mai tolti dal cuore, né i vivi né i morti.

2

Le cose hanno il brutto vizio di presentarsi in un modo e rovesciarsi in un altro

Come per Breno, anche per il sindaco e per i valligiani quell'inizio di settembre del 1912 fu una grande novità. Nessuno sapeva esattamente cosa volesse dire avere, per la prima volta, una scuola in paese e un maestro. Fino all'anno prima ce n'era stata una sola, quasi a fondovalle. La strada per arrivarci era lunga, pressoché impraticabile con la neve: e i genitori, la neve e la distanza le prendevano come ottime ragioni per non mandare i figli a lezione. La violazione dell'obbligo scolastico non faceva nemmeno notizia, nelle frazioni di montagna. Per cui, che di punto in bianco a Concanera ci sarebbe stato un maestro, lasciò tutti sbalorditi. Nessuno si capacitava di come a Ivrea, a Torino, a Roma, ovunque insomma si prendessero le decisioni importanti, si fossero ricordati di Concanera, un borgo alpino di sessantatré anime contando anche neonati e moribondi.

L'informazione aveva preso tutti in contropiede. E il più seccato della novità era il sindaco. Gli sembrava che un preavviso così scarso fosse un segno palese di quanta poca importanza avesse, agli occhi del Ministero, un borgo nobile come Concanera, che vantava origini molto antiche e una stele romana appoggiata davanti alla chiesa; e poi c'era un aspetto pratico che lo gettava in confusione: una scuola vera e propria, a Concanera, non esisteva. E tanto meno un alloggio per il maestro. Era imbarazzante. Doveva scrivere, protestare? Ma a chi, esattamente, andava indirizzata la lettera? E poi non avrebbe fatto una figura da ignorante se lui, come primo cittadino, si fosse messo a fare il difficile? A essere proprio pignoli, un locale vuoto c'era, in paese. Era un edificio giallo, tra la chiesa di Sant'Attanasio e il lavatoio. Aveva una sola aula al primo piano, sufficiente per ospitare gli alunni delle varie classi. Era stato usato come deposito per la manichetta dell'idrante antincendio e come ricovero per i mastelli delle lavandaie, ma poteva essere svuotato senza difficoltà e inoltre possedeva una stufa, rimasta spenta per anni ma ancora funzionante.

Restava da trovare una sistemazione per il maestro; se non faceva lo schizzinoso, beninteso. Il sindaco ci pensò su una notte e un giorno e poi decise di mettergli a disposizione due stanze in fondo al paese, di proprietà della moglie, in cui conservava damigiane vuote, qualche mobile d'avanzo, un baule di biancheria e le pale che usava per sgomberare la neve dalla strada di casa. Se l'affitto lo pagava davvero il Ministero, non sarebbe stato, alla fine, un cattivo affare.

Mancavano ancora tre settimane al primo lunedì di ottobre, giorno d'inizio dell'anno scolastico. Settimane frenetiche, per il sindaco e per il maestro. C'era tutto da organizzare: trasformare il locale sopra il lavatoio in aula scolastica, procurare i banchi e il materiale da cancelleria spesati dal Provveditorato; e fornire al maestro un letto, un armadio, una cucina a legna con cui potesse provvedere alle sue necessità, tanto alimentari che di riscaldamento. Tali spese per l'alloggio spettavano a qualche ufficio scolastico decentrato – così era scritto nella lettera del Provveditorato –, che le avrebbe rimborsate al Comune, una volta fornite le pezze di appoggio. In quest'ultimo paragrafo, scritto in calce, il sindaco vedeva un pericolo che la sua posizione di primo cittadino non gli consentiva di confessare pubblicamente; dunque, si incaricò di chiedere in giro se qualcuno avesse qualcosa da dare, di modesto o di ingombrante, qualunque cosa: una lampada in più, un materasso, una caffettiera, una cassapanca o un appendiabiti. Agli occhi del paese, quel giovanissimo maestro, che per barba aveva solo una rada peluria rossiccia, e come andatura quella di chi si muove nel mondo senza grandi preoccupazioni, perse così qualunque autorevolezza legata al ruolo; insomma, Breno Balangero lo avevano preso come un accidente, di quelli che arrivano senza averne colpa, e si aspetta solo che spariscano, per legge intrinseca di natura.

E poi c'era il nome: com'era possibile che gli avessero dato il nome di un paese, e di un paese, per giunta, della valle rivale? Anche Balangero era un paese, ma questo fatto li turbava di meno, perché nelle valli capita di prender cognome dai posti. Ma il nome? Non avevano santi nel calendario, i coniugi Balangero dell'altra valle? Non avevano morti in famiglia da ricordare, zii, nipoti, cugini a cui rubare un nome?

Il sindaco una teoria ce l'aveva, per averla letta da qualche parte: gli anarchici chiamavano i figli con nomi di cose e di animali per stare lontani dalla chiesa anche all'anagrafe. Che il maestro avesse nelle vene sangue impetuoso di anarchici? Ne parlò alla moglie e al cognato, e fu abbastanza: per tutto il paese, nel giro di poche ore, Breno diventò il maestro anarchico; quasi tutti ricordavano come il re di prima, un piccoletto mai visto lassù, fosse stato ucciso proprio da uno di quegli anarchici. Cosicché, poteva darsi che ci fosse del pericolo anche nel nuovo maestro, anche se a vedere come sorrideva ogni volta che gli si portava un cestino di uova o un bricco di latte fresco, non sembrava davvero così pericoloso; ma le cose hanno il brutto vizio di presentarsi in un modo e rovesciarsi in un altro: una slavina l'inverno passato si era portata via una baita, eppure era arrivata nella giornata più luminosa dell'anno, con temperature primaverili e un cielo da far credere in Dio anche i sassi.

La mattina del primo giorno di scuola, Breno si era svegliato prima dell'alba. Si era preparato il vestito la sera prima, una giacca di panno e una camicia su cui aveva scoperto una macchia di sugo che aveva strusciato con furia, finché era venuta via anche se era rimasto un alone. La camicia era ancora umida, per cui si infilò un foglio di carta tra la camicia e la maglia di lana e si avviò a scuola, con la cartella che si era comprato in città, in cui aveva messo il registro di classe nuovo nuovo, e i libri di testo.

A scuola non c'era nessuno.

Pensò che il primo giorno era facile essere in ritardo, e si mise a sistemare le sue cose: il registro, la boccetta d'inchiostro, la penna e i lapis sulla cattedra e una risma di fogli nel cassetto.

Alle dieci non era arrivato ancora nessuno. Aspettò fino alle undici prima di andare ad avvertire il sindaco.

Me lo immaginavo, fu la risposta. Ieri sera sono andato a bussare di casa in casa per dire a tutti che oggi cominciavano le lezioni.

Non si è visto nessuno, disse Breno.

Qui è così, disse il sindaco.

La mattina seguente Breno si svegliò alla stessa ora, si vestì con lo stesso vestito del giorno prima, attraversò il paese e aprì la scuola; si sedette alla cattedra e aspettò che terminassero le ore stabilite dal Ministero. All'una in punto andò a suonare personalmente la campanella, rimise registro e libri nella cartella, chiuse la scuola e se ne tornò a casa.

Fece così per i primi tre giorni, dopodiché gli parve di aver dato un segno eloquente al paese: era stato nominato maestro e da maestro si comportava, classe o non classe. Era un ragazzo pratico, Breno, e i pomeriggi pensò di dedicarli a quelle migliorie che nei giorni precedenti non si era avuto il tempo di fare: lavò personalmente i vetri della finestra e pensò di imbiancare i muri dell'aula, che erano arabescati di vecchie muffe fiorite ad arcipelago, neanche fossero state carte geografiche. Si fece prestare pennellesse e stracci, e dal sindaco ottenne un secchio di calce. Dipinta anche l'aula, non c'era altro da fare e Breno andò a cercarsi gli allievi.

Non verranno, aveva detto il sindaco. I bambini li mandano a raccogliere le castagne e le noci, per farci l'olio. L'inverno è lungo da queste parti, le settimane che precedono le nevicate sono preziose. Qui, quando arriva la neve si ferma tutto.

Breno disse: Vado lo stesso.

3

Il domatore di Concanera

Si procurò un elenco di tutte le famiglie che avevano figli in età scolare, non solo a Concanera ma anche nelle frazioni limitrofe. Quelli in obbligo di scuola erano otto, ma altri sei avevano frequentato la scuola elementare solo un paio d'anni e non avevano sostenuto l'esame di quinta.

Dal sindaco si fece spiegare dove abitavano e come arrivarci. La borgata si allargava sulle due sponde di un torrente che attraversava un piccolo altopiano, chiuso sui lati da pareti di roccia scura e da boschi di faggi e castagni. Per passare da una riva all'altra c'era da percorrere un ponte a schiena d'asino, che Breno immaginò essere antichissimo. Lo chiamavano il ponte della Masca. Anche nella sua valle c'era un ponte di pietra medievale, costruito in una sola notte dal diavolo, che aveva chiesto in cambio l'anima del primo che lo avesse attraversato. E le masche non erano meglio del diavolo, pensava, mezze streghe e mezze guaritrici. Per lui erano storie d'infanzia ormai sbiadite. Gli sembrava di ricordare che fossero femmine con gli artigli, vecchie o giovani, forse nemmeno femmine, solo creature misteriose, che facevano incantesimi e abitavano nei boschi e nelle caverne.

Appena fuori dal paese c'erano, sparsi tutti intorno, grossi monoliti conficcati nel terreno; anche vicino a Groscavallo ne aveva visti di simili. In un tempo lontanissimo persino i sassi erano stati vivi: spiriti e masche pietrificati in eterno. Le spiegazioni razionali – che i massi fossero formazioni rocciose, provocate da sedimenti antichissimi, e le masche figure legate al culto della terra o della fecondità di origine pagana – erano convincenti. E tuttavia, mentre attraversava il ponte della Masca per andare a presentarsi di casa in casa come il nuovo maestro, Breno si sentiva a disagio nel vedere quegli ammassi di roccia resi ancora più scuri dall'ombra della montagna, che rubava la luce al paese appena dopo le due pomeridiane. Una nebbia fluttuante, sfilacciata, ne velava la base, dando l'impressione che galleggiassero su un mare fatto di nuvole.

Scelse di cominciare dalla baita più grande, a ridosso del bosco. La donna che gli aprì la porta si chiamava Lina e, come apprese in seguito, era ricca: il marito, morendo, le aveva lasciato terreni, vitelli, diritti di taglio e una larga striscia di bosco. Lina domandò se il figlio dei Maina sarebbe andato a scuola; in quel caso, disse, avrebbe mandato anche il suo, l'Adelmo, che aveva sette anni. Breno fece segno di sì, non avendo idea di chi fossero i Maina. Certo, disse, a scuola dovevano andare tutti quelli che ne avevano l'obbligo. Era per questo che si trovava a Concanera, per insegnare, come prescritto dal Ministero.

Lina disse: Se viene Giovanni.

Breno continuò il suo giro. Tutte le case avevano una triade di cardi secchi inchiodati sul muro, contro gli spiriti. Dalle ultime famiglie arrivò con il buio, mentre una falce di luna spuntava sopra la cima della montagna. Si era mosso nello spazio e la luce calante gli diceva che si era mosso anche nel tempo, ma Breno aveva l'impressione di essere tornato indietro di anni, addirittura di generazioni, fino a uno stadio primigenio di vita oscura, ancora informe, embrionale, in cui aveva sgomento di riconoscersi. Da quando era arrivato a Concanera lo agitavano pensieri che sentiva fluttuanti e senza forma, come le nebbie basse sull'altopiano. Aveva la sensazione di non appartenere più a nulla, né alla montagna con le sue superstizioni, né alla città con le sue certezze. Una sola cosa si teneva come appiglio, il suo incarico di maestro elementare, nel quale rischiava di fallire prima ancora di aver cominciato. A grandi passi misurava la delusione per quell'inizio: come poteva immaginarsi che non avrebbe trovato nessuno in classe? Ma quegli scolari se li sarebbe ripresi, pensava, a uno a uno, erano suoi e c'era la legge a prescriverlo.

Ai padri e alle madri parlò con garbo e fermezza. I loro visi, i loro vestiti, le loro case gli dicevano quello che le loro bocche non articolavano: i figli, quando c'era da lavorare, non glieli avrebbero dati. Venissero pure i gendarmi, dicevano quegli sguardi, la forza pubblica, gente altolocata dalla città: le castagne bisognava raccoglierle prima che nevicasse, era un lavoro per tutto il paese. Gli uomini scuotevano i rami con le pertiche e le donne e i bambini usavano le molle per non pungersi con i ricci. E dopo le castagne c'erano da frangere le noci per l'olio, le foglie secche da rastrellare per i materassi e per le lettiere. Gli offrivano un bicchiere di vino, una fetta di pane di segale e facevano cenno di sì, che ascoltavano. E lui ricominciava col dire che la scuola elementare era un obbligo del governo, ma pure un dono: come molte cose nella vita. Su questo punto insisteva, quasi filosoficamente, o almeno così gli sembrava, deciso a mettere in luce la natura molteplice di tutte le cose, anche le più banali. Prendeva a esempio se stesso, puntandosi l'indice al petto: Ero l'ultimo di cinque, diceva, e certo non il più meritevole. Se il parroco che mi teneva per chierichetto non avesse convinto mio padre a farmi studiare, chissà se sarei mai stato qui davanti a voi, in carne e ossa. Vengo dalla Val Grande, diceva, sono nato in un paese come il vostro, so che bisogna prepararsi all'inverno. Nelle annate cattive non si dorme per la fame. E so che il pane non scende in tavola come la manna. La vita dei montanari non è la vita comoda che certi fanno altrove; se mi trovo qui, diceva, è per i vostri figli, per mostrarvi che anche loro possono diventare impiegati comunali, maestri come il sottoscritto, preti, ferrovieri.

Tutto il regno era in fermento, tutta l'Europa, e non c'era un luogo al mondo in cui mancassero le occasioni per chi avesse saputo approfittarne. Nel paese che si stava preparando sotto la spinta del progresso, non c'era spazio per chi non fosse andato a scuola, almeno fino alla quinta classe. Dovevano mandargli anche i ragazzi più grandicelli. La mia classe è aperta, diceva, per tutti quelli che hanno voglia di imparare. Non stiamo qui a fare i pignoli, me li prendo anche se hanno già compiuto dodici o tredici anni. Li presentiamo da privatisti alla licenza elementare. Con la licenza potranno fare tutto, anche proseguire gli studi.

L'arringa finale la faceva più per abitudine che per convinzione. Sembrava improbabile che a Concanera qualcuno avrebbe mandato i figli al ginnasio.

Se non avesse pensato di passare per pazzo, avrebbe detto dell'altro, che dai libri aveva imparato cose mai immaginate.

La sera, da solo, certe volte le vedeva queste cose inimmaginabili: la bellezza del mondo, anche quando sembrava duro e inospitale come le valli. Le città. La ferrovia. I piroscafi per l'America che non aveva mai visto, grandi navi scintillanti di luci che potevano affondare trascinando nelle acque dell'Atlantico migliaia di passeggeri, com'era accaduto nell'aprile precedente a una nave inglese. Il mondo, pensava, lo si poteva prendere come un intreccio indistinguibile di meraviglie e orrori. E forse era proprio questo che si imparava vivendo, che quello che era scritto nei libri riguardo alle cose passate valeva pure per le cose future. E gli uomini stavano lì in mezzo, senza sapere dove guardare, se indietro oppure avanti, tanto faceva lo stesso; non era quello che capitava a lui, che sperava di insegnare in città e si era ritrovato confinato in un borgo di montagna lugubre quanto il suo nome? Concanera. Come poteva essere arrivato a Concanera, dopo tanti anni di città? Quale masca si era messa di mezzo?

Si riscuoteva da quei pensieri, erano fesserie. Era un maestro. Un domatore, che doveva addomesticare le sue paure se voleva ammaestrare gli altri; e si sforzava di tener fermo lo sguardo su qualcosa di luminoso per sfuggire all'incertezza da cui si sentiva agguantato.

Ho un lavoro, ripeteva a se stesso, sono maestro, devo ricordarmelo: tutte le cose vanno prese con pazienza e filosofia, ogni matassa va sbrogliata poco per volta. Eppure quanto gli mancavano le sue sere in città, le camminate con gli altri studenti, lungo i viali e nelle piazze, i negozi illuminati e la pasticceria con le vetrine scintillanti davanti a cui si fermava la domenica, senza i soldi né il coraggio di entrare. Le ragazze che sfilavano sotto i portici, Teresa, una biondina che faceva la commessa di merceria e che gli sorrideva ogni volta che andava a trovarla con una scusa; la musica degli studenti del Conservatorio che usciva dalle finestre, una cascata di suoni di strumenti diversi che rimbalzavano nella piazza su cui era affacciata la sua soffitta. Non c'era niente di cui aver paura, in città, perfino i sarcofagi egizi che aveva visto un giorno al museo sembravano soddisfatti di quella sistemazione a migliaia di chilometri dal loro luogo di sepoltura, come dicevano i loro occhi lunghi e bistrati che fissavano il vuoto con serenità.

Era deciso a riuscire. Era nato in montagna anche lui, non era possibile che non sapesse come prendere la gente del paese: suo padre era stato un uomo silenzioso, umorale. Ma un brav'uomo, rimasto vedovo a trent'anni e con cinque figli da crescere. Quando lo aveva accompagnato al collegio, non era voluto entrare: aveva lasciato che Breno attraversasse la piazza da solo, trascinandosi il suo modesto bagaglio: non gli aveva fatto altro che una carezza veloce sulla testa ed era rimontato sul carro, dando una frustata al cavallo perché ripartisse al trotto. Non mi vuol bene, aveva pensato Breno, e quel pensiero, madido di dolore, che lì per lì gli aveva quasi tolto il fiato, era stato in realtà una solida fune a cui aggrapparsi quando aveva dovuto adattarsi alla sua nuova vita: che torno a fare a casa, pensava, se a mio padre non importa? Quando era morto, tre anni prima, era andato al paese ma non aveva nemmeno pianto. Era un estraneo, per le sue sorelle e per i suoi fratelli. E quell'estraneità aveva finito con l'essergli cara.

Ovunque facesse il suo discorsetto raccoglieva cenni di assenso e perfino, a volte, accendeva un bagliore d'interesse in quegli sguardi fermi; ma poi non se ne faceva niente e i banchi restavano vuoti. Prese a fare lunghe passeggiate, si inerpicava su sentieri ripidi che attraversavano boschi fitti di latifoglie e poi, più in alto, vere foreste di conifere, pungenti di resina. Attraversava valloncelli, guadava piccoli rivi, attento a non scivolare sui sassi. Tra prati verdissimi scorgeva una cappella o un ricovero, imboccava certe mulattiere che gli parevano miracoli di ingegneria montanara per come scavallavano e salivano verso qualche frazione ancora illuminata dal sole quando invece la valle più in basso era già invasa dall'ombra. Tornava in paese poco prima del tramonto, quando il freddo gli era entrato nelle ossa, sentendosi addosso le ombre di selvatico che si era lasciato alle spalle, nei boschi. Stormi di uccelli migratori passavano alti sulle cime degli alberi, mentre le giornate cominciate con un cielo dorato finivano allo stesso modo, con l'aria tiepida che si inumidiva d'ombra. Arrivato in paese, camminava per la strada principale, dove sentiva altri odori, più domestici, di fumo di legna e del muschio verde cresciuto in estate sul bordo interno della fontana che marciva nell'acqua.

A casa si toglieva le scarpe e aggiungeva un ciocco di legna nella stufa. Poi si svuotava le tasche dei sassi che aveva raccolto. Ne faceva mucchietti diversi, per colore – verdi, rosso scuro, violacei. I più belli erano le piriti scintillanti. Era la sua scorta di premi per i bambini, quando sarebbero venuti in classe, e piacevano anche a lui. Frantumi di roccia. Pezzi di montagna.

Aspettava.

4

La neve risolve un problema

A fine ottobre venne il freddo. E con il freddo, la neve.
La notte le temperature scendevano sotto lo zero, ma di giorno risalivano e cominciava a nevicare. Dalla finestra della sua camera, Breno non vedeva che fiocchi di neve e nebbia. Non aveva previsto la circostanza di essere un maestro di ruolo ma privo di scolaresca; questa seccatura, sommata alla noia, al rimpianto della città e alla frugalis-

sima sistemazione in quelle due stanze gelate, gli fece venir voglia di scrivere una bella lettera di protesta al Provveditore o a qualche altro Funzionario Scolastico di cui non conosceva il nome né la competenza, ma che – immaginava – si sarebbe dato da fare per risolvergli le grane; oppure no: poteva anche darsi che, letta la lettera di protesta, gliene spedissero un'altra con scritto: *Siamo pieni di aspiranti maestri, meno schizzinosi di Lei e disposti a tutto per uno stipendio aumentato di un bel terzo dal Governo Nazionale, arrivederci e grazie.*

E invece fu la neve a risolvere il problema.

Una mattina era ancora a letto quando sentì bussare alla porta. Erano due ragazzini, uno più grande e l'altro più piccolo, di sei o sette anni. Quello più alto disse che erano andati a scuola e l'avevano trovata ancora chiusa.

Aspettatemi, disse, arrivo subito. E si vestì di corsa.

Come vi chiamate?, chiese mentre prendeva la cartella e il giaccone.

Io sono Giovanni Maina, rispose quello più alto. È lui è Adelmo.

Ho sei anni, disse Adelmo. O sette. Ma Giovanni ne ha dodici. Va bene lo stesso, per la classe?

Va bene, disse Breno. È tanto che aspettate?

Un po'. Non tanto.

Passiamo per la salita, disse Giovanni. Si fa più veloce.

Breno camminava sulla strada ghiacciata, cercando di non scivolare.

Il ragazzino più grande saltava da un lato all'altro, scansando il ghiaccio, e tirava Adelmo per mano.

Sembri uno stambecco, disse Breno. Non ti sto dietro.

È la strada più corta, disse. È già tardi.

Fuori dalla scuola c'erano i bambini. Li fece entrare e si presentò. Sono il vostro maestro, annunciò.

Lo sappiamo, disse il ragazzino che era venuto a bussargli alla porta.

Gli altri dove sono?, chiese Breno.

Forse vengono, disse Adelmo. Domani, aggiunse.

La mattina seguente l'intera classe era seduta tra i banchi. Breno studiava i suoi alunni. Erano di età diverse. Con sorpresa si rese conto che erano venuti anche i più grandi. Avevano tutti l'aria disorientata. Calzavano scarpe dure, che facevano risuonare l'impiantito come se nell'aula fossero entrati dei giovani soldati. Molti di loro, quelli che vivevano nelle baite più lontane, avevano i pantaloni fradici fino al ginocchio per aver camminato nella neve alta. Chiese a ciascuno il suo nome, li divise per gruppi di età e distribuì i quaderni. Fece qualche domanda, per sapere chi di loro sapeva già leggere e scrivere. Quell'arrivo improvviso lo riempì di speranza: finalmente poteva insegnare, era riuscito, con quell'andare di casa in casa, a convincerli dell'importanza della scuola. Sono contento, disse, oggi è un giorno importante, per voi e per me.

Chi di voi non è mai andato a scuola?, chiese.

Si alzarono sette mani, incerte.

Siete qui per imparare, disse. Ci vuole tempo. E non abbiamo fretta, non è vero?

I bambini lo guardavano straniti.

Vediamo un po' come cominciare, disse, più a se stesso che a loro.

Tornato a casa, nel pomeriggio, si sentiva di ottimo umore: aveva un lavoro, era un maestro con una scuola e adesso aveva anche una classe. Vi era, in lui, molta ambizione; Adesso tocca a me, pensava. Se avesse fatto al suo meglio il mestiere per il quale era stato assunto, un giorno o l'altro lo avrebbero richiamato in città, dove aveva vissuto tanti anni senza mai arrivare a stancarsi di percorrerne i viali, di vedere la gente elegante, i signori che si toccavano la falda del cappello quando si incontravano. E, una volta tornato in città, sarebbe passato a insegnare ai figli della borghesia, che certo, immaginava, gli avrebbero dato maggiori soddisfazioni di quei ragazzini di montagna con l'aria da scimuniti, incapaci di dire una frase in italiano senza ficcarci in mezzo il dialetto.

La prima settimana fu disastrosa: gli allievi mancavano di concentrazione, lo fissavano annoiati o stupiti, o entrambe le cose. Cominciò a sospettare di non dovere i suoi alunni all'eloquenza con cui aveva perorato la causa dell'istruzione, bensì alla stufa della scuola, che bruciava allegramente la legna pagata dal Ministero. Con i campi coperti di neve e le temperature notturne sotto lo zero, il lavoro si spostava al chiuso di fienili e stalle appena scaldate dalla presenza degli animali, un tepore insufficiente a tenere a bada le infreddature; era ovvio che li mandavano a scaldarsi, non a imparare; Ma almeno sono qui, pensava, ed era meglio che niente. Caricava la stufa e si sentiva addosso gli occhi della classe. Avevano l'aria stranita e ombrosa.

Si spostava tra i banchi, controllava i quaderni di chi sapeva già scrivere e correggeva la grafia di chi lottava con la rotondità delle *a* e delle *o*, di chi si impigliava, frastornato, a chiudere le *f* con un doppio occhiello. Si sforzava di interessarli, li spronava a esercitarsi dando segno di avere una inesauribile riserva di pazienza. Senza risultato. I bambini facevano ugualmente fatica a stare fermi nei banchi, erano distratti e svogliati. Provò allora con le punizioni e i castighi, e non ottenne niente se non di scoprirsi, infine, disorientato non meno dei suoi scolari. Ebbe presto la certezza che non avrebbe raggiunto lo scopo. Doveva rassegnarsi e considerare destinato all'insuccesso il suo mestiere d'insegnante, a meno di decidersi per dei mezzi più audaci.

Il primo cambiamento che mise in atto fu inaugurare le lezioni con un quarto d'ora di lettura ad alta voce. Sceglieva dal sussidiario un capitolo di storia o una poesia e poi domandava alla classe che cosa avevano capito. L'esperimento non diede altro risultato che sguardi ancora più annoiati e assenti; e i premi – uno dei suoi sassi, un pezzetto di cioccolato, una coccarda celeste, un cartoccio di castagne arrostite – produssero solo miseri risultati.

Breno si stava perdendo di coraggio. Che razza di lavoro gli era toccato. Forse, pensava, un maestro con maggior esperienza, avrebbe fatto di meglio. Si vergognava. Aveva l'impressione che fallire in quel primo incarico avrebbe pregiudicato tutta la sua carriera. Si vedeva marcire – e con amarezza usava esattamente quel verbo, *marcire* – in montagna come marcivano, di anno in anno, i prati sotto la neve. Ma era giovane – e ne era consapevole con una certa penosa acutezza, come se la gioventù dovesse, per sua stessa natura, esser capace di qualche successo o impresa impossibile –, e questa sua gioventù finiva per ricucirgli addosso un ottimismo ingenuo, smemorato, che non teneva conto dell'esperienza giornaliera ma si aggrappava alla possibilità di un cambiamento, anche se non avrebbe saputo dire cosa mai potesse metterlo in moto.

Ci dev'essere un modo, pensava in certe mattine luminose, quando la neve scintillava sotto un cielo turchino e tutto pareva facile nell'aria frizzante. La sera, rientrato a casa, l'ottimismo calava come la luce del giorno e gli depositava nel cuore una consapevolezza sconsolata, che i suoi ragazzi – così li chiamava – erano incrostati di ignoranza secolare, impermeabile a qualunque sollecitazione. Tutta fatica sprecata, pensava, mi pagano per fare un lavoro che non può essere fatto.

Breno aveva però, dalla sua, una certa caparbietà che lo sorreggeva ogni volta che vacillava; e bastava una mattina di sole, una notte ben dormita, lo sgocciolio allegro della fontana davanti alla scuola, quando un rivolo d'acqua riusciva a farsi strada nel cannello ghiacciato, per armarlo di nuovi propositi. Era assorbito totalmente dal suo problema:

non voleva passare per incapace, non agli occhi del ministero per l'Istruzione – di cui aveva un'immagine piuttosto nebulosa –, e nemmeno, a essere del tutto onesti, ai suoi stessi occhi, che vedeva riflessi ogni mattina nello specchio appeso al chiodo sopra al bacile.

La sua perseveranza lo costringeva a riflettere incessantemente. Molte di queste riflessioni lo seguivano quando era ora di andare a letto; e non di rado si svegliava nel cuore della notte con un'idea che al mattino era svanita o gli sembrava del tutto campata in aria. Allora si alzava, con la riluttanza di chi non si aspetta alcuna soddisfazione dal giorno che ha davanti a sé. Gli sembrava, in quelle mattine gelate, di essere destinato a non essere altro che un modesto e incapace impiegato del Ministero, che nell'ombra della valle si sentiva relegato, ostaggio impaziente delle circostanze: vale a dire, degli occhi annoiati e distratti della sua classe di allievi. Poteva scordarsi le ricopiature perfette, i quaderni senza macchie, le recite di poesiole di un paio di strofe. Quanto alle addizioni e alle sottrazioni, erano un patimento per gli scolari e per lui che doveva correggerle; alla moltiplicazione e alla divisione temeva che non sarebbe mai arrivato, nemmeno alla fine dell'anno.

Non era un pedante, Breno Balangero, e su molte lacune, sue personali e dei suoi allievi, era capacissimo di chiudere un occhio; ma gli sguardi della classe rivelavano la più assoluta incomprensione di tutte le cose. Non erano lacune, erano voragini. Qualunque insegnamento avesse tentato per colmarle, ne sarebbe stato inghiottito.

Fu così che, un pomeriggio, si decise finalmente a scrivere al Ministero per chiedere un trasferimento. Aveva quasi finito la lettera quando gli venne un'idea, così strampalata da sembrargli perfino buona. Mise da parte il foglio, già asciugato con la carta assorbente, e la mattina dopo, arrivato in classe, annunciò la novità: Chi vuole, disse, può fermarsi in classe dopo le lezioni. Farò uno spettacolo.

Suonata l'una, scese dalla cattedra e si sistemò tra i banchi, con la bacchetta brandita come una spada. Da oggi siete tutti cavalieri, disse. Cominciò a chiamare i bambini uno alla volta e li fece inginocchiare per terra, sfiorandogli le spalle con la bacchetta, nel nome del Padre, del Figlio e dello Spirito Santo. Prendeva i nomi dei paesi vicini, diceva a uno che lo faceva cavaliere di Malciaussìa, a un altro duca di Usseglio, al terzo conte di Viù. Così facevano i re di una volta, disse, per circondarsi di nobili fedeli. E adesso andate a casa, diceva, tornate nei vostri castelli, e preparatevi a obbedire al vostro re.

Mentre radunava i quaderni da correggere, li sentiva giù in strada, che ridevano e ancora si chiamavano tra di loro duca di Usseglio, barone di Ceres, conte di Viù e cavaliere di Malciaussìa.

Il giorno dopo ne scelse sette e li nominò re di Roma, poi divise gli altri in Sanniti, Etruschi, Sabini e Bruzi. Finiva le lezioni cinque minuti prima, che diventarono presto un quarto d'ora e poi delle mezz'ore, e allestiva il suo palcoscenico spostando la cattedra o mettendoci sopra una sedia. Non sono pagato per farvi le recite, diceva, e se le faccio ve le dovete meritare. Prima di cominciare assegnava compiti, come aveva distribuito investiture il primo giorno: esercizi di matematica, poesie da imparare a memoria a quelli che facevano fatica con l'italiano, pagine e pagine di lettere in corsivo ai più piccoli che macchiavano i fogli di inchiostro e ai quali riusciva ancora difficile fare le *o* rotonde e chiudere le *z* con uno svolazzo.

Faceva il principe, il sultano con la sciarpa arrotolata in testa come un turbante, Carlo Magno incoronato. A braccia conserte, silenziosi e attenti, i bambini, guardavano. Fu Copernico con una cipolla e una mela a fare da Sole e da Terra, Giulio Cesare pugnalato in senato – Siete voi i senatori che avete congiurato, vigliacchi!, gridava riverso sulla cattedra –, e poi Carlo V ritirato in convento, stanco e ingobbito per aver retto le sorti di un impero sconfinato. E Cristoforo Colombo dalla cattedra, che si riparava dal sole con la mano e scorgeva terra dopo settimane di navigazione. Da casa cominciò a portarsi gli oggetti di scena: una trapunta, un mestolo, un giornale arrotolato per farne un cannocchiale, quello che l'immaginazione gli suggeriva; e le sue doti di attore, che mai avrebbe immaginato di possedere, splendevano ancora di più quando dalla storia passava alla geografia e descriveva continenti lontani, l'Africa, il Sudamerica, di cui sapeva parecchio per aver letto le lettere di uno zio emigrato in Brasile per sfuggire alla fame.

Aveva ricominciato a dormire tutta la notte: se si svegliava, si girava dall'altra parte e affondava contento la testa nel guanciale: aveva trovato il modo. Se lo consideravano strambo, si accomodassero pure. Si era accorto che un paio di scolari, quando recitava passando tra i banchi, si toccavano la fronte per dire è matto, deve avere qualche rotella fuori posto.

5

Giovanni Maina

Giovanni Maina di secondo nome si chiamava Umberto. Lo stesso nome del re ucciso da un colpo di pistola il 29 luglio 1900. La cosa lo lusingava. Un nome da sovrano. Che il suo eponimo fosse morto assassinato non lo preoccupava: dal maestro aveva imparato che nel destino dei re e degli eroi le morti violente erano abbastanza ordinarie e andavano considerate più o meno alla stregua di rischi del mestiere. Un elenco lunghissimo: Greci, Troiani, consoli della Repubblica, imperatori bizantini, condottieri caduti in guerra o nelle imboscate, re avvelenati o pugnalati in palazzi sfarzosi, ghigliottinati nelle piazze. Un francese, Marat, perfino nella vasca da bagno.

Dopo la scuola, Giovanni si inerpicava con il passo dello stambecco, come aveva detto il maestro. Saliva per la mulattiera che andava verso il bosco. Costeggiava fienili silenziosi, staccionate scolorite dalle intemperie, stalle chiuse da cui proveniva qualche muggito isolato. L'odore del letame lo accompagnava per un bel tratto lungo la salita. Per evitare i lastroni di ghiaccio che rendevano scivolosa la strada, camminava sempre dove la neve era morbida, attento a evitare le spine delle rose canine. Sui rami nudi c'erano ancora piccole bacche arancioni che resistevano al gelo. Passava il ponte della Masca, superava l'ultimo fienile del paese e imboccava il sentiero ghiacciato. Per non scivolare saltava sui mucchi di neve più morbida, agile e attento. Detestava tornare a casa. Una volta in cima, si fermava a guardare il paese, le baite addossate l'una all'altra, la chiesa, il lavatoio. Vedeva anche il torrente, un taglio scuro nel bianco e la girandola segnavento sul campanile, con un lembo di stoffa impigliato in quel perpetuo vorticare, come una bandiera sugli spalti di un castello medievale. Non riusciva a vedere la scuola, nascosta dalla chiesa.

Un sabato mattina il maestro lo aveva chiamato alla cattedra e gli aveva chiesto di leggere ad alta voce i nomi sul registro. Sapete a cosa serve un cognome?

Avevano balbettato che sì, lo sapevano, un cognome serviva per sapere chi eri.

Hanno cominciato a usarli per evitare la confusione, aveva detto il maestro. Un po' come i soprannomi. Chi di voi ha un soprannome?

Tito Romanetto aveva alzato la mano. A me mi chiamano lo Zoppo. Ma non è vero che sono zoppo. Ho solo una gamba più corta dell'altra perché ho preso la malattia. Non sono nato zoppo, aveva detto. E quando cresco, mia madre mi fa fare una scarpa più alta. Tanto così. E aveva aperto pollice e indice.

Lo sai cosa indica il tuo cognome?

No, aveva detto Tito. Nossignore.

Breno era sceso dalla cattedra e si era messo tra i banchi, con un grande sorriso. Vi dico un segreto. Il qui presente Tito discende da un soldato romano.

Uno dei più grandi, Vittorio Giacomelli, era scoppiato a ridere.

Ridi, ridi, Giacomelli. Ma ridi poco, o finiranno per considerarti persino più sciocco di quello che sei. In un secolo ci sono tra le quattro e le cinque generazioni. A occhio e croce, poco più di una settantina di persone ci separano dai legionari romani che sono arrivati fino a qui. Cioè gli antenati di Tito. Ma che ve lo dico a fare? Siete un branco di capre.

Io vengo dai Romani?, aveva chiesto Tito, dubbioso. Dietro di lui, la classe ridacchiava. Il maestro era matto, pensavano, un matto che faceva ridere.

Continuiamo, aveva detto Breno. Io sono nato in un borgo di montagna dalle parti di Groscavallo. Il nome lo hanno inventato i Celti, quelli che abitavano nelle nostre valli prima di noi. Graus vald, la valle verde. Avete mai visto valli più verdi? Stava per dire: E come avreste potuto, dato che non siete mai usciti da qui? Ma aggiunse, invece: E cosa sapete del nome della vostra valle?

Silenzio.

Capre. Che capre che siete. Viù viene da via. Da qui si andava in Gallia. Qualcuno dice che dalle valli di Lanzo sia passato anche Annibale con gli elefanti. Chi di voi sa dirmi qualcosa di Annibale?

Era un generale, disse Giovanni.

Un generale nemico di Roma. Immaginatevi un ragazzino nato secoli fa ma identico a voi, un figlio di montanari. Deve mungere le vacche. Esce di casa con il buio e il freddo lo fa tremare come un passero. Il sole sta per sorgere, ma c'è ancora una nebbia leggera. Le chiome degli alberi fremono e si scuotono. La montagna si muove, pensa. Poi li vede. Escono fuori dal bosco, altissimi, con le lunghe proboscidi. Sono enormi, grigi come l'ardesia. Sembrano fatti di ombra. I soldati hanno elmi piumati, stendardi e lunghe lance. Seguono i carri con le vettovaglie.

Ma quando è successo?, domandò Tito Romanetto, a cui la recentissima scoperta di discendere dagli antichi Romani aveva dato ora una baldanza inusuale.

Be', non lo so se è successo. Ma può darsi.

Ma Annibale è passato da qui, sì o no?, volle sapere Vittorio, ancora un po' offeso per essersi sentito dare dello sciocco davanti tutti.

E chi può dirlo? Dal Moncenisio o da qui.

La fonte sotto la nostra montagna, disse Giovanni con la voce incerta di chi teme di dire una sciocchezza, si chiama la Barcaccia.

Bravo Giovanni, disse Breno. Annibale, di cognome, faceva proprio Barca. Questo è quello che penso io. Potrebbe essere andata così. Immaginatevi i soldati sfiniti, i carri carichi di masserizie, le casse di armi, le tende per accamparsi... Annibale l'Africano, figlio di una terra lontanissima, che porta il suo esercito sulle Alpi e scende nelle valli di Lanzo. Qualcuno un giorno lo scoprirà.

Chi?, disse Giovanni, emozionato.

E chi lo sa. Uno che studia. O che va al ginnasio. Come dovresti fare tu, Vittorio, invece di ridere. E come spero farai tu, Giovanni. Come dovreste fare tutti. Questo tempo in cui viviamo, lo sapete cos'è?

Vittorio alzò pronto la mano, Oggi è il 15 novembre 1912, e aveva le orecchie rosse di imbarazzo.

È il tempo della modernità, disse il maestro Balangero, ignorando Giacomelli. È già il domani. Il mio e il vostro. Siamo affacciati sul futuro. E io questo futuro lo vedo all'orizzonte, che sorge con la stessa certezza con cui la mattina vedo il sole uscire dietro al Bric. E lo vedete anche voi, se guardate bene. Proprio lì davanti al vostro naso. Preciso, preciso.

I bambini tacevano. I due più piccoli, seduti al primo banco, giocavano a far rotolare le matite. Il maestro, senza una parola, si avvicinò per toglierglie le di mano. Cosa mangiate a pranzo quando arrivate a casa?

Latte e polenta, disse uno dei due.

Poi, rivolto alla classe: E voi?

Minestra di fagioli, tentò ancora Giacomelli.

Frittata e acciughe, rispose una voce dietro di lui.

Adelmo alzò la mano per dire che sua madre gli faceva mangiare tutti i giorni la carne che era dura e sapeva di ferro.

Balangero fece segno di fare silenzio. Quindi, quando andate a casa, trovate qualcosa nella scodella. Polenta. Carne che sa di ferro. Fagioli. Magari toma. Acciughe. Una frittata. Bisogna averci le galline. Le vacche al pascolo. Bisogna fare il fieno. Raccogliere le noci e le castagne. Mungere. I soldi che servono per comprare mezz'etto di acciughe quando arriva il carro dell'ambulante da Viù. Ma che vi dico, già lo sapete. E allora mi permetto di suggerire alla mia classe di cavalieri e signori che nel mio reame ognuno può mettere nella scodella quello che vuole. Se lo vuole. Non siete nati per vivere come campavano i vostri antenati. Né come i Celti o i legionari romani parenti di Tito. Se studiate potrete scendere a valle o restare quassù, ma restarci perché lo avete voluto. Restateci da gente che sa leggere e scrivere e far di conto. Restateci perché le vostre valli vi piacciono tutti i giorni dell'anno, quando piove e quando fiocca, quando i prati sono verdi e quando sono solo fango e acqua. Restateci da signori. I signori sono gente che sceglie. Chissà che un giorno non riusciate a mettere in tavola qualcosa di più esotico di latte e polenta. Magari un'aragosta. O una papaya, che è un frutto tropicale che si trova in Brasile. Ha ragione Giacomelli, oggi è il 15 novembre. Un giorno come un altro del 1912. Ancora un paio di mesi e saremo nel 1913. Ecco come corre il tempo. Ma voi stategli dietro, come faccio io. Anzi, saltateci dentro, al tempo, come saltate nella neve le domeniche in cui nevica tanto e nessuno vi corre dietro.

Finita la lezione, tornarono a casa. Nevischiava e metteva al brutto. C'era tutto l'inverno per stare in classe, prima di essere mandati a strappare le erbacce e a dissodare gli orti.

Giovanni era arrivato quasi in fondo alla strada quando tornò indietro, di corsa, schivando il ghiaccio. Il maestro era ancora nell'aula, a correggere i compiti.

Giovanni entrò, esitante.

Maestro, disse, ma tutte queste cose sono vere?

Quali cose?

Annibale. Gli elefanti. Come ha fatto a portarli in montagna d'inverno? Gli elefanti non mangiano le castagne. E sotto la neve non c'è erba.

Non lo so come ha fatto. Non lo sa nessuno.

Ma è vero?

Forse. Chi lo sa.

Mi piacciono le storie.

Anche a me. Lo vuoi un libro da leggere?

Non ho i soldi.

Non ti servono. È un libro che ti posso prestare. Ha anche le figure. Guarda.

Breno sfilò un libro dalla cartella e lo aprì alla pagina con un'illustrazione.

Giovanni passò l'indice sull'elefante bardato e sul soldato cartaginese che lo teneva per la cavezza.

È molto bello questo elefante, disse. Ma non credo che sia passato dalla nostra valle. È troppo lontana. Qui non viene mai nessuno. Soprattutto d'inverno.

E allora dovrai uscire dalla valle, Giovanni, disse Breno. Quando sarai grande. Come ho fatto io.

Come si fa a diventare maestro?

Devi studiare. Prendere un diploma. E poi daranno una classe anche a te.

A Concanera?

Magari no. Magari in città. Ci sono cose bellissime in città. Cose che non ti immagini.

Io le voglio vedere, disse Giovanni.

6

Un'idea difficile da mettere in pratica

All'inizio di marzo, la neve a bassa quota aveva cominciato a sciogliersi e le mulattiere lastricate che tagliavano i boschi erano tornate percorribili. Breno aveva ancora tutti i suoi scolari. Nel pomeriggio, non appena le giornate si erano allungate, saliva in montagna con un paio di racchette in spalla che si infilava quando la neve diventava più alta. Esplorava la valle, saliva alle balme, inquieto perché più si avvicinava la primavera, più temeva il momento in cui i suoi allievi avrebbero smesso di venire in classe. Più saliva in alto, più vedeva. Non solo la valle e i boschi e i torrenti, ma il suo futuro di maestro e, in certi slanci di generoso sentire, anche quello della sua classe. Si sentiva investito di un ruolo. La mano fortuita del caso – il parroco che aveva parlato a suo padre di una borsa di studio destinata a uno scolaro meritevole – lo aveva trapiantato in città. Non era mai stato meritevole, non più di altri, ma per quella borsa di studio era stato l'unico candidato. Suo padre lo aveva mandato in collegio per avere un figlio in meno da sfamare.

Seduto su una pietra, a guardare la valle ancora scintillante di neve sotto il sole primaverile, si domandava se non dovesse diventare, a sua volta, lo strumento del caso per qualcuno dei ragazzi. E mentre se lo domandava, già conosceva la risposta: gli toccava. Giovanni Maina meritava di studiare: perché era sveglio e aveva voglia di imparare, perché la mattina arrivava in classe prima degli altri e se ne andava per ultimo, con la sua camminata da stambecco. Almeno tre volte nell'ultimo mese era arrivato coperto di lividi. Aveva indagato, Giovanni aveva sempre detto di essere scivolato, ma Breno aveva chiesto in giro, con discrezione: Tomaso Maina aveva il vizio di bere.

Breno pensò di parlarne con il sindaco. Non disse nulla dei lividi. Sapeva che in paese erano tutti parenti, magari alla lontana, e non voleva passare per uno di città che si immischia di fatti altrui. Disse solo che avrebbe scritto al collegio in cui aveva studiato, per vedere se c'era una borsa di studio da assegnare a uno scolaro delle valli.

Il sindaco disse che Maso Maina, un parente di sua moglie – come aveva fatto bene, pensò Breno, a non parlare dei lividi! –, era un uomo scontroso e lavorava come operaio alla segheria. Giovanni era il figlio minore, nato a parecchi anni di distanza dal maggiore, Piero, anche lui operaio.

Per Breno fu abbastanza. Scrisse una lettera, venne a sapere che era disponibile una borsa per l'anno venturo, che bisognava superare un esame a giugno. Mancavano ancora tre mesi per preparare Giovanni. Il fatto che ci fosse un concorso e che le iscrizioni fossero ancora aperte a Breno parve un segno evidente che il caso, o il destino, avesse indicato una strada, come una di quelle mulattiere lastricate che sparivano nei boschi per poi risbucare, dopo qualche chilometro, in vetta o in una valle contigua. Pensò di non dire ancora niente; se riusciva a far studiare Giovanni e a prepararlo per l'esame, poi sarebbe stato più facile. Era sicuro che avrebbe accettato. Tempo da dedicare alle ripetizioni ne aveva a sufficienza, però occorreva che Giovanni tornasse a scuola dopo pranzo. E magari anche la domenica pomeriggio. Breno rifletteva: l'idea di prepararlo all'esame gli sembrava sacra come le Scritture; e altrettanto difficile da mettere in pratica. Giovanni era un ragazzino mite, con gli occhi rotondi e orlati di ciglia pastose, alto per la sua età, con le gambe lunghe e il busto corto. Era inseparabile da Adelmo, che tossiva in continuazione ed era pallidissimo. Adelmo era figlio di Lina, la vedova ricca sempre vestita di nero. Portava il lutto per il marito e per i due figli maggiori, un ragazzo e una bambina, morti di febbre ai polmoni.

Adelmo era un disastro: non imparava, leggeva a stento e confondeva le lettere. Un caso disperato, secondo Breno. Certe mattine, vedeva Giovanni che gli sosteneva la mano per aiutarlo a scrivere meglio, che lo faceva leggere e compitare. Lina veniva a prenderlo tutti i giorni, aspettava fuori dalla scuola con uno scialle in mano, che poi gli girava intorno al collo perché non prendesse freddo.

Adelmo è l'unico che mi è rimasto, gli disse un giorno. Viene a scuola perché c'è Giovanni. E io sono contenta. Ma studiare non gli piace. Si stanca. Non verrebbe se non fosse per Giovanni, che Iddio lo benedica.

Mi ascolti, disse lui d'impulso, lo faccia venire a scuola di pomeriggio. Lezioni supplementari. Gratuite.

Non gli piace studiare, ripeté Lina.

Diciamo di venire anche a Giovanni.

Lina non sapeva. L'idea era buona, ma davvero serviva che imparasse a leggere e a scrivere meglio?

Serve, serve, disse Breno, rosso d'imbarazzo. Lo faccia venire con Giovanni. Chieda a Tomaso Maina.

Lina disse che ci doveva pensare, ma certo, l'idea di tenerlo al caldo per tutto l'inverno che restava era una buona cosa. Insieme a Giovanni.

Chiederò a Ester, disse, chiederò alla moglie di Maso.

Piero Maina aveva diciannove anni e lavorava alla segheria. Non aveva finito nemmeno la terza classe. La sera, intorno alle cinque, tornava a casa con il padre, affamato. Da un anno la segheria aveva sviluppato la produzione di tannino, ottenuta con la macerazione del legno di castagno, e in ottobre Piero era stato assegnato alle vasche. Quando tornava a casa, l'odore pungente del tannino si spandeva ovunque. Ester gli lavava i vestiti a rotazione, anche col freddo, e poi li sistemava ad asciugare accanto alla stufa. Ma l'odore restava.

Giovanni, quando vedeva arrivare Piero e Maso, si scansava per abitudine. Piero non lo picchiava ma non lo difendeva, anche se era più alto di Maso di quasi un palmo. Per fare i compiti o leggere il libro che gli aveva prestato il maestro, Giovanni si nascondeva nel fienile.

Piero odiava l'odore del tannino. Aveva cercato di farsi spostare nel reparto di Maso, dove si preparavano i tronchi da segare, ma gli avevano detto che non era possibile, non fino all'estate. E così Piero era sempre di cattivo umore e se la prendeva con Giovanni. Deve andare anche lui alla segheria, protestava, altro che a scuola.

Il maestro è venuto a dirci che la scuola è obbligatoria, diceva Ester. Porta pazienza.

Il maestro s'impiccia di cose non sue, diceva Maso. Parla come uno di città. Come quelli che il pane lo trovano a tavola. A lui ci pensa lo Stato. E così *il signor maestro* poteva starsene dietro la cattedra a pancia piena, a ripetere che bisognava far studiare i ragazzi. La faceva facile, lui. Non lo sapeva, la vita di montagna com'era, anche se diceva di essere nato in montagna; se pure era così, se davvero era nato in Val Grande, che ci tornasse. A vedere se i suoi se lo riprendevano, uno buono solo a leggere e a scrivere.

7

Le ceste di Lina

Un lunedì, verso sera, Lina aveva bussato alla porta e aveva messo sul tavolo un quarto di toma stagionata e una spalla di prosciutto. Domani ve ne porto dell'altro, aveva detto. Maso era sobrio, quasi educato. Non voglio limosine, aveva detto, il maiale l'ho ammazzato a novembre.

È per Adelmo, aveva detto Lina con voce incolore. Ogni

domenica viene con me al cimitero. Mi aiuta a spazzare le foglie e la neve. Ha cominciato a tossire come gli altri. Mandalo a scuola di pomeriggio il tuo ragazzo, insieme al mio.

Maso aveva tirato fuori di tasca un mozzicone e se l'era messo in bocca, senza accenderlo.

Lina era tornata altre volte. Spingeva la porta con le spalle perché aveva sempre le mani occupate con la cesta, in cui metteva toma fresca, una ciambella, un fiasco di vino. Posava tutto sul tavolo e se ne andava. Tomaso, a vedere quelle ceste, diventava rosso di collera. Chiamava Ester: Vai, diceva, e riporta la roba a quella vecchia scema della Lina. A casa mia la limosina non ce la voglio. Qui non c'è posto per gli alfabeti, e allontanava la cesta, da cui aveva avuto l'accortezza di prelevare, come niente fosse, il vino. Dille chiaro e tondo che Giovanni farà come Piero. Andrà come operaio alla segheria. Diglielo che non è un signorino.

Lina continuò con le ceste. Se non entrava, le lasciava davanti alla porta dei Maina, ben in vista – Come Mosè bambino tra i canneti del Nilo, disse il parroco durante la predica. E così lo seppero tutti in paese, che la Lina voleva convincere Maso a lasciare che Giovanni andasse a scuola di pomeriggio con Adelmo. Ester frugava nella cesta, sceglieva, nascondeva nella madia il sacchetto di fagioli, le zollette di zucchero e il miele e riportava la cesta alla Lina, dicendo che Maso aveva apprezzato, che si sarebbe convinto, e la vedeva sorridere la Lina, con il sorriso della speranza, chissà, magari.

Una sera che nevicava, Ester si era infilata a letto e Maso le aveva tolto la camicia e messo la mano tra le gambe. Faceva buio e faceva freddo, la bocca di Tomaso sapeva di vino, e a Ester tornò in mente com'erano quando erano giovani e si spogliavano senza avere freddo, pieni di voglia, e come ridevano, dopo, e pensò che Maso non era sempre stato così, al contrario, era stato un uomo con la sua luce e le sue allegrie. Gli aveva stretto intorno alla vita le gambe pallide. Maso, senti, aveva detto. La Lina è venuta di nuovo a lasciare una cesta, con due sacchi di riso e i fagioli di Saluggia. Una bella cesta piena, da farci una festa. Facciamo come ci chiede lei, gli aveva sussurrato, accarezzandogli la schiena curva.

Lui si era sciolto dalle gambe di Ester e si era tirato su per appoggiarsi allo schienale del letto. Tutto il paese ci prende per morti di fame, con questa limosina della Lina, non lo vedi?

È tutta colpa del dispiacere che ha in cuore, aveva detto Ester rimettendosi la camicia. Si sentiva un calore alle guance e la voglia di carezzarlo ancora. Maso, disse, ti prego. Mandiamolo a scuola di pomeriggio.

Non toccare la roba della Lina, disse Maso. È una vergogna.

Maso, cominciò Ester, e poi non disse più niente. Non sapeva più parlargli. Un tempo le aveva le parole per calmargli la rabbia, ma erano passati troppi anni. Ora le parole non riusciva a trovarle nemmeno quando Maso picchiava Giovanni.

La Lina facendo così ci butta addosso la vergogna, com'è che non lo capisci?

Ester rimase a fissare il lenzuolo di canapa e la trapunta celeste che aveva cucito vent'anni prima, a dodici o tredici anni, quando c'era ancora sua madre a insegnarle i lavori di cucito per prepararsi il corredo. Stava zitta e intanto pensava al dispiacere della Lina. E al suo chi ci pensava? A Maso che scoppiava di collera, a Giovanni coperto di lividi e a lei, che non riusciva più a dire le parole che voleva dire, la vergogna è tutto il paese che ride non perché pensa che siamo dei morti di fame, ma perché tu, grande e grosso come sei, quando bevi quasi ammazzi tuo figlio di botte. E la Lina continua a lasciare ceste di roba.

Maso, senti, tentò, con un braccio a sfiorargli le spalle, noi non ce l'abbiamo la malattia dentro casa. Non è una donna cattiva. E ha solo Adelmo, adesso. Non ti dimenticare che cosa ha fatto per il nostro Piero.

Sono le masche, disse Tomaso. Prima sono venute a prenderle il marito e i figli e ora le hanno preso il cervello. Sono loro a dirle di portarci quelle ceste di roba.

La mattina seguente era andata lei dalla Lina.

Devi smetterla con le ceste.

Lina stava rammendando una calza. Ester, disse posando il lavoro, a scuola i bambini stanno seduti al caldo invece di gelarsi i piedi nella neve. Giovanni e Adelmo sono cresciuti come fratelli, quello che fa uno, fa l'altro. Il maestro dice che il tuo ragazzo è bravo a leggere e a scrivere.

Lina sfiora la panca di castagno appoggiata contro il lavatoio. Ne accarezza il legno come se fosse la testa di Adelmo bambino. Adelmo senza Giovanni non ci va alla scuola. E se non va più a scuola, il freddo e la solitudine me lo portano via, come hanno fatto con gli altri, conclude prima di rimettersi a rammendare.

Ester pensava: Giovanni è nostro, come lo sono la vacca, il vitello e le galline. Che male può essere, mandarlo al doposcuola? Dopo l'estate sarebbe andato a lavorare alla segheria, come Piero. Ma intanto due stipendi bastavano, e Giovanni a scuola ci andava volentieri. Il maestro era venuto a dirle che era il migliore della classe, il più attento. Che leggeva come un ginnasiale. Imparava a memoria, era bravo con i numeri. La sera, stesa sul letto, si domandava da dove era arrivato quel ragazzino che passava ore a studiare. Non diceva a Maso le volte che lo aveva trovato nel fienile, con un libro tra le mani. Non era come Piero. Era nato diverso. Da neonato succhiava con forza e dormiva tutta la notte. Piero, invece, era nato di sette mesi. Lo aveva allattato notte e giorno, ma il suo latte non era buono. Mentre Maso dormiva, restava sveglia a guardarlo muovere le labbra per ciucciare. Certe volte pensava che avrebbe smesso di respirare. Non lo svestiva più e lo lavava scostandogli appena la camiciola perché le faceva impressione, con le costole scarne come quelle dei conigli. Sapeva che sarebbe morto, e c'era un particolare nitore in quella certezza.

Era stata la Lina a salvare Piero. Conosceva una balia di Viù. Per pagarla, Ester aveva barattato la fede d'argento e un paio di orecchini, ma era stata la Lina a convincere la balia a venire al paese per le prime tre settimane; quando il bambino era cresciuto di peso, la balia aveva detto che poteva viaggiare e se l'era portato a Viù. Ester andava a vederselo la domenica, dopo la messa, quando Tomaso attaccava il cavallo al calesse. Cresceva e diventava robusto con quel latte ricco e nutriente della balia di Viù. Non potevano dire di no alla Lina: a certa giustizia del mondo, anche da ubriaco, anche da umiliato, Maso non poteva negarsi; questo gli avrebbe detto. E questo avrebbe ottenuto.

Maso cedette. Cedeva sempre, alla fine; per stanchezza, per noia, perché Ester era quella che comandava – nelle cose piccole, si illudeva. Far studiare Giovanni il pomeriggio era una cosa da niente, un capriccio da donne; tanto, a settembre finiva alla segheria, dove i ragazzi li prendevano come garzoni. Ma quando tornava a casa alle cinque ed Ester gli diceva che Giovanni era ancora a studiare, si sentiva montare la collera. Ho dato il permesso, pensava, ma mi hanno fatto passare per uno che obbedisce alle donne e non sa tenersi un figlio a casa, quando è suo.

8

Due buste verdi con un francobollo celeste

Il mese dopo erano arrivate le lettere. Due buste verdi, consegnate dal postino.

Ester le aveva messe sul tavolo. Era faticosamente riuscita a leggere i nomi, erano indirizzate: Tomaso e Piero

Maina, Concanera. Avevano un francobollo celeste e un timbro nero.

Maso era tornato poco dopo mezzogiorno. Si è rotto un macchinario, disse mentre si scuoteva di dosso la polvere di segatura. Si versò un bicchiere di vino.

Ci hanno mandati a casa.

Ester si accorse che aveva la voce impastata.

Ti sei fermato alla mescita, disse. E Piero?

È ancora alla segheria. Dice che sa aggiustare la cinghia. È bravo con le macchine. Sa il lavoro.

Hai avuto una lettera, disse Ester. È arrivata stamattina. C'è scritto il tuo nome.

Da quando in qua ci mandano lettere?, chiese Maso versando altro vino nel bicchiere.

Ester gli tolse la bottiglia di mano e gli diede la lettera.

Non si capisce niente, disse Maso, dopo aver dato una scorsa. Tu la capisci?

Ester fece cenno di no. Anche a lei il foglio sembrava un disegno fatto di righe nere, che andavano regolari da un margine all'altro.

Chiama Giovanni, disse Maso. Il signorino. Se è tornato da scuola.

È di là, disse Ester. Adelmo tossiva troppo. Lo ha accompagnato a casa, per ordine del maestro.

Giovanni era sdraiato sul letto con il libro del maestro in mano.

Vieni, disse Ester. Devi leggere una lettera che hanno scritto a tuo padre. Si è fermato alla mescita.

Giovanni la guardò con gli occhi di quando aveva paura.

Devo studiare, disse, con la voce che tremava.

Lo so, disse Ester, con una sfumatura di dolcezza. Però ora vai.

Giovanni si alzò, cercando di farsi coraggio. E non era solo perché aveva paura di Maso quando beveva, ma anche perché non aveva mai letto niente davanti ai suoi genitori.

Avanti, disse Maso. Leggi cosa c'è scritto. A voce alta.

C'è scritto Tomaso Maina, disse Giovanni.

E poi?

È scritta piccola, disse Giovanni.

Avanti, lo incoraggiò Ester. Tuo padre ti ha detto di leggere.

MINISTERO DELL'ISTRUZIONE
REGIO DECRETO

Con la presente circolare ministeriale si fa obbligo, a tutti gli operai impiegati presso lo Stabilimento Segheria Industriale Valli di Lanzo, di ottemperare a quanto specificamente richiesto dal Programma Nazionale di Alfabetizzazione.

Coloro che non sono in possesso di alcuna licenza elementare sono chiamati espressamente ad adeguarsi alle vigenti leggi nazionali. Pertanto si fa obbligo a tutti gli analfabeti di partecipare alla scuola serale messa in opera presso il soprascritto Stabilimento a partire dal mese prossimo venturo.

Tali corsi di alfabetizzazione sono da considerarsi obbligatori. La mancata adesione comporta il licenziamento immediato. A conclusione del corso verrà consegnato ai partecipanti un attestato di frequenza valevole per sostenere l'esame di licenza elementare.

Non sono previste deroghe e si fa presente agli interessati che...

Giovanni leggeva a fatica. Le parole erano difficili. Alcune non le aveva mai sentite prima e non sapeva cosa volessero dire.

Maso lo interruppe: Che significa?

Non sono sicuro, disse Giovanni.

Gli operai devono imparare a leggere e a scrivere, disse Ester. Faranno una scuola obbligatoria. La sera, dopo il lavoro.

Una scuola?, ripeté Maso.

C'è scritto così, disse Giovanni. Devono andarci tutti quelli che non sanno leggere o scrivere.

Ma chi lo dice? Maso aveva alzato la voce. Chi lo dice? Io non ci vado a scuola. Ma che storie. Che storture.

C'è scritto che chi non va, lo licenziano, disse Ester. Mi sembra.

Maso strappò la lettera dalle mani di Giovanni. Cosa mi leggi queste scemenze. È questo che ti insegna quel maestro, eh, a leggere scemenze? Non ce lo voglio in casa un figlio che ne sa più del padre, che storture! Dopo che uno ha lavorato tutta la vita, lo mandano a scuola come un signorino? Non ci vado a imparare. A leggere! Non serve saper leggere per scegliere il legno!

Non è difficile leggere, pa', disse Giovanni. È facile. Ti insegno io, se non vuoi andare alla scuola.

Mi insegni tu?, disse Maso, livido di collera. Tu?!

Non è difficile, insistette Giovanni con un filo di voce. Il maestro dice che è solo questione di esercizio. Anche Adelmo è diventato bravo, adesso che studiamo anche il pomeriggio. Tutti possono imparare. Tutti, pa'. Davvero.

Giovanni si accorse in un lampo di aver detto la cosa sbagliata. E lo aveva capito anche Ester. Adelmo significava Lina e le sue ceste. Significava la vergogna di aver ceduto alle insistenze di una donna che il paese intero considerava una mezza matta. E una matta ricca.

Maso alzò la voce, rosso di collera. Cosa fai tu?, urlava. Mi *insegni*? Tu a me non mi insegni!

Giovanni lo guardava spaventato. Non osava muoversi, sentiva le gambe morte.

Maso gli era arrivato vicino e aveva cominciato a spingerlo. Sei come loro, diceva, un signorino! È con il mio lavoro che mangi. È ora che vieni a lavorare alla segheria. Non ti ci faccio più andare alla scuola. Comincia a mangiare la segatura, come facciamo io e Piero. Mentre tu passi il tempo su quei libri pensando di essere chissà chi.

Io devo andare a scuola, disse Giovanni sottovoce. Lo ha

detto il maestro. Dice che se passo l'esame a giugno posso andare in città e studiare. Posso diventare un maestro anch'io. Insegnare le cose.

Maso gli diede una spinta più forte e lo fece cadere per terra.

Giovanni era spaventato ma disse lo stesso: Non voglio andare alla segheria. Non ci vado. Non voglio puzzare come Piero.

Non vuoi andare alla segheria? Non vuoi puzzare di tannino? Lo studente! Ecco chi abbiamo in casa, uno che si dà le arie da studente!

Voglio andare a scuola, ripeté Giovanni, adesso con voce più ferma. Non aveva mai risposto prima a suo padre, che lo guardò stupefatto e cominciò a prenderlo a calci. Mirava alla cieca e urlava, Ti fa schifo, eh? Tu a me non mi insegni. Sono tuo padre, non te lo dimenticare! Il signorino non vuole andare alla segheria... Non vuole puzzare! È il maestro che ti ha messo in testa queste idee? Io non ho vergogna. Siete voi gli svergognati, tu e quel tuo maestro. La scuola, eh? Te la do io la scuola, la scuola dei calci!

Così lo ammazzi! Ester aveva la voce incrinata. Ti prego Maso, calmati. Lo ammazzi.

Non ce lo voglio in casa un figlio che si crede un signorino, urlava Maso mentre calciava.

Giovanni, accucciato per terra, cercava di strisciare sotto il tavolo, riparandosi la testa con le braccia. Sentiva il sangue colargli lungo la guancia.

Ester piangeva e tirava Maso per la camicia. Giovanni si girò a guardarla, si sentiva pulsare lo zigomo, un dolore sordo che gli faceva venire voglia di vomitare. Ma', disse, con la paura di svenire. Ester si buttò sopra di lui e disse a Maso, Non lo tocchi più. E a Giovanni, Vattene.

Maso si fermò. Sembrava stordito.

Giovanni si riprese. Ester cercava di pulirgli il sangue

dalla faccia. È andato di là, disse. A bere di nuovo. Scappa. Non ti far trovare.

E lui scappò.

9

Tre elefanti

Aveva corso a lungo, su per la mulattiera, dove non c'era quasi più neve. Dopo il torrente, il sentiero entrava nel bosco. Si fermò, incerto. Non voleva tornare indietro. Non era mai stato in quel bosco. Rifletteva: ci sono i lupi. Alla fine dell'inverno hanno fame. Pensò di andare avanti ancora un tratto, solo per vedere se sbucava in un'altra valle. Nel bosco affondava, la neve era più alta. Aveva male alla schiena, alle spalle, alla faccia. Il sangue colava ancora dal taglio, seminando un ricamo leggero sulla crosta di neve primaverile. Si fermò un paio di volte per riprendere fiato e intanto si puliva la faccia con una manciata di neve. Sull'altro versante vide una balma. Era stanco e decise di andare a vedere se c'era un riparo.

Camminava piano, facendo attenzione ai rumori. Sentiva gli schiocchi dei rami, vedeva le impronte dei cervi. Aveva le scarpe e i pantaloni zuppi. Dietro la balma partiva un'altra mulattiera. Gli sembrava di esserci stato una volta, in estate, ma non ne era sicuro. La montagna d'inverno era diversa, la neve cambiava le cose. Scese quasi in verticale, tenendosi ai rami per non scivolare. Anche questa mulattiera era pulita, ma in un modo diverso: qualcuno aveva pestato la neve e sparso del sale. Camminò per mezz'ora, scendendo di quota e poi, dopo un ultimo tornante, la mulattiera sbucò dal bosco, al sole.

Sentì delle voci. Non potevano essere pastori o margari, non era stagione. Gente dell'altra valle, pensò, doveva esserci un paese. Proseguì sulla mulattiera. Pensò anche che a

Concanera non c'era mai il sole di pomeriggio, e questo era segno che era andato lontano. Aveva camminato tre o quattro ore, calcolò. Si toccò la faccia, il dolore era meno intenso, ma sotto le dita sentiva la pelle pulsare e i margini slabbrati di un taglio. Arrivò una folata di vento caldo e agitò il bosco. Sentì di nuovo voci e i latrati di un cane. Era stanco, ma non voleva fermarsi né tornare indietro. Il sentiero scendeva ancora e girava dietro uno sperone di roccia. Era da lì che arrivavano le voci.

Camminò ancora un tratto e poi, all'improvviso, li vide.

Erano in mezzo alla conca innevata che luccicava al sole del pomeriggio. Tre elefanti, legati ciascuno con una fune fissata a terra. Giovanni sentì il cuore accelerare. Non era possibile. Eppure erano elefanti. Uguali a quelli del libro che gli aveva prestato il maestro. Sembravano stanchi o annoiati. Due o tre uomini vestiti con tuniche bianche parlavano tra di loro senza badare ai pachidermi. Cosa ci facevano nella conca quelle creature di un altro mondo? Il maestro aveva detto che forse Annibale era passato da quelle parti, ma nessuno aveva mai scoperto se era successo davvero. E se dopo i Celti e i Romani – antenati o meno di Tito Romanetto – nelle Alpi Graie ci fossero arrivati pure i Cartaginesi? Ebbe un fremito di paura al pensiero che fossero spettri, ma non avevano proprio nulla di spettrale. Il maestro aveva detto che il tempo correva in avanti. Che corresse anche all'indietro? E ora che accadevano a lui queste cose mai viste, non doveva tornare a scuola a raccontarlo? E soprattutto a Adelmo? Avrebbe smesso di tossire, per ascoltarlo. Sempre così faceva, lo stava a sentire con gli occhi pieni di ammirazione, e certe volte masticava il bavero della giacca e smetteva solo quando Giovanni glielo strappava di bocca. Questo poteva andare a dire a Concanera, che il futuro forse si ripiegava sul passato, come i tornanti delle mulattiere su cui aveva camminato per ore. Che le favole del maestro Balangero non erano mai state favole.

Poco più in là c'era una tenda. Rettangolare, fissata su quattro pali. Una ragazza con i capelli più rossi che avesse mai visto stava toccando la faccia di un uomo, con indosso una tunica pesante e una corazza di cuoio. Quando si fu avvicinato abbastanza vide che la ragazza dai capelli rossi stava spalmando di crema verde il volto e le braccia del soldato, che continuava a toccarsi le guance, come se non si fidasse di quello che lei gli stava mettendo in faccia. Due uomini scrivevano qualcosa su un quaderno, appoggiati a una roccia. Dalla tenda, chiusa per metà da un paravento, cominciarono a uscire dei giovani che si sistemavano i drappeggi delle tuniche.

La ragazza dai capelli rossi gli fece segno di avvicinarsi. Giovanni sentiva il cuore battergli all'impazzata e mosse qualche passo verso la tenda.

Cosa ti sei fatto?

Niente, disse. Cosa sono quelli?

Elefanti. Non lo sai?

Lo so, disse. Ma non ci sono elefanti in montagna.

Sei sporco di sangue, disse la ragazza.

Sono caduto, mentì Giovanni.

Ti fa male?

No, disse. Ebbe una lieve esitazione. Solo un po'. Che stai facendo?

Lavoro, disse la ragazza. Vieni a vedere. Come ti sembrano?

Certi hanno la faccia verde. E anche le braccia e le gambe.

Sono gli attori. Gli ho messo il cerone. Se non li faccio verdi come lucertole, sullo schermo sembrano grigi.

Pronti a girare, gridò una voce da lontano.

Cominciarono tutti a muoversi, andando verso il centro del campo, dove c'erano due macchinari e un uomo che misurava il terreno con un metro.

Da dove vieni?, disse la ragazza.

Da Concanera, disse lui. E tu?

Da Ceres. Mi hanno presa per la giornata.

E loro? Da dove vengono? Dall'Africa?, domandò Giovanni, e non ci fu neppure bisogno di indicarli.

Macché Africa. È un film.

Che bello quassù, disse la ragazza. Non ci ero mai stata. Dov'è il tuo paese?

Di là, disse Giovanni.

E lo conoscevi questo posto?

Sì, mentì lui. È lontano.

Sono fortunata che mi hanno chiamata per la giornata. La loro pettinatrice si è presa la grippa. Mi hanno detto: Lucetta, pettinali così e così, che sono attori del cinema, e falli belli verdi con il cerone. Uno dei soldati ha detto che l'ho truccato meglio io di tutti gli altri. E ha detto al signor Pastrone che mi deve far venire a Torino, a fargli i capelli e il trucco tutte le volte. E così magari un giorno ci vado, a fare il cinema. Lucetta si alzò e si spazzò via la neve. Fa un bel freddo, eh, qui?

Un po', disse Giovanni. Ma non come d'inverno.

Lucetta aprì una valigia di vimini dove ripose nastri, forcine, pettini e spazzole e da cui tirò fuori un pezzetto di allume di rocca. Vieni, disse, ti curo quel taglio che hai sulla faccia. Come te lo sei fatto?

Te l'ho detto, sono caduto, disse Giovanni. Su un sasso.

Sentiva le dita leggere di Lucetta accarezzargli la faccia e chiuse gli occhi. Era bello.

Ecco fatto. Ti ho fatto verde anche a te.

Giovanni la guardò spaventato, ma non disse niente.

Ma va', scherzo. Che faccia che hai fatto!

Si sentì arrossire. Guardò verso il campo. Due uomini stavano caricando casse e macchinari su un carro.

Ciao, disse alla ragazza. Vado. E grazie per avermi curato il taglio.

Dovresti cambiarti la camicia. Sei tutto sporco di sangue. Vieni, che chiediamo alla guardarobiera. È una mia amica. Sono sicura che ti presta qualcosa.

No, disse Giovanni. Non mi va.

Ti sei arrabbiato?

Ma va', disse. Lo sapevo che scherzavi. Ma devo andare, mentì ancora. Ciao.

Mentre tornava verso la mulattiera, continuava a fermarsi e a guardare i muli e i cavalli che salivano e scendevano lungo il sentiero che portava al nevaio. Da lontano sentiva le voci sovrapporsi. Lucetta lo aveva fatto sentire stupido, lo aveva trattato da bambino.

Guardò il sole, era quasi sopra il valico. Segno che tra poco nel bosco sarebbe scesa l'ombra. Trovò un sasso e ci si appoggiò per guardare ancora gli elefanti e tutta quella gente che si muoveva da una parte all'altra. Non sapeva cosa fare. Aveva paura di tornare a casa, ma ancora più paura all'idea di restare fuori di notte. Guardò le nuvole scure e lontane, ai margini di un cielo sgombro, e si sentì pervadere da un dolore inaspettato, una sofferenza improvvisa che non aveva nulla a che vedere con il bruciore del taglio; eppure bruciava: come se il silenzio, il fruscio della vita nascosta nel folto del bosco, lo scherzo di Lucetta, gli attori con le facce verdi, l'incertezza, la paura e il freddo che cominciava a farsi sentire, come se tutto questo gli rivelasse con l'immediatezza di un'immagine così reale da non poter essere ignorata che mai sarebbe riuscito a perdonare e a dimenticare.

Per quanto provasse terrore all'idea di restare da solo nel buio, non sarebbe tornato indietro. Sentiva, come se avesse potuto toccarla con la mano, che la materia stessa di quella scelta era un intreccio di rabbia e di coraggio, di paura e di testardaggine. Era come se da tutti gli eroi e i personaggi storici di cui aveva sentito parlare in classe fosse stato spremuto come un succo quell'unico pensiero: per vivere davvero occorreva saltare nel tempo. Dentro al tempo. Pensò a cosa poteva voler dire non ritornare mai più a Concanera: metteva spavento, eppure era una certezza. Era anche un dolore: ma un dolore che gli sembrava di poter osservare a distanza, con la stessa chiarezza con cui riusciva ancora a vedere gli attori, la tenda, i garzoni che radunavano gli attrezzi e i tecnici che spostavano quelle macchine che Lucetta aveva chiamato cineprese. Solo il pensiero di Adelmo che sarebbe andato a cercarlo tutti i giorni era un dolore acuto; pensava: Troverò il modo di fargli sapere dove sono. Già si vedeva a scrivergli un biglietto, tracciando le lettere belle rotonde come voleva il maestro, e immaginava Adelmo che ormai leggeva spedito, dopo tutti gli esercizi di lettura che avevano fatto insieme; e intanto continuava a guardare i finti Cartaginesi, i carri, i muli, quei tre elefanti più stanchi di lui.

Da lontano vedeva la testa rossa di Lucetta, una fiammella in movimento nel campo innevato, appena riconoscibile e subito persa. Pensava a come aveva leggere le dita.

10

Come cosa dipinta e vera allo stesso tempo

Si svegliò per il freddo. Non c'era più nessuno. Nessuna traccia dei soldati. Né di Lucetta.

Era rimasto soltanto un ragazzo, che stava caricando su un carro gli ultimi oggetti rimasti, le sedie e il tavolo di legno, il tendone arrotolato e un paio di sacconi di juta. Poi legò ogni cosa con delle funi e montò a cassetta, ma il mulo non si muoveva. Il ragazzo cominciò a strattonarlo per la cavezza, senza scendere dal carro.

Giovanni si avvicinò. Così non si muove, disse. È un mulo.

E cosa devo fare?, disse l'altro esasperato. Qui viene notte.

Così, disse Giovanni. E fece una carezza al mulo, tirando con dolcezza finché l'animale non cominciò a muoversi, prima svogliato, poi più deciso.

Ho fatto tardi a smontare il tendone e a radunare gli attrezzi, disse il ragazzo. È la prima volta che vengo quassù. Pastrone ha voluto girare con la neve.

Perché con la neve?, chiese Giovanni.

È la scena in cui si vedono i Cartaginesi che attraversano le Alpi.

Allora Annibale è passato di qui?

E che ne so io?, disse il garzone. È il cinema... Ci mancava anche il mulo. E come ci arrivo adesso a Torino, come ci arrivo quando cala il buio? Cristo santo...

Stanotte si vede come di giorno, disse Giovanni. C'è la luna piena.

Non conosco la strada, disse il ragazzo. Cristo, ripeté, che lavoro di merda.

Io la so, mentì Giovanni. Per un pezzo, aggiunse. Basta scendere. Seguiamo la mulattiera.

E poi?

E poi la cerchiamo. Vado a bussare alle cascine e domando.

Il ragazzo lo guardò: Hai la camicia sporca di sangue, disse.

Mi sono tagliato, disse Giovanni. Lavoravo. Alla segheria.

Sei un garzone?

Sì. Sono bravo con gli attrezzi.

E come ci torni quassù?

Non ci torno, disse Giovanni. Gli era venuto da dirlo così, senza pensarci. Adesso che quelle parole gli erano uscite di bocca e che il ragazzo le aveva accolte senza commenti, gli pareva di aver fatto la sola cosa che doveva fare.

Scesero senza parlare lungo il versante e arrivarono alla piana. Finita la discesa, cominciarono le vigne con i pali ancora nudi di foglie che si intravedevano appena nell'ombra. Un paio di volte pensò di chiedere al ragazzo com'era la città, ma poi ci ripensò: com'era la città, lo avrebbe scoperto a breve.

Viaggiavano da ore. La piana era punteggiata di cascine e la strada era chiara, sotto la luna.

Giovanni spostava lo sguardo dalla pianura fino al piede lontano delle montagne, come a prendere le misure di tanta vastità, e quasi si immalinconiva che la luna non arrivasse a illuminare fin dove si spingeva lo sguardo e che cielo e terra, sullo sfondo, si fondessero in un'oscurità indistinta. Ma la piana argentata! Non aveva mai visto nulla di simile. Qui e là si scorgevano macchie isolate di un colore più intenso, di un blu quasi nero. Dovevano essere cascine enormi o boschi da taglio, pioppi o betulle, chissà; e in certe strisce d'argento, in leggero movimento, indovinò i canali di irrigazione e i fossi gonfi d'acqua delle nevi al disgelo. A Giovanni parve che quella fosse la sua notte delle meraviglie.

Arrivarono in città passata la mezzanotte. Il ragazzo sganciò il mulo e trascinò il carretto nel cortile. Questa è l'Itala Film, disse. Cercano sempre gente. Se non hai da tornare alla segheria e sei bravo con gli attrezzi, magari ti danno un lavoro. Per la notte ti puoi sistemare nel magazzino, aggiunse. Domani esci appena ti svegli, così non ti beccano. Io l'ho fatto una volta, ci sono dei materassi per terra. Ma se dici a qualcuno che ti ho fatto entrare, dico che non è vero.

Il magazzino puzzava di chiuso. Giovanni tornò verso il filo di luce che filtrava dalla porta e uscì di nuovo in cortile. Non riusciva a ritrovare il cancello sulla strada e si sentiva affannato e impaurito. Sbucò in un secondo cortile, ancora più grande, occupato quasi per intero da una costruzione di vetro. Ci girò attorno finché non vide un pannello aperto a due metri da terra. Lì accanto c'era una cassetta di legno che gli servì da appoggio e si infilò nell'apertura, scivolando a testa in giù. Ruzzolò su un pavimento di assi di legno. Lungo le pareti erano accatastati oggetti che non riconosceva. In un angolo, buttati alla rinfusa, c'erano dei teli di iuta piegati in quattro. Li trascinò e li ammucchiò per terra, per sdraiarcisi sopra. Faceva troppo freddo per dormire e ricominciò a cercare, finché non toccò qualcosa che sembrava una coperta. Si coprì fino al mento. Attraverso il soffitto di vetro vedeva la notte e la luna.

Si svegliò a giorno fatto, sotto un cielo di nuvole sfilacciate, rosa chiaro, che sembravano dipinte come quelle sul soffitto della chiesa del paese, con i colori inventati dei pittori. Non aveva mai visto nulla di più bello di quel cielo distante e mutevole che sfolgorava al di là del vetro, come cosa dipinta e vera allo stesso tempo.

11

Il passo dello stambecco

Cercarono Giovanni per una settimana. Andarono tutti nel bosco, con le pertiche da affondare nella neve e con i cani. Anche Maso. Di notte, senza farsi sentire da Ester, piangeva. Piero diceva che Giovanni era morto. Breno andava con loro, cercava ovunque, chiamava, ma non trovarono altro che una fila di impronte e una conca dove la neve era sporca e pestata.

La gente diceva che era morto di freddo. Che era caduto in un crepaccio. Che era stato un lupo. Che si era buttato giù dalla montagna. Lina diceva che l'avevano preso le masche e non l'avrebbero più lasciato tornare. Si prendevano i bambini per farli diventare pietre della montagna, come il Roc degli Angeli della val Fonda. Il sindaco chiamò i gendarmi, che fecero domande, scrissero tutto su un taccuino. Maso disse che l'aveva picchiato, ma era nel suo diritto.

I gendarmi non tornarono più.

All'inizio di aprile i bambini non vennero più a scuola. Breno andò di casa in casa a riprendersi gli allievi ma riuscì a riaverne solo quattro, i più piccoli, e Adelmo, che senza Giovanni sembrava tossire sempre di più.

A giugno la valle era uno spettacolo, trapunta di narcisi, verde smeraldo.

Il cielo non era mai stato così pulito. E Giovanni non c'era.
Breno scrisse la lettera di dimissioni. Aspettò l'ultimo giorno di scuola e salutò i suoi alunni, cinque in tutto. Passò a salutare il sindaco e Lina.
Manderanno un altro maestro, disse.

Arrivato in città, avrebbe dovuto cercarsi una sistemazione ma preferì lasciare il bagaglio a una locanda di posta alla Madonna del Pilone e proseguire a piedi.
Camminò a lungo, stordito e incredulo. Gli sembrava impossibile aver resistito un intero anno scolastico a Concanera.
Non aveva un lavoro. E chissà quando ne avrebbe trovato un altro. Un maestro che si era licenziato di punto in bianco che speranze poteva avere? Ma la città, a giugno, era allegra. Vedeva i pioppi lungo l'argine del fiume e i cantieri delle nuove costruzioni, i tram tirati dai cavalli, la cupola blu dei Cappuccini sul monte.
Passò accanto allo stabilimento dell'Itala, stavano finendo di smontare un set. Si fermò a guardare, senza entrare. C'era un gran viavai, gente che spostava attrezzi, attori in costume che chiacchieravano sotto una tenda, al riparo del sole. Ragazze. Pensò di presentarsi l'indomani, potevano avere bisogno di un maestro, capace di scrivere le didascalie. O di un attore. O di un impiegato. Era un mondo nuovo, anche quello.
Da lontano, gli parve di vedere Giovanni. Era un ragazzino che gli assomigliava. Di tanto in tanto si domandava dove poteva essere finito, il più dotato dei suoi allievi. Ma sapeva anche che certe cose non hanno risposta. Accadono e non si può saperne il perché. Fece un passo avanti, per guardare meglio. Il ragazzino stava aiutando un uomo che cercava di spostare una grossa macchina da presa montata su un trabiccolo. Poi saltò su un paio di sacchi per poter spingere dall'alto. Si muoveva proprio come Giovanni, pensò Breno, con il passo dello stambecco. Ci volle un po', in-

fine riuscirono a spostare la cinepresa e si infilarono in un magazzino. Per un momento ebbe la tentazione di entrare a chiedere, ma poi gli sembrò una sciocchezza. I ragazzini si assomigliano tutti, si disse. E riprese a camminare.

Doveva cercarsi un lavoro.

Poteva provare col cinema. Sembrava una cosa moderna, una cosa del futuro, pensò, e aveva a che fare con le storie. Sarebbe tornato l'indomani mattina, adesso aveva solo voglia di passeggiare per la città. Camminò lungo il fiume, gonfio d'acqua, e poi risalì verso la piazza del Conservatorio. Da una finestra aperta arrivava un arpeggio di pianoforte: chi suonava ricominciava sempre da capo. Si sedette sui gradini del monumento e pensò che aveva un mondo nuovo in cui vivere. Fatto di cose di cui non sapeva niente, ma che avrebbe scoperto. Non si era mai sentito così incerto e così libero. La pietra su cui era seduto era calda di sole e il cielo di Breno Balangero era d'oro.

L'interferenza

Durante l'autunno del 1969 il signor Mättli non si decideva a morire.

Tutti i condomini erano stati informati del fatto che Mättli stava morendo: la domestica a mezzo servizio lo diceva a quelli che incontrava per le scale o nell'androne; lo ripeteva la portinaia, originaria di Dogliani – in ottobre riforniva l'intero caseggiato di Dolcetto a prezzo scontato e questo le forniva un pretesto di familiarità con gli inquilini –, e alla notizia davano ulteriore fondamento le visite del medico che si infilava nell'ascensore con la valigetta ma ridiscendeva a piedi, assorto, come se le mezz'ore trascorse in casa Mättli avessero il potere di turbarlo o persino di mettere in questione le sue capacità. Si sarebbe potuto pensare, quando scendeva le scale aggrappato al mancorrente, che fosse immerso in riflessioni capaci di offuscare tutto quanto esisteva nelle vicinanze più materiali. Certo, era possibile che il giovane medico pensasse ai casi suoi, a una ragazza imbronciata o sfuggente oppure a un collega ospedaliero che si fosse messo in testa di intralciargli la carriera; o che lo impensierisse l'aumento delle tasse o anche dell'affitto; ma poiché tutti tendiamo a trarre conclusioni ovvie, per pigrizia o mancanza di immaginazione, chi lo incontrava per le scale pensava che fosse preoccupato, e di tanto in tanto perfino avvilito, principalmente a causa di Mättli.

Non si sa mai quanto può durare una battaglia, aveva detto la portinaia a mia madre una mattina, mentre le consegnava la posta. Con un'occhiata aveva indicato i piani superiori. Potevo vedere la tromba delle scale e la griglia metallica che proteggeva il vano dell'ascensore. Il battiscopa dipinto a trompe-l'oeil, la luce già autunnale che entrava dalla finestra sul pianerottolo dell'ammezzato. Dall'alto non proveniva alcun suono.

***

Non avevo, a nove anni, un'idea precisa della morte. La morte del nonno e quella di Griselda, il nostro Pastore scozzese, le avevo registrate come delle assenze: non c'erano più, se non in fotografia, il nonno su una terrazza che si riparava con la mano dal sole e Griselda dentro un cesto di vimini sotto il tavolo della lavanderia. Quando seppi che il signor Mättli stava morendo – mia madre ne parlò a mio padre una domenica a pranzo –, ricordai le parole della portinaia. La battaglia invisibile e silenziosa, insospettata nella placidità del nostro condominio, si svolgeva all'ultimo piano: un evento irreversibile si stava preparando sopra la mia testa. Potevo osservarlo in tutta tranquillità dall'appartamento in cui abitavo e in cui vivevo un'esistenza che, in certi pomeriggi lancinanti di improvvisa consapevolezza, mi pareva irrimediabilmente noiosa. Il signor Mättli, o meglio la sua malattia, mi parve una straordinaria occasione. Avevo la possibilità di assistere a un evento tragico e definitivo, qualcosa che avrebbe mutato per sempre l'assetto della famiglia Mättli, quei due vecchi che uscivano e rientravano quasi sempre insieme, appaiati come tortore.

Una volta all'anno mia madre mi poggiava un righello sulla testa e tracciava con la matita una tacca sul muro, segnando la data e l'altezza che avevo raggiunto. Ogni manciata di centimetri in più, un sorriso: Hai visto come sei diventata alta? E mi indicava una lenta progressione di date accanto a tratti di matita che arrancavano sulla parete come una carovana di segni in viaggio verso altezze ignote.

Io ero meno entusiasta di lei nel vedermi crescere. Quella trasformazione che mi riguardava così da vicino accadeva senza che me ne rendessi conto. Non sapevo come collocarla. Mentirei se dicessi che non ero ansiosa di crescere e di diventare un'adulta come mia madre, di avere anch'io borsette di vernice coordinate alle scarpe e una collezione di foulard di seta. Ma non ero pronta a lasciarmi alle spalle le cose che amavo, come i sandali con gli occhielli di un languido rosa cipria ricevuti per i miei otto anni dalla zia di Genova. Avevo aspettato tutto l'inverno di potermeli rimettere. Non vedevo l'ora che ritornasse la frenesia a cui mia madre dava il via quando annunciava che era arrivato il momento del cambio di stagione. Dalle finestre entrava un'aria tiepida di primavera insieme alla lanugine dei pioppi, i tappeti venivano stesi e battuti al sole prima di essere arrotolati in fogli di giornale e messi via. Gli armadi rimanevano per giorni con le ante superiori spalancate da cui scendevano abiti estivi e verso cui salivano quelli invernali con le tasche riempite di canfora. Mia madre, come un comandante in capo, impartiva istruzioni, stabiliva cosa doveva andare in lavanderia, cosa poteva essere lavato in casa e cosa invece veniva esiliato per sempre: qualche giacca di mio padre troppo lisa, golf infeltriti, e persino alcuni vestiti seminuovi – "gli innocenti" li chiamava lei – che non avevano superato l'esame. I vestiti estivi mi piacevano molto più di quelli invernali. Erano più allegri, più comodi. Non erano fatti di lana dura che pungeva le gambe e le braccia, erano chiari come erano chiare le sere estive.

Questi non ti vanno più, aveva detto lei una mattina, tirando fuori i miei sandali rosa dall'armadio. Dobbiamo darli via.

Me li ha regalati la zia, avevo detto, cauta.

Sono dell'anno scorso. Non ti entrano più.

Mi ero tolta le scarpe e sfilata i calzettoni per provarle che i sandali mi andavano ancora. E per spazzare via qualunque dubbio me li ero tenuti tutto il pomeriggio. Soffrivo a ogni passo. La sera erano apparse due brucianti galle viola sui talloni. Mentre mia madre mi medicava, le dissi che volevo tenerli lo stesso. Vediamo, fu la sua risposta. Quando diceva «Vediamo» non era mai un buon segno. Pensai di nasconderli, così non li avrebbe più trovati; ma me ne dimenticai e il pomeriggio seguente, quando tornata da scuola aprii l'armadio per salvarli dalla confisca, era troppo tardi. Mia madre disse che aveva portato tutto alle suore. Anche i miei sandali. Me li vedevo, rosa, senza un graffio, bellissimi, con l'interno di morbida pelle color crema ai piedi di una sconosciuta bambina scelta dalle suore.

Soffrivo. E soffrivo ancora di più perché mi ero dimenticata di nasconderli e, come se non bastasse, ero stata tradita dalle galle, che bruciavano comunque meno di quella sparizione.

Non sei generosa, disse mia madre.

Non è vero, dissi io. La generosità non aveva niente a che vedere con il furto che sentivo di aver subìto.

Non ti andavano più. Sei cresciuta.

Crescendo, si perdevano delle cose. Non ero sicura che se ne guadagnassero di migliori. E comunque, c'era qualcosa di inquietante nel fatto che i piedi si allungassero da una primavera all'altra nell'esasperante lentezza con cui scorrevano le mie ore. Non sarebbe stato logico sentire le ossa stirarsi, almeno di notte, quando avvertivo ogni scricchiolio della casa, ogni ronzio di zanzara, ogni cigolio dell'ascensore? Le tacche sul muro di cui mia madre era così orgogliosa erano allarmanti. Anno dopo anno, la distanza tra quei segni mi inchiodava alla certezza che il mio corpo si espandeva a tradimento, senza darmi il tempo di prendere commiato da tutte le creature che ero stata, di cui rimanevano solo tratti di matita sul muro, insignificanti; accostati ai vestiti o alle giacche che non mi andavano più, al paio di sandali spariti, quei tratti si riunivano in una costellazione premonitrice che già mi avvertiva, incessante: l'inesorabile esiste.

Capita, nell'infanzia, di avere pensieri così, che sfiorano l'assoluto e poi scompaiono lasciandosi dietro soltanto un po' di sospetto, finché, un pomeriggio di sole o una mattina invernale, senza nemmeno badarci troppo, ce ne dimentichiamo; siamo cresciuti, inesorabilmente, abbiamo conquistato ancora una o due tacche, e insieme ai sandali rosa e alle giacche stoppose di lana cotta abbiamo abbandonato anche dell'altro.

***

Non conoscevo troppo bene il signor Mättli.

Abitava insieme alla moglie all'ultimo piano, il quinto, una sopraelevazione consentita dall'Ufficio Tecnico Edilizia Urbana del Fascio su un caseggiato ottocentesco di una certa nobiltà – soffitti affrescati al piano signorile e, per illuminare le scale, globi di opaline un tempo a gas, poi elettrificati. E fu proprio perché la mia era una conoscenza superficiale che decisi di interessarmi di lui. Mia madre aveva detto: Il povero signor Mättli ormai è alla fine.

La frase continuava a ronzarmi in testa. Ero convinta che le fosse sfuggita, che se ci avesse riflettuto non avrebbe fatto in mia presenza alcuna allusione alla morte imminente del signor Mättli né a quella di chiunque altro. Lei e mio padre non dicevano mai nulla che potesse preoccuparmi o turbarmi. Le poche volte in cui a uno dei due sfuggiva un commento "inadatto", subito l'altro interveniva con un'occhiata rivolta a me, silenziosa ma esplicita: *C'è la bambina*. Ancora oggi non so se volessero proteggermi da quello che giudicavano inadatto a me o se volessero evitare di essere afflitti da domande implicanti risposte complesse e a vasto raggio; o se fossero solo distratti, occupati a fare la vita di una giovane coppia benestante alla fine degli anni Sessanta; o ancora, se avessero un complicato rapporto con l'infanzia (la mia e, precedentemente, la loro).

La fine del signor Mättli, aveva detto mia madre. Non mi pareva di aver mai riflettuto, fino al pomeriggio in cui lo disse, sul fatto che la vita, di Mättli o di chiunque altro, è una porzione di tempo. Un segmento, o una serie di tacche, della stessa sostanza della processione di segni a matita sul muro, in marcia verso un ignoto ma certo punto di arrivo. Geometria dello spazio con un vizio di forma: l'impossibilità della linea retta di proseguire davvero all'infinito.

Mi interessava la morte in quanto morte ma, a conti fatti, avrei preferito che non stesse per capitare all'inquilino più gentile del condominio. Una volta mia madre e io lo avevamo incontrato all'ufficio postale e anche in quell'occasione si era dimostrato affabilissimo. Non sembrava nemmeno particolarmente vecchio. Finché non si era aggravato, mi capitava di vederlo camminare spedito lungo il corso, con la pipa in mano e Flock – un flessuoso setter irlandese dagli occhi liquidi – al guinzaglio. Non più di una o due settimane prima li avevo incontrati nell'androne. Pioveva e il signor Mättli o sua moglie avevano fatto indossare a Flock una mantella impermeabile gialla, con un revers di tweed. Conciato così, lungo e magro com'era, sembrava una banana. Lo avevo detto al signor Mättli, che era scoppiato a ridere: lo pensava anche lui, povero Flock, l'avevano conciato da banana, ma bisognava pur evitargli i reumatismi.

Non sapevo di che grave malattia soffrisse il signor Mättli, ma mi sembrava di aver capito che la morte, una volta annunciata, tendeva effettivamente a presentarsi, come alcune amiche di mia madre che avevano, a sentire lei, il vezzo di una certa puntualità inderogabile; per cui, immaginavo, si trattava solo di aver fiducia: sarebbe accaduto. La cosa, tuttavia, mi causava anche una vaga ansia: essere in attesa della morte di qualcuno non era forse un po' atroce? Ma mi sembrava giusto voler capire di cosa si trattava. Mi era stata spiegata – o meglio *non* mi era stata spiegata – come una sparizione che si lasciava dietro qualche traccia materiale: le fotografie, il cappello del nonno indossato da mio padre, il fatto stesso che abitassimo in quello che un tempo era stato il suo appartamento. Nient'altro. Del signor Mättli sapevo davvero poco. Troppo poco. Come facevo a capire che cosa comportasse la morte – a parte il dato evidente della sparizione? Ne avrei sentito la mancanza anch'io, benché fossimo due estranei? E questa eventuale mancanza sarebbe stata dolorosa? Non sarebbe stato giusto – ragionevole, quantomeno – approfittare del fatto che il signor Mättli era ancora vivo?

Dopo pranzo aiutavo Maria a sparecchiare. Era una fissazione della mamma, diceva che non dovevo venire su viziata, che in casa tutti dovevano rendersi utili. Probabilmente lo diceva immaginando che la cosa mi scocciasse; mi è sempre parso strano come potesse sbagliarsi su questo, come d'altra parte su tante altre cose che mi riguardavano. Dopo che avevamo portato ogni cosa in cucina, io mi sedevo al tavolo ad aspettare che Maria mi desse da asciugare le posate o i bicchieri, mentre lei mi metteva al corrente di affascinanti dettagli della vita di un mucchio di gente famosa; non sapevo nemmeno chi fossero, quei personaggi, ma il fatto che interessassero a Maria mi bastava.

Era in casa con noi da quando potevo ricordare. Si occupava di me, dei miei genitori, della spesa, della cucina, del guardaroba. Quando stirava mi sistemavo vicino a lei a disegnare, oppure la aiutavo a scegliere le lenticchie o a pulire i fagiolini. Mi raccontava della sua famiglia. Suo padre era stato un sarto, figlio e nipote di sarto. Aveva imparato a cucire a cinque anni, diceva, e alla mia età – nove anni – era già capace di imbastire un cappotto e fare le asole. Erano rimasti tutti giù – e non sapevo bene dove si trovasse, con precisione, il suo "giù" – tranne una sorella, più grande di lei, che però era stata investita mentre camminava sul marciapiede, ragion per cui aveva finito per tornare "giù" a cucire. Una brava sarta, con un vitalizio e una gamba offesa. Tutte le storie che riguardavano i suoi parenti erano interessanti: il padre aveva tagliato e cucito la giacca con le code per il matrimonio di un giovanotto con la figlia di un duca. Aveva un nipote cuoco in Marina e varie cugine americane, che mandavano a casa cartoline grandi come quaderni con su scritto *Greetings from Brooklyn*.

Appena potevo andavo in camera sua. Bussavo piano e lei apriva la porta, giusto uno spicchio, e diceva: Ah, sei tu.

La sua stanza era sul retro, con una finestra da cui si vedevano i cortili e i ballatoi, i fili per stendere la biancheria, una distesa di tetti color terracotta su cui galleggiavano i campanili e le cupole di chiese in cui non ero mai stata. I giorni migliori erano quelli in cui un solitario equilibrista si muoveva con circospezione per risistemare le tegole rotte o allacciare un'antenna. E anche quelli in cui i gatti del quartiere si sdraiavano al sole, dopo essersi arrampicati tra i comignoli a passo di danza.

Mi sdraiavo sul letto accanto a Maria, che si toglieva le scarpe e il grembiule e si infilava una vestaglia di nylon rosa, trapuntata, con grossi bottoni di madreperla. Aveva mucchi di riviste che sfogliavamo in silenzio. Lei leggeva di tanto in tanto qualche didascalia e mi riassumeva, in modo sbrigativo ma efficace, in quali complicati viluppi dell'amore e del dispetto si fossero attorcigliati Liz Taylor e Richard Burton. E Aristotele Onassis e Jacqueline Kennedy. Ma guarda questi, diceva. Non è gente discreta. Essere discreti voleva dire essere gente a modo, gente che le piaceva. Il mondo è zeppo di gente che non è discreta, diceva, pieno da scoppiare. Il suo attore preferito era morto in un incidente, molti anni prima. Mi aveva fatto vedere un ritaglio che aveva nel cassetto. Diceva che anche se era giovane e bellissimo, aveva gli occhi disperati. A distanza di tanto tempo, ancora qualcuno si domandava com'era successo l'incidente, se aveva bevuto o se aveva voluto suicidarsi: Che balordaggine, diceva lei, saperlo non cambiava niente, ormai era morto. Mentre sfogliavamo insieme quelle riviste, mi sembrava evidente che alcune di quelle vite finivano in tragedia, in camere d'albergo o in corsie d'ospedale, altre splendevano clamorose come fuochi d'artificio.

***

Domandai a Maria del signor Mättli.

Non so niente di preciso, disse. Era evidente che la cosa la infastidiva. Non danno confidenza a nessuno. Sono discreti. Abbottonati.

Che vuol dire "abbottonati"?

Sono del Nord, disse Maria. Gente di su.

Continuavo a incontrarli: lui, lei e Flock. Da quando Maria aveva detto che erano abbottonati mi sembrava di essere come loro, anch'io mi sentivo abbottonata: non c'era mai modo di dire le cose come avrei voluto e comunque c'era sempre il rischio di essere fraintesi, per cui mantenersi abbottonati mi sembrava un'attitudine pratica e saggia. Non c'era proprio niente che si potesse fare per la malattia del signor Mättli? Non era facile saperlo, data l'"abbottonatura". Fortunatamente Maria aveva accesso a una vena superficiale di notizie, scarna ma costante, alimentata dalla voce del condominio che rifluiva nei nostri convegni pomeridiani, per cui ricavavo un bel po' di notizie interessanti: il signor Mättli e sua moglie erano stati un tempo artisti, gente di teatro, invitati a esibirsi sui palcoscenici di mezza Europa. Qualcuno o qualcosa – e qui la voce di Maria si frantumava in ipotesi – ne aveva interrotto bruscamente la carriera. Un incidente, un fiasco. Una scelta obbligata. Una ragione familiare. Lui era stato un virtuoso del pianoforte. Bac, diceva Maria. La sua specialità.

Bach.

E lei un soprano. Una sera, a Milano, ha sostituito la Callas.

La Callas?

Aveva pescato dalla sua pila di rotocalchi un articolo in cui si vedeva una donna con un foulard legato sotto il mento e gli occhi nascosti da un paio di grandi occhiali neri. Il greco era fidanzato con lei, prima di fidanzarsi con Jacqueline. Che balordaggine. Non è gente discreta.

La nostra signora Mättli non assomigliava affatto alla donna con il foulard e gli occhiali scuri. Non portava gli occhiali (il foulard legato sotto il mento, quello sì). Aveva gli occhi celesti, chiarissimi, che lacrimavano per il vento e per il freddo, per il caldo e per i pollini o – secondo Maria – per un'afflizione delle palpebre; fatto sta che sembrava sempre sul punto di piangere, anche se era "troppo discreta" per piangere davvero in mezzo alla strada o in ascensore.

Maria diceva che erano venuti a vivere in Italia dopo la guerra.

E perché?

Maria allargava le mani a ventaglio. E chi lo sa?, diceva. Mica si può sapere cosa passa nella testa della gente. E i perché e i percome. È gente discreta. Ma io penso – e a questo punto le brillavano gli occhi di soddisfazione – che abbiano voluto *nascondersi*. Lui, specialmente. Il suo nome non appariva più da anni sulle locandine. Ci soffriva. Quando una stella si spegne, c'è chi ci esprime un desiderio e chi ci muore di dispiacere.

Una volta cancellato dalla memoria del pubblico l'artista, era rimasto l'uomo, l'allampanato e quieto signor Mättli che se ne andava a passeggio con Flock nel nostro quartiere. Che saliva in ascensore con me e con mia madre. Che si sforzava di passare inosservato. Una stella esausta che stava per spegnersi del tutto.

Non era in suo potere mettere a tacere ipotesi e congetture dei condomini sulla sua presunta e antica carriera, ma il completo riserbo suo e della moglie aveva finito per acquietare qualunque pettegolezzo. Se non si fosse sparsa la voce della sua morte imminente, nessuno avrebbe badato a lui. Certamente non io. Non Maria. Non ci saremmo interessate a lui né come uomo né come artista. La fine di un artista – soprattutto quando l'uomo gli sopravvive – è un tema delicato: nel suo caso si era trattato dell'esaurirsi di un talento o di un inciampo professionale? O magari dell'ennesima dimostrazione di quanto è effimero tutto quello che ci riguarda? Ma allora – lo scrivo con un po' di imbarazzo – non mi incuriosiva tanto la fine dell'artista quanto la morte dell'uomo: come fatto fisico, di cronaca spicciola, documentaria. Qualcuno stava per morire e io volevo capire che cosa fosse, *davvero*, la morte.

Solo una cosa era certa: i Mättli erano le persone più beneducate che conoscessimo. Maria diceva che, di tutti i condomini, il signor Mättli era l'unico a toccarsi il cappello quando la incontrava. Io avevo un vantaggio rispetto a lei, perché per entrare e uscire potevo usare l'ascensore e dunque capitava che incrociassi il signor o la signora Mättli; Maria invece doveva adoperare la scala di servizio. Di contro, però, lei poteva chiacchierare con la portinaia e muoversi liberamente per la città quando, uscendo da casa nostra, incrociava uno dei due Mättli nell'androne. Tali fortunatissime circostanze, Maria decise di sfruttarle. Disse che li avrebbe seguiti senza farsi vedere – era convinta che la sua figura dondolante fosse invisibile, e in più loro due camminavano piano, senza allontanarsi mai troppo dal nostro condominio. Di pedinamenti ce ne furono, se non ricordo male, due o tre. Ne venivo messa a conoscenza con grande accuratezza, ma non approdarono mai a niente: i Mättli, da soli o in coppia, andavano in farmacia, al mercato di via Nizza, dal Comunista (come papà chiamava il giornalaio di via della Rocca, magrissimo e altissimo, con le lenti più spesse che avessi mai visto) o alla macelleria Boetto, che accanto alla porta aveva una testa di toro che sbucava dal muro, scura e minacciosa ma anche un po' ridicola, pensavo, con il muso tutto lucido perché i passanti lo strofinavano per superstizione – Gente poco discreta, diceva Maria.

Un sabato mattina, mia madre diede a Maria la lista della spesa e le disse di portarmi con lei. Ero elettrizzata, il sabato era il giorno in cui era più facile incontrare i Mättli seduti su una panchina della nostra piazza, con Flock ai piedi. Con un po' di fortuna, avrei partecipato al pedinamento.

Non so, per la verità, che cosa sperassimo di scoprire, ma non era improbabile che avrebbero fatto passeggiare Flock nel quartiere. Invece, i Mättli non erano in piazza. Ci sedemmo lo stesso su una panchina, Maria disse che potevamo aspettare solo pochi minuti. Ci eravamo appena alzate, quando li vedemmo sbucare, il signor Mättli si appoggiava al braccio della moglie e, cosa ancora più inconsueta, era lei a tenere il guinzaglio di Flock. Si fermarono, lei gli stava sistemando la sciarpa intorno al collo – per farlo si era sollevata sulle punte dei piedi – mentre lui guardava per terra, a testa china. Volevo avvicinarmi, per accarezzare Flock, ma Maria disse che eravamo già in ritardo. Ricordo che mi voltai a guardarli, mentre Maria mi tirava via per mano, e lui vide e si sfiorò il cappello.

Mi ha salutato, dissi a Maria.

Ci mancherebbe, disse, è un signore.

La portinaia, mi riferì, si sbagliava di grosso. Diceva a tutti che il signor Mättli era un inquilino altezzoso, certe volte perfino un po' brusco. Che era tirchio e dava mance modestissime, un'elemosina, una vergogna.

Balordaggini, secondo noi: la sua era soltanto una grande riservatezza, mista a un autentico piacere nel passare inosservato. La sua presunta tirchieria ci sembrava una calunnia: secondo me – e secondo Maria – era piuttosto la portinaia a essere sgarbata e avida.

A ogni incontro notavo un dettaglio in più: il signor Mättli portava sempre un cappotto grigio e scarpe nere con i lacci; gli piacevano i fiori, perché lo vedevo spesso con un mazzo di margherite o di tulipani in mano; e si incaricava lui di comprare il pane e i giornali. Maria riteneva che la carriera di artista gli avesse procurato una grande quantità di denaro che il signor Mättli era stato capace non solo di conservare ma anche di mettere a profitto e che, in definitiva, fosse troppo ricco per aver bisogno di trovarsi un lavoro, una volta a riposo. Come avrebbe potuto spiegarsi, altrimenti, il fatto che lui e la moglie abitassero una casa così grande, nata dall'unione di due appartamenti? Non era uno spreco, un evidente segno di sfarzo? Non avevano avuto figli – o, se ne avevano avuti, dovevano essersi trasferiti lontano, forse *su all'estero*, perché nessuno li aveva mai visti; la loro domestica a mezzo servizio aveva dato conferma a Maria che da qualche parte, nell'Europa del Nord, c'erano dei nipoti che si facevano vivi con dei biglietti di auguri un paio di volte all'anno. Una seconda versione – sempre fornita da Maria, ma di segno opposto – vedeva i Mättli sull'orlo dell'indigenza. Tutti i loro guadagni favolosi si erano dissolti e adesso conducevano una vita parsimoniosa per arrivare con decoro e dignità, e perfino una sommessa eleganza, all'ultima tacca sul muro.

Di quest'ipotesi romanzesca individuavo conferme inoppugnabili: i Mättli possedevano – chiusa in garage e mai adoperata – un'enorme Mercedes nera, con i fari rotondi e i sedili di pelle grigia. Ma non c'era nessun autista a lucidarla, come forse non c'era benzina da sprecare. L'eventualità di un rovescio di fortuna finì per convincere anche Maria: pur con un appartamento così grande, i Mättli si accontentavano di una domestica a ore. E poi non era strano che il signor Mättli, a cui piacevano tanto i fiori, non andasse mai a comprarli dal fioraio all'angolo ma solo dall'ambulante al mercato, che li avvolgeva nella carta usata per i filoni di pane?

***

Quando la portinaia disse a Maria che il signor Mättli era peggiorato, cominciai a impensierirmi. Confidarlo a Maria era fuori questione: avrei dovuto ammettere che l'interesse scientifico e pettegolo – questa doppia natura era chiara a entrambe – si stava trasformando in qualcosa di meno distaccato. Non si trattava solo del rischio di un coinvolgimento emotivo – una verità già indicibile e smaccatamente infantile –, ma anche di qualcos'altro, ancora più indicibile e infantile: cominciavo ad avere paura. Di cosa stava per morire Mättli? La sua malattia, confinata dietro la porta del quinto piano, poteva dilagare come un'epidemia? Avrebbe contagiato tutti noi, inquilini dello stabile? Se lo avessi chiesto a Maria, pensavo, avrei corso il rischio di allarmare anche lei. Il fatto che i miei genitori, dopo essersi scambiati l'informazione sulla prossima fine del signor Mättli, fossero passati a discutere della necessità di una nuova lavatrice era confortante. Ma lo era davvero? O la lavatrice era il solito diversivo, per consentire all'onda della quotidianità di richiudersi sull'*inadatto*? E comunque, a essere pignoli, avevo già constatato parecchie volte la stupefacente indifferenza degli adulti dinanzi alle cose importanti.

La sera, a letto, restavo sdraiata a pancia in su, con le punte dei piedi piegate all'infuori e le braccia stese. Pensavo al signor Mättli. Ogni ora del giorno e ogni ora della notte lo avvicinavano alla fine di cui aveva parlato mia madre. Scendeva lungo una china in spaventosa pendenza, e benché fossimo separati da due piani eravamo uniti, lui e io, da quella terribile consapevolezza. Mi sembrava di vederlo prendere sempre più velocità, come i gabbiani quando scendevano in picchiata sul fiume.

Non potevo abbandonarlo.

Se le giornate passavano veloci, le notti correvano ancora di più. Per resistere al sonno accendevo la luce e mi mettevo seduta, ma finivo comunque per addormentarmi. La mattina dopo mi svegliavo avvilita: erano trascorse otto o nove ore di incoscienza completa in cui avevo abbandonato il signor Mättli al suo inesorabile e solitario conto alla rovescia.

In quel periodo faceva ancora brevi uscite accompagnato dalla moglie: un giro dell'isolato o una passeggiatina avanti e indietro davanti al portone.

Non si sedevano più sulla panchina, era arrivato il freddo. Se lo incontravo cercavo il suo sguardo. Immaginavo che una mattina o un pomeriggio avrei avuto il coraggio di parlargli. In realtà, nemmeno nell'immaginazione trovavo parole da dirgli. Non usciva più con Flock; era la signora Mättli a portarlo fuori, con svogliatezza, come se occuparsi delle necessità del cane fosse un compito sgradito ma ineludibile. Pensai allora di offrirmi di sollevarla da quell'incombenza, almeno una volta al giorno, in modo che potesse restare accanto al signor Mättli il più possibile. Chiesi il permesso a mia madre e lei disse che ne avrebbe parlato con mio padre. Quando acconsentirono, lo fecero con mille raccomandazioni. Dissero che apprezzavano la mia gentilezza verso i Mättli, e che portare fuori il cane di qualcun altro era una grande responsabilità. Siamo fieri di te, dissero, della tua sensibilità. Ma io sapevo che si sentivano in colpa per non aver mai acconsentito alle mie suppliche di prendere un altro cucciolo dopo la morte di Griselda. Erano abili – del resto erano adulti –, e sapevano fare concessioni che a loro non costavano niente spacciandole per privilegi.

La signora Mättli accolse la mia proposta con un sorriso: così, alle tre del pomeriggio, cominciai a salire a prendere Flock al quinto piano.

Il signor Mättli non lo vedevo mai; suonavo il campanello e, quando la moglie mi apriva la porta, tutto quello che riuscivo a vedere di casa loro era un canapè di velluto rosso, un tavolino con pile di libri e riviste, un portaombrelli. Un pomeriggio mi aprì lui, in vestaglia celeste: mi invitò a entrare, ma subito accorse la signora Mättli e lo spinse con delicatezza da parte. A malincuore, o almeno così mi parve, lui arretrò e lei, prontissima, mi tese il guinzaglio con Flock che già imboccava la porta e tirava verso l'ascensore. Non avevo mai visto il signor Mättli così debole e pallido, la pelle dello stesso celeste slavato della vestaglia.

Le mie pratiche ebbero inizio quella sera stessa.

In camera, accanto al letto, avevo un comodino lucidato a stoppino, con il piano di marmo. Lo svuotai e andai alla ricerca di quanto mi serviva; trovai un rosario, due mozziconi di candela e una scatola di cerini nel cassetto della cucina, una rosa di seta viola (una spilla di mia madre che non le avevo mai visto indossare) e un quadretto dipinto su rame, alto all'incirca due palmi, raffigurante un santo dall'aureola luminosa inginocchiato accanto a un gallo, una pentola e cordami vari; infine, una cartolina di piazza San Marco con l'acqua alta da cui si ergeva, solitaria e scintillante, la basilica. L'avevo presa, insieme al rosario, dalla scrivania di mia madre perché quella basilica, con le sue cupole e i suoi angeli dorati, pareva emersa da immote profondità marine e mi sembrava di buon augurio, come se nel logorante braccio di ferro con le calamità naturali ci fosse sempre, per gli uomini, una speranza di cavarsela.

Da allora, ogni sera, dopo che i miei genitori erano passati a darmi la buonanotte, scendevo dal letto e spalancavo l'anta del comodino. Accendevo i mozziconi di candela e, schiccando il rosario, recitavo le preghiere che conoscevo e altre che inventavo. Pregavo sottovoce fino a che le ginocchia non cominciavano a farmi male. Il compito di strappare il signor Mättli alla sua malattia spettava a me. Era evidente. Nessun altro si dava pensiero per lui. Né i suoi antichi ammiratori, il suo pubblico, né i nipoti che vivevano al Nord; né i miei genitori, la portinaia, gli altri condomini. La stessa Maria non era più intraprendente come all'inizio, con le sue illazioni e i pedinamenti. Aveva perso interesse, qualcun altro dalle pagine dei rotocalchi aveva fatto altre balordaggini, più succose o più appassionanti. Con il signor Mättli ero rimasta soltanto io.

Mi sembrava che lo sfavillare delle candele accese in segreto, la litania delle preghiere e soprattutto la fissità della mia concentrazione su quell'unico tema – la guarigione del signor Mättli – riverberassero sulle mie giornate, conferendo loro uno spessore diverso. Volevo essere d'aiuto, riuscire nell'impresa, salvare il signor Mättli e permettere a quei tre – lui, lei e Flock – di spostare la fine più in là, scalciarla il più lontano possibile, al fondo del loro orizzonte.

La cosa sorprendente, ma non per me, fu che dopo qualche settimana il signor Mättli cominciò a sentirsi meglio: me lo disse Maria, che l'aveva saputo, come al solito, dalla portinaia; me lo disse la signora Mättli, che incontrai in ascensore un pomeriggio e mi invitò a prendere una cioccolata la settimana seguente.

Arrivò il giorno dell'invito, un mercoledì. Lo ricordo come un pomeriggio splendente. Il signor Mättli indossava una giacca da casa di velluto, con gli alamari, ed era seduto in poltrona accanto a un pianoforte a coda. Mi feci coraggio e gli chiesi se suonava ancora. Disse che suonavano entrambi, ma era la signora Mättli quella che si esercitava di tanto in tanto, a lui facevano male le dita – e mosse nell'aria la mano, con le dita piegate come i rami dei platani lungo il fiume. Bevemmo la cioccolata – lui si bagnò appena le labbra – e poi, quando la signora Mättli uscì, parlammo un po'. Noi due. Non mi fece nessuna delle solite domande che fanno gli adulti, non mi chiese quanti anni avessi né quale fosse la materia scolastica che preferivo. Parlò di sé, del fatto che Flock dormiva nel letto con loro. Lo avevano preso a un mese di vita perché la madre non lo voleva allattare e rischiava di morire. Era il più gracile di una cucciolata troppo numerosa e volevano sopprimerlo, per questo lui se l'era preso, e la signora Mättli lo aveva nutrito con un biberon di latte artificiale fino al momento in cui era riuscito a mangiare da solo. Ma è un azzardo, disse, intralciare la natura. Gli etologi e i veterinari lo sconsigliano. A Flock non è toccato l'imprinting della sua specie, ma quello di due vecchie ciabatte inservibili come noi. Eppure, continuò guardandomi negli occhi, esistono talvolta circostanze in cui l'interferenza è l'unica soluzione che evita la catastrofe. Col cuore che batteva forte, ebbi la netta sensazione che avesse misteriosamente intuito cosa facevo. Mi raccontò che aveva girato il mondo e che la sua città preferita, dopo aver visitato tutte le grandi capitali, restava una sconosciuta cittadina baltica vista solo in fotografia da cui erano arrivati i suoi genitori. I suoi occhi erano concentrati e attenti, avevano perso lo smarrimento, neppure prima della malattia erano stati così luminosi. Parlammo a lungo, di Flock e della piccola città affacciata sul Mar Baltico in cui non era mai stato. Mi mostrò una fotografia che lo ritraeva ragazzo insieme alla signora Mättli, entrambi vestiti con eleganza, lei con un abito a fiori e lui con una giacca chiara.

Le mie segrete pratiche notturne stavano funzionando. Ero riuscita a trattenerlo. Sentendo passare su di me ognuna delle ore che gli rimanevano, ero riuscita a regalargliene di nuove, a procrastinare la catastrofe. Ci fu un momento in cui immaginai di riuscire a dirgli: *Suona per me*. Non lo feci.

Vedevo quanto erano contorte le sue dita e pensai che, se glielo avessi chiesto, lo avrebbe fatto, per me lo avrebbe fatto; ma non sarebbe stato contento se non fosse stato in grado di far scivolare le mani sui tasti con la grazia di un tempo.

Posso dire che fu un pomeriggio luminoso, sebbene le tende fossero tirate; che fu un pomeriggio pieno di musica, sebbene nessuno si fosse avvicinato al pianoforte. Seduta nel salotto di casa Mättli, mi accorsi che ci trovavamo più o meno in corrispondenza della mia camera da letto. Mi sembrò logico che fosse così: era da lì che si sprigionava l'energia della mia interferenza, come l'aveva chiamata il signor Mättli – da una camera due piani più sotto, illuminata dalle candele che avevo acceso nel buio.

La settimana successiva Maria mi disse che gli esami del signor Mättli erano andati molto meglio del previsto, una cosa sorprendente, che aveva lasciato basiti il primario e i suoi assistenti; nella mia battaglia – quella che combattevo per il signor Mättli – raddoppiai gli sforzi: la notte cercavo di pregare ancora più a lungo, e poi pregavo di nuovo la mattina, appena sveglia, sempre davanti al comodino, nel pieno rispetto del canone; ma aggiunsi, per precauzione, qualche altra preghiera quando se ne presentava l'occasione, per esempio quando seguivo mia madre dal parrucchiere – non so perché mi portasse con sé, visto che per la maggior parte del tempo stava, piena di bigodini, sotto un casco da astronauta che impediva ogni forma di comunicazione. Pregavo mentre la accompagnavo in banca, quando si sedeva a un minuscolo tavolino per compilare un foglietto in cambio del quale riceveva, allo sportello, fruscianti banconote. Pregavo dovunque ci fosse una smagliatura nel tempo in cui ero invisibile agli adulti, non appena scorgevo una possibilità. Lei, e più raramente mio padre, dicevano: Sei sempre più silenziosa. Facevo segno di sì e poi sorridevo, con un sorriso generoso, rassicurante, che secondo me li avrebbe tranquillizzati; e così era, infatti, il più delle volte. Era importante che non pensassero che ero triste o di cattivo umore, perché altrimenti si sarebbero messi a fare domande; mentre io, per aver agio di ripetere tutte le parole che avevo in testa, volevo stare in pace e in silenzio.

Ogni cosa, insomma, filava per il verso giusto.

Mi dispiaceva soltanto non poter rivelare a Maria il mio ruolo nella vicenda, ma ritenevo che la segretezza fosse indispensabile alla riuscita dell'operazione; a guarigione ottenuta le avrei detto tutto. Ero sicura che non si sarebbe arrabbiata né sorpresa: i rotocalchi che leggevamo insieme ci raccontavano incessantemente che ogni vita costeggia la morte e si sforza di eluderla o le va incontro a braccia tese. Che la gente va avanti a forza di sotterfugi e segreti, che l'esistenza è fatta di svolte improvvise e imprevedibili, di slanci d'amore e di tragedie. Che le vite degli altri sono favole e leggende, si ascoltano allo stesso modo, hanno i colpi di scena e le agnizioni.

Nei pomeriggi trascorsi con Maria, sdraiata sul copriletto di ciniglia rosa, sembrava evidente che nulla di quello che accade è inverosimile, dal momento che noi lo stavamo leggendo sulle pagine dei suoi giornali illustrati. Un pensiero che si era già affacciato pochi mesi prima, in estate, quando un americano aveva messo piede sulla Luna per la prima volta. Mio padre ne aveva parlato come di un fatto epocale; Maria, invece, si era limitata a mostrarmi una fotografia, commentando che era piuttosto sfocata, e avevamo girato pagina senza emozionarci troppo; per lei, e per me, il fatto che si andasse o meno sulla Luna non aveva nulla di straordinario. L'allunaggio semmai confermava la nostra posizione ideologica: eravamo determinate a non stupirci, pronte ad accogliere anche l'inverosimile nelle sue sfolgoranti apparecchiature. Era quello che facevamo mentre sfogliavamo le pagine: prendevamo le misure, come facevano le generazioni di sarti nella famiglia di Maria, segnando con il gesso dove allargare, stringere, tagliare. Percepivamo di che stoffa fosse fabbricata l'esistenza, com'era ruvida, levigata, grossolana o finissima. Con quale densità di ordito e di trama. Ne valutavamo il peso, la mano. La resistenza all'usura.

***

E poi ci fu la nevicata. Più di due metri di neve in poche ore. La città non aveva più spigoli né colori, era tutto morbido, bianco e scintillante sotto il sole. Scesi con mio padre, avevamo in mano scope, pale e guanti, per ripulire l'auto. Davanti al portone, con berretto e sciarpa di lana, c'erano la signora Mättli e Flock, che non sapeva dove annusare.

Non sente gli odori, disse la signora Mättli. È disorientato.

Non gli piace la neve, disse mio padre.

Oh, no. Gli piace molto. Eccome. Almeno credo, aggiunse. Sembrava diversa. Infervorata. Flock tirava il guinzaglio per rientrare, ma lei non si muoveva.

Erano anni che non nevicava così, disse mio padre.

Mi ricorda quando ero bambina, disse con occhi lucidi e sognanti, da noi nevicava così tutti i giorni. Da novembre a marzo, certi anni anche in aprile. Siamo in partenza, sa? È stata una decisione improvvisa. Abbiamo messo in vendita l'appartamento. È troppo grande per noi, ci piacerebbe affittarne uno più piccolo, con un giardino. Per Flock, si capisce. Ma prima vogliamo viaggiare un po'. Da giovani viaggiavamo tanto... Siamo stati anche in America. Ci andammo in nave, non stavamo mai fermi. *Wanderlust*. Si chiama così, in tedesco. Georg dice che a viaggiare si onora la vita. Ci si dimostra curiosi, adattabili, in certi casi perfino audaci. Non so da dove gli vengano certi pensieri. La malattia lo ha cambiato... Ora è perfino più testardo di quando era ragazzo. Sa cosa dice? È quando accade l'inaspettato che vale la pena riflettere. Chiedersi chi sei, cosa vuoi. Cosa rimpiangi. A quali cose non sei disposto a rinunciare... E questa signorina è stata preziosa, lo sa?

Mio padre si voltò verso di me. Cosa hai fatto?, volle sapere.

Niente, dissi, cauta.

Ma sì, sorrise la signora Mättli. Ti sei occupata di Flock. Guarda come ti vuole bene.

Flock si era accucciato ai miei piedi, posando il muso sulla mia scarpa.

Mi dispiace che partite, dissi, sottovoce. Per Flock.

Lo portiamo con noi, disse la signora Mättli, è un cane molto educato.

Discreto, dissi.

Lei rise. Hai ragione, è un cane discreto.

Mio padre e la signora Mättli si erano rimessi a parlare tra di loro.

Abbiamo incaricato un vecchio amico di occuparsi di tutto, stava dicendo la signora Mättli. Abbiamo fretta. Georg ha fretta, a dire la verità. Vendiamo i mobili che non ci servono e teniamo solo quelli a cui a cui siamo più affezionati. C'è da fare l'inventario, le stime, da imballare e mandare in magazzino quello che non vogliamo vendere. Il nostro amico è un avvocato con la passione dell'antiquariato e ci ha consigliato una casa d'aste. Siamo in buone mani, dice Georg. E lo dice anche l'agente immobiliare. Pare che sia un buon momento per vendere e per affittare. Insomma, tutti i tasselli al posto giusto. Ogni tanto capita, eh?

Sì, disse mio padre. Ogni tanto capita, è vero. E poi aggiunse: Il vostro appartamento è il più bello del palazzo. Così in alto. Chissà che panorama da lassù.

Ah sì. È bellissimo. Vediamo le colline. Il fiume. Le montagne dalle finestre sul retro. Un appartamento con tre arie, ha detto l'agente. Per me le arie sono altro, gli ho detto.

Aveva gli occhi brillanti di allegria. Sua figlia lo ha visto, venga anche lei, con sua moglie. Mi dispiace lasciarlo, ma è arrivato il momento di venderlo. L'agenzia immobiliare ce ne ha proposto uno più piccolo e più comodo vicino al fiume. Ha tre arie?, gli ho chiesto, e lui ha detto di no, che ne aveva solo due. E allora ne cerchi uno con tre, anzi con quattro!, per favore, gli ho detto. Noi siamo stati musicisti!

Giusto, disse mio padre, con un tono distratto. Bisogna essere precisi con quei signori. Altrimenti fanno perdere un mucchio di tempo.

Mah, disse la signora Mättli, più composta. Non credo che quel tale abbia capito il gioco di parole. Comunque cerchiamo un pianterreno, vorrei avere un giardinetto per Flock, questo sì. Mi basta uno scampolo di verde. Poco più di un'aiuola. Per quando saremo troppo vecchi per portarlo a spasso. Ancora più vecchi di adesso. E la signorina qui presente non potrà essere a disposizione per noi, non è così?

Sì che potrò, risposi di slancio. Mi piace Flock.

Ma cara, chissà dove saremo Georg e io. In quale quartiere. Qui o chissà dove. È tutto da decidere. È stato un miracolo, sai? Si rivolse a mio padre: Un miracolo, proprio. Si dice sempre così, quando succede una cosa che non si credeva possibile. Anche se nessuno davvero ci crede ai miracoli, e si passa per matti a parlarne... Cosa vuole, siamo sposati da cinquantaquattro anni. Ne avevo venti quando l'ho conosciuto. Mi ha detto: Vendiamo, e ho detto: Va bene. E poi ha detto: Viaggiamo, e ho detto di nuovo: Va bene. Non sono mai stata capace di dirgli di no. Mai. L'ho conosciuto al Conservatorio, lui era all'ultimo anno e io al primo. Preparava le *Variazioni Goldberg* per il saggio finale. Le suonava come nessun altro. Glielo dissi. Mi rispose che le suonava in quel modo – non posso immaginare che lei mi capisca, bisognava ascoltarlo – perché le *sentiva*. Diceva che un giorno avrei imparato a sentirle anch'io. Sono come l'amore, diceva, una variazione continua di un unico tema.

Due settimane dopo Maria si mise la giacca con i bottoni d'oro che le aveva regalato mia madre e salì al quinto piano.

Fu lei a consegnarmi la busta con il mio nome sopra. Disse che gliel'aveva data il signor Mättli. Era una busta grande, quadrata, color senape. Dentro ce n'era un'altra molto più piccola, una busta da lettera, celeste, di carta sottile, con un piccolo aereo disegnato in alto a sinistra e la scritta *Posta Aerea - Par Avion - By Air Mail.* E c'era un disco.

Maria disse che la signora Mättli sembrava un po' su di giri. Disse anche che il signor Mättli aveva la sua solita aria. In che senso "solita"?, le domandai, e lei disse che si poteva definire misteriosa, considerate le circostanze. Era un peccato vederli partire: il signor Mättli era sempre stato una persona così gentile, e questo era qualcosa che si poteva dire solo di poche persone.

Mi portai la busta in camera. Quella celeste era così leggera da sembrare preziosa, come se avesse potuto sgualcirsi o strapparsi con niente. La aprii con tutta la delicatezza di cui ero capace e dentro c'era un foglio scritto a mano, altrettanto leggero.

2 dicembre 1969

Siamo in partenza. Fino a poco tempo fa pensavo che me ne sarei andato via da solo. Mi sbagliavo. Parto con la signora Mättli, che non è mai stata così di buon umore. Viaggeremo un po'. Pensavo di portarla a vedere quella cittadina sul Baltico di cui ti ho parlato qualche tempo fa. Sono sicuro che te lo ricordi.

La gente dice che non sa perché sono guarito (lo dice anche il mio medico. Detto tra noi: che sincerità inutile e un po' superficiale, basterebbe che dicesse: Ho azzeccato la cura, e tutti sarebbero più tranquilli. Le guarigioni miracolose – e comunque tutto quello che non ci si spiega troppo facilmente – mettono tutti in allarme). Ma un paio di persone sanno perché sono guarito. E, mi spingo a supporre, anche un cane. Un setter gentile, che forse non ha mai saputo di essere un cane. Un tipo convinto che i suoi genitori non abbiano né la coda né il pelo fulvo, ma che siano due individui un po' malconci, con i capelli grigi e quasi sempre infreddoliti. Ma brava gente, capace di fare belle carezze e di mettere un'ottima pappa nella scodella. Penso che tu sappia di cosa parlo. Non ci siamo mai detti troppo, tu e io. Non ne avevamo l'abitudine.

Ho vissuto trent'anni in questo palazzo: mi ricordo benissimo quando ti ho visto la prima volta, ti avevano portato a conoscere tuo nonno. In un cesto. Immagino tu sappia che anche il vecchio Mosè è stato messo in un cesto. Un bel precedente. Fai leggere questa lettera a tua Madre, se pensi che possa interessarle. O a tuo Padre. Da parte mia, possono sapere quanto segue: sei una ragazzina beneducata e Flock ti capisce. Come tu capisci lui. Vorrei rassicurarti su un fatto: lo porteremo sempre con noi. E continuerà a dormire sul nostro letto e a indossare una mantella gialla quando piove.

Mi resta solo da dirti grazie, a questo punto. Non sono mai stato bravo con le parole. Me la cavavo meglio sulla tastiera del mio Steinway. E allora lasciamo parlare la musica. L'incisione è quella della Carnegie Hall, del gennaio 1937. La signora Mättli era in sala, me la ricordo ancora, tutta vestita di velluto blu, come un paggio in livrea. Il compositore si chiama Johann Sebastian Bach. Al pianoforte c'è il tuo amico dell'ultimo piano.

Fatti spiegare da tua madre che cosa sono le "Variazioni". Probabilmente lo sa.

Georg Lucas Mättli

E così se ne andava. Avevo pregato per lui tutte le notti, in segreto. Non lo avevo mai lasciato solo. Avevo ancora piccoli lividi ormai verdastri sulle ginocchia. Mi ero inflitta ore e ore di preghiere. Era grazie a me che i Mättli potevano ricominciare a viaggiare per il mondo. E questo, pensavo, doveva rendermi orgogliosa e soddisfatta del risultato.

Ero stata generosa, anche se mia madre pensava che non lo fossi. Generosa eccome: lividi, preghiere. Centinaia di preghiere. Pensai che avrei dovuto contarle, sarebbe stato interessante sapere se ero arrivata a dirne mille o addirittura di più. Avrei mentito se avessi detto che non mi era pesato, il compito che mi ero assunta, ma andava a mio onore l'impegno profuso in vista di uno Scopo Superiore. Mi sembrava evidente che avevo salvato tutti e due, a pensarci bene: lei non sarebbe mai sopravvissuta senza di lui.

Sono dovuta crescere ancora un bel po' – parecchie altre tacche sul muro – prima di scoprire quello che ogni adulto sa, che il dolore è una delle variazioni possibili dell'amore. La cartolina di piazza San Marco, il rosario e la spilla tornarono nel cassetto di mia madre, le candele e i cerini in cucina e il quadretto di rame nella stanza degli ospiti. I Mättli non avevano più bisogno di me. Se ne andavano. E Flock, con loro. E io piangevo.

L'avvocato – quello che aveva la passione per l'antiquariato, come aveva detto a mio padre la signora Mättli – si occupò di tutto. Lo incontrai un paio di volte, saliva in ascensore con un blocco per gli appunti in mano. Per le due settimane precedenti al Natale ci fu l'esposizione dei mobili e degli oggetti di proprietà dei Mättli. Era un modo per riuscire a vendere tutto e anche per mostrare a tanta gente l'appartamento, mi spiegò Maria.

Chissà chi verrà ad abitarci, le dissi.

Spero gente discreta, mi rispose. Anche se non saranno mai così su come i Mättli. Gente così su, da non credersi, proprio.

Ero d'accordo con lei. Mi piaceva l'oscurità di quello che aveva detto: erano loro che *non si credevano*, nel senso di non darsi troppa importanza? O eravamo noi, quelli che *non potevano credere*? In ogni caso, era come aveva detto Maria: gente da non credersi, proprio.

Dalla mia camera potevo sentire lo sferragliare continuo

dell'ascensore – una cabina di legno e vetro opaco, con un sedile di cuoio – che si fermava con un singhiozzo al quinto piano e ne ripartiva sbuffando; sentivo anche le voci di quelli che scendevano a piedi per lasciare l'ascensore a chi non se la sentiva di fare le scale. Salirono anche i miei genitori. Chiesi che mi lasciassero andare con loro, volevo dare un'occhiata. Era tutto come lo ricordavo, c'era il canapè di velluto rosso, la console di legno scuro, le poltrone, lo specchio dorato. Mancava solo il pianoforte. Non era più in mezzo al salone che adesso sembrava diverso, con quello spazio vuoto al centro. Chissà se lo avevano venduto o mandato in magazzino. Pensai anche che perfino il contrario esatto della morte, una guarigione perfetta, poteva rivelarsi un addio.

***

Per tutti quelli che lo avevano conosciuto di sfuggita, per i condomini e per i miei genitori, il signor Mättli non era stato altro che un inquilino riservato e cortese.

Durante il pomeriggio passato insieme, lui e io avevamo varcato una soglia più intima. Un passo senza ritorno. All'ultimo piano saliva un mucchio di gente, quelli che lo conoscevano e quelli che non avevano idea di chi fosse; mi domandavo se tra loro ci fosse qualche antico ammiratore, gli amici musicisti, il medico meravigliato di averlo guarito, le infermiere mandate dall'ospedale. Salì perfino il Comunista con i suoi occhiali spessi e l'andatura da airone. Insomma, molta più gente di quanta ne avessi mai vista nel nostro caseggiato. Andavano tutti in casa Mättli a curiosare.

La Mercedes rimase in garage finché non fu venduta. A un collezionista, precisò Maria, che l'ha pagata un mucchio di soldi, e così i Mättli continueranno a viaggiare e a invecchiare con tutte le comodità.

Non ho mai detto a nessuno che dopo qualche tempo ho cominciato a vedere il signor Mättli. Succedeva all'imbrunire, oppure quando dal fiume saliva la nebbia e l'erba del parco era ghiacciata di brina. Forse la signora Mättli aveva considerato non più così bastevole la perfetta esecuzione della *Terza* o *Nona Variazione* per vagabondare senza sosta e lo aveva piantato in asso. O magari era svanita nel nulla. Scorgevo solo lui: lei non l'ho mai vista. Appariva per un istante, il passo lento sotto al lampione, di spalle; o voltava l'angolo con Flock al guinzaglio, dritto ed elegante, con un mazzo di tulipani o di margherite avvolte nella carta del pane; altre volte invece era al parco, da solo, seduto sull'altalena ghiacciata, col suo cappotto grigio, la lobbia calcata in testa e le mani in tasca. Senza decidersi a scendere, testardo come i bambini, le scarpe già imbiancate di neve.

L'uomo che dormiva al parco

I miei dicono che non c'è nulla di cui vergognarsi e che tuo padre non li ha combinati, i guai. Li ha subiti, piuttosto.

Già, disse Anna contemplandosi le unghie smaltate di nero. Ovvio.

Prese a strofinarsi via lo smalto dal mignolo con un po' di solvente. Esce alle sette e mezzo, tutte le mattine, proseguì. Rientra verso le otto. Sono quasi tre settimane.

Oh, be', è la sua vita, no?

Lei, posati per terra la boccetta di solvente e il batuffolo di cotone, si allungò sul divano affondando la testa nel cuscino. Mia madre pensa che sia solo un po' giù. È normale, per un uomo della sua età, disse fissando il soffitto.

Potresti cercare di scoprire cosa fa. Seguirlo. Non è mica difficile. Se ti preoccupa, voglio dire.

Non mi va di spiare mio padre.

Non è spiare, questo. Ti informi di quello che fa, visto che lui non ve lo dice.

Forse si tratta proprio di questo. Non mi va di saperlo.

Fai come ti pare, disse Alice alzandosi in piedi e avviandosi verso la porta. È difficile sopportare la verità.

Quale verità?, chiese Anna in un soffio.

Alice si strinse nelle spalle: Be', che ti hanno mandato a casa perché non servivi più. E che probabilmente non servi più a nessuno.

Oh, lui ci serve, si affrettò a ribattere Anna.
Sì, ma *voi* non contate. Te lo garantisco.

Andrea Ferrari si stava affannando a spiegare la situazione alla farmacista. L'effetto più evidente è l'insonnia, ripeté. E guardi che non è un'insonnia come le altre. Io non riesco più a dormire in casa mia. Nel mio letto.

Provi a cambiare abitudini. Mangi leggero, si sposti dall'altro lato del letto o sul divano. Vada a dormire solo quando è stanchissimo.

La farmacista lo guardava con una commiserazione muta e inflessibile, e continuando a fare segno di no con la testa gli mise sotto il naso una scatoletta di valeriana. Senza una prescrizione medica, disse, non posso darle niente di più forte. Sfilò dalla mano di Andrea un flacone di sonnifero: Questo è già piuttosto potente. Su, non è possibile che non le faccia effetto, buttò lì, persuasiva.

Andrea scosse la testa.

Non mi fa niente, e comunque è quasi finito. Me ne dia un'altra confezione, la supplicò.

Senza ricetta non se ne parla neanche.

Per favore. Io voglio dormire.

Già. Tutti vogliamo dormire. È naturale. Socchiuse gli occhi. Si procuri la sua ricetta.

Voglio *solo* dormire, insistette Andrea. Quando è ora, aggiunse a voce bassa. Solo quando è ora.

La farmacista sospirò e si volse risoluta verso un'altra cliente: Prego?

Andrea fece una specie di mezzo sorriso spavaldo e raddrizzò le spalle. Lanciò un'occhiata alla donna che aveva in mano un foglietto piegato a metà. Lei otterrà tutto quello che vuole, le disse.

Attraversò la strada e si diresse verso il giardino comunale. L'insonnia che lo aveva assalito non era saltuaria, occasionale, di quelle con cui è possibile scendere a patti dosando le gocce di un sonnifero o ingoiando qualche pasticca quasi invisibile, lo sapeva perfettamente – e, da questo punto di vista, non essere riuscito ad avere aiuto dalla farmacista era irrilevante, un atto di cui si conosce in partenza la vanità e che si compie solo per fugare il dubbio di non aver tentato ogni strada. Si era convinto che la sua insonnia fosse una protesta collettiva del corpo, di ogni organo e di ogni ghiandola, che si diffondeva ai muscoli e alle palpebre, alle giunture e ai tendini, che disarticolava i pensieri e li sguinzagliava in ogni direzione, provocandogli uno stato di eccitazione nervosa. Aveva provato, nei giorni precedenti, diversi rimedi tra quelli alla portata della sua immaginazione: pasti leggeri, languide camminate senza meta, diluite nel tempo, lunghe immersioni serali in bagni così caldi da arrossargli la pelle... Risultati inutili, riguardo al sonno, almeno quanto quel residuo di sonnifero trovato nell'armadietto del bagno, di cui la farmacista si era rifiutata di vendergli un'altra confezione.

E poi un pomeriggio – di quelli in cui si prevede che non ne arriverà mai la fine, quando le ore si impigliano e li inceppano quasi fossero meccanismi troppo sofisticati per sopportare la mancanza di scopo con cui li si attraversa – la scoperta, banale e sorprendente: se non riusciva a dormire in silenzio, al buio, circondato dagli oggetti che gli erano familiari, era evidente che dormiva benissimo in pubblico, alla luce, esposto al brusio e agli scossoni in un tram, in metropolitana, oppure nell'atrio della stazione, tra un annuncio e l'altro di un treno in partenza o in arrivo; e dormiva ancora meglio fingendo di osservare i nuotatori alla piscina comunale, nel tepore umido e saturo di cloro che appannava i vetri.

Per ogni notte perduta di sonno, recuperava di giorno, lontano da casa. Dormire mentre attorno a lui la gente si affannava a viaggiare, nuotare, correre lo faceva sentire meschino e quasi in colpa; ma i suoni smorzati del mondo, affievoliti dalla coscienza vigile che infine si arrende alla stanchezza, agivano come una cantilena rassicurante e piacevolmente soporifera.

Mai e poi mai avrebbe confessato a sua moglie che cosa lo spingeva fuori di casa ogni mattina e come passasse le sue interminabili giornate vuote; erano sposati da vent'anni e, mentre era stato messo in conto che uno dei due, prima o poi, sarebbe sopravvissuto all'altro, non erano mai stati sfiorati dall'idea che un giorno sarebbe potuta essere lei l'unica a lavorare; anzi, dall'idea che lei non *avrebbe potuto* smettere di lavorare – e faceva una bella differenza.

Sua figlia, si consolò, era sicuramente all'oscuro di tutto, come ogni adolescente che ignora – con una certa determinazione istintiva – qualunque preoccupazione seria riguardi i propri genitori. La voleva così, inconsapevole e superficiale, come gli pareva giusto che si fosse a quindici anni.

Scelse la panchina assolata accanto all'area dedicata ai bambini più piccoli; e le risate e i pianti infantili gli provocarono immediatamente un'implacabile nostalgia. Se per la propria infanzia o per quella di Anna, era difficile dirlo; o forse la nostalgia era dovuta al desiderio che entrambe si estendessero, la sua e quella di sua figlia, per un periodo illimitato, o comunque che l'infanzia fosse un'età a cui si potesse fare continuamente ritorno, con la sola forza del desiderio. E in questo senso di perdita irrimediabile socchiudeva gli occhi al sole e cercava, nel bagliore rossastro filtrato dalle palpebre, immagini sbiadite di una felicità inventata o rabberciata alla meglio pescando a casaccio nella memoria. Da lì, da quel bagliore solcato di striature arancio e oro, scivolava finalmente nel sonno.

La sirena di un'autoambulanza bloccata nel traffico lo svegliò bruscamente. Diede un'occhiata all'orologio e si alzò. I bambini erano spariti. Sulla recinzione qualcuno aveva appeso uno zainetto blu impolverato e dimenticato nella fretta del gioco. L'unica traccia evidente che lì c'erano stati dei bambini, pensò Andrea. Chiuse dietro di sé il cancelletto del recinto, come per preservarlo, intatto, per l'indomani. Nella luce smorta della sera si muoveva a passi lenti, svuotati di qualunque energia.

Rientrare a casa, osservare l'espressione stanca e vagamente preoccupata di sua moglie, il lampo di commiserazione che di tanto in tanto le attraversava lo sguardo, era avvilente. I primi giorni, fingere di avere qualcosa da fare durante il giorno gli era parsa una soluzione accettabile, dal momento che rimanere solo quando le due donne uscivano gli provocava una claustrofobia insopportabile; si era illuso che mantenere la stessa routine di quando aveva un lavoro – otto ore fuori casa, dal lunedì al venerdì – rendesse meno aspra la consapevolezza che la sua vita era irrimediabilmente cambiata. Gli parve di vedere un'ombra minuta che si ritraeva dietro il tronco di un faggio, ma non vi badò e continuò a camminare.

Dopo aver cenato – passato di verdura, stracchino e mele cotte – indossò il pigiama e le pantofole, come ogni sera. Verso le undici raggiunse la moglie a letto e ascoltò, paziente, il resoconto della sua giornata. «Prima o poi ti rimetterai in carreggiata» concluse lei spegnendo la luce. «Vedrai.»

Andrea aspettò di sentirla profondamente addormentata, quindi si alzò. Sospettava che lei si fosse accorta di come passasse le notti seduto in salotto, ma non ne aveva la certezza. Voleva evitarle almeno questo, la visione di un uomo incapace di riprendere il controllo e anzi determinato, forse, a conquistarsi una completa rovina.

L'arrivo di Anna lo fece sobbalzare. Sembrava estremamente fragile nella camicia da notte che le sfiorava il ginocchio.

Stai cercando un altro lavoro, papà? È questo che fai tutti i giorni, vai a fare colloqui?

Ogni tanto, mentì lui. Certe volte faccio solo delle gran passeggiate.

Passeggiate, *proprio* passeggiate?, chiese lei, con una sfumatura di nervosismo nella voce.

Andrea avvertì una stretta di pericolo immediato e inevitabile.

Passeggiate, confermò.

Una mia amica ti ha visto, oggi. Al parco.

Passeggiavo, sussurrò Andrea, incerto.

Dormivi. Dormivi, ripeté lei, calcando appena la voce. Su una panchina. Davanti alle giostre.

Dormo poco di notte, sai. Mi sarò appisolato. Non è mica la fine del mondo, non ti pare?

Alice dice che sei incastrato dalle circostanze. Dice che è difficile immaginare come ti senti in questa situazione. Si arrotolò una ciocca di capelli sull'indice.

Te l'ho detto, fece Andrea sulla difensiva, mi ero solo appisolato.

Alice è tornata a vedere a intervalli, e tu hai dormito tutto il pomeriggio.

Alice è una... Andrea si interruppe. Smettila di fissarmi con quell'aria, riprese, tentando di infondere una nota di autorevolezza paterna a quanto stava dicendo. Ero stanco morto. Tutto qui.

Anna si guardò i piedi scalzi. Sono le tre di notte, papà.

Le tre? Andrea udì la propria voce incepparsi, confusa. Già le tre? Si sentì sopraffatto da quell'informazione appena ricevuta, come se lo scorrere del tempo avvenisse suo malgrado.

Perché non vai a dormire?, continuò Anna. Parlava con un tono più deciso, adesso. Come fanno tutti, aggiunse, e nel dirlo allargò il braccio disegnando un semicerchio nell'aria.

Non ci riesco, sussurrò Andrea. Scosse la testa. Non posso farci niente.

Puoi andare da un medico, no? Sono cose che si curano, queste.

Sì, disse Andrea, immagino che potrei.

Ok. Fallo, allora.

Lo farò. Promesso.

Anna si morse le labbra. Io torno a dormire. Ciao, papà, disse chinandosi a sfiorargli la guancia con un bacio.

Andrea la guardò uscire dal salotto, in punta di piedi come se temesse di fare troppo rumore. Era arrivata quasi a imboccare il corridoio quando si voltò.

Domani vengo a passeggiare con te, papà. E anche dopodomani. Tutti i giorni. Finché serve, disse risoluta.

Ad Andrea parve di vederle un guizzo di crudeltà nello sguardo, o forse semplicemente di amore incondizionato – quale dei due, si accorse, non avrebbe saputo dire.

La quercia di Pierre

Oramai erano cinquant'anni che lo chiamavano Pierre; si era quasi dimenticato del suo nome di ragazzo, Pietro Gottero, e della Val Corsaglia, da dove veniva. Dal paese mica se n'era voluto venir via: gli piacevano le sue valli coperte di boschi, selvagge, il frusciare dei torrenti al disgelo, le notti stellate. Gli amici con cui era cresciuto si erano trovati un lavoro alle vetrerie, in officina, alle cave di marmo a Frabosa. In paese era rimasto solo Remo, già stufo, a ventidue anni, di fare il margaro.

La sera si trovavano al ponte, Remo fumava e poi schiccava le cicche nell'aria, facendole ruotare su se stesse prima di cadere nell'acqua, e insieme le guardavano scendere verso valle. Remo diceva: Voglio andarmene da qui. E Pietro diceva: Io no. Una volta aveva provato a spiegarsi, gli piaceva curare il meleto e innestare le varietà come aveva imparato a fare da suo padre. Remo lo aveva guardato e poi aveva tirato una lunga boccata, facendo un anello di fumo. Remo era bello, alto, biondo; le ragazze di San Giacomo, di Monastero di Vasco, di Frabosa – così diceva – gli andavano tutte dietro; e Pietro ascoltava, onorato di quelle confidenze ricevute sul ponte, e non diceva che non le aveva mai viste quelle ragazze, né lui né nessuno, se non una bruna di Vicoforte che veniva su accompagnata dalla madre la domenica della processione, una volta all'anno. E poi, una sera di settembre che già faceva fresco, Remo era venuto a chiamarlo – Andiamo sul ponte, aveva detto – e si erano messi come sempre seduti con le gambe penzoloni, e Remo fumava e fissava l'acqua del Corsaglia. Senti, aveva iniziato, mi devi aiutare. Si era girato a guardarlo. Sai tenere un segreto, Pier? Solo Remo lo chiamava Pier. Devi fare finta di pisciare contro il muro e guardare che non arrivi nessuno, aveva detto Remo, buttando la cicca nel torrente. Ho conosciuto uno di Cuneo che ne ha già fatte di cose in pianura. Il giorno dopo la fiera di Vicoforte vanno tutti a mettere i soldi in banca.

Che cose fa il tuo amico in pianura?, aveva chiesto Pietro, cauto.

Remo aveva sfilato un'altra sigaretta dal pacchetto e poi aveva picchiato il filtro sul parapetto per rendere compatto il tabacco. Ruba, aveva detto, con il tono di uno che considera una seccatura rispondere.

Vuoi fare una rapina? E se ti prendono?

Non mi prendono, aveva detto Remo. La banca ha solo due sportelli. Una cassiera e un impiegato in malattia. E a Montaldo non c'è nemmeno la stazione dei carabinieri. E comunque, aveva aggiunto, il mio amico di Cuneo la rapina la fa anche senza di me. Dice che è facile e veloce. Allora, che ne dici? Devi solo fare finta di pisciare.

Ma Remo, perché?, aveva detto, rapinare una banca è una cosa da ladri e tu non sei un ladro.

E allora Remo gli aveva dato quella risposta, una frase a cui aveva ripensato di tanto in tanto, perché era insieme una cosa stupida eppure sottile: Ogni ladro c'è stato un momento in cui non era ancora ladro.

Non mi piace lasciarti andare da solo, aveva detto, incerto.

Per tutti c'è un momento in cui ancora non si è quello che si sta per diventare, aveva aggiunto Remo mentre soffiava nell'aria un anello di fumo.

Non aveva nemmeno cominciato a fare finta di pisciare che due carabinieri erano usciti dal bar tabacchi e si erano avviati verso la banca. Avrebbe voluto poter dire: Sono entrato di corsa per avvertire Remo. Oppure: Sono andato incontro ai carabinieri, li ho fermati con una scusa, li ho convinti ad andarsene. Quante volte ci aveva pensato, rivedeva la piazza deserta, la banca tra il bar tabacchi e la merceria, e lui davanti ai due carabinieri a dire qualcosa come: Voi qui non dovreste esserci, non avete nemmeno una stazione dei carabinieri, vi siete fermati a prendere un caffè e già questo è un problema, adesso cortesemente tornatevene indietro, non entrate in banca per carità, c'è il mio amico Remo che si è fatto convincere a fare una rapina con un tizio di Cuneo, ma non è un ladro, non ancora, forse sta per diventarlo, un ladro in libertà se voi non lo arrestate, se girate sui tacchi e tornate da dove siete venuti, Vostre Autorità, per gentilezza, Remo lo conosco da quando sono nato, è un mio amico e non c'è nessuna ragazza che gli corre dietro, è solo uno che non vuole restare a vivere in Val Corsaglia e fino a ieri non era nemmeno un ladro.

Ecco com'era andata che in paese non c'era più tornato, troppa gente ad aspettarlo. I carabinieri, Remo, e magari anche quello di Cuneo, una volta scontati gli anni di carcere.

Uno che fugge dalle valli monregalesi è alla Francia che guarda, dove con due giorni di boschi e sentieri si arriva al di là della legge; e anche Pietro: per un tratto aveva seguito le mulattiere dei contrabbandieri, incerto se scendere verso il versante ligure e da lì, per una strada lungo costa, arrivare in Francia; ma non si era fidato, sapeva storie di viandanti con la gola tagliata o finiti a bastonate per aver preso un sentiero che sarebbe stato meglio non prendere. Aveva camminato nel bosco lungo il viottolo parallelo al torrente, poi aveva imboccato il bivio che portava alla Giacobba, dove in autunno andava a funghi e tornava con le ceste piene. Sapeva dove cercare. Erano posti suoi, segreti che non rivelava a nessuno. Nemmeno a Remo. L'anno prima aveva riempito quattro o cinque ceste e le aveva portate al mercato di Cuneo, dove i porcini e gli ovoli li pagavano il doppio che a Porta di Vasco o a Villanova. Ci si era comprato un pastrano di panno giallo con le tasche e il bavero di velluto, Una cosa da signore, aveva detto Remo, dove ci vuoi andare vestito così. Se l'era messo tutto l'autunno e l'inverno, era un pastrano caldo e leggero appartenuto, così aveva detto lo straccivendolo, al figlio di un conte. Il giorno della rapina il vento soffiava giù dalle Alpi e se l'era messo per abitudine.

Si era dato dello stupido, dopo: mentre scappava le falde del pastrano gli si infilavano tra le gambe, aveva dovuto fermarsi un paio di volte per tentare di annodarle perché non gli dessero fastidio, ma la stoffa era foderata e non si lasciava arrotolare. Per un momento aveva pensato di abbandonarlo nel bosco, a malincuore perché ci teneva; ma poi si era detto che sarebbe stata una sciocchezza, un indizio sicuro per i carabinieri o per Remo e il suo amico rapinatore. Dal sentiero della Giacobba aveva virato nel bosco. Era salito quasi in verticale, rallentando il passo e con gli occhi fissi al terreno per non inciampare in una radice scoperta o in una tana. Conosceva i fruscii del bosco, gli schiocchi, il silenzio; trovò due porcini magnifici e intatti, raccolse una manciata di castagne; Stasera ho da mangiare, pensò. I funghi, per il fatto di non averli cercati ma di averci quasi messo sopra il piede per sbaglio, lo misero di buonumore – il bosco, pensava, gli offriva ogni volta quello che aveva da dare. Dopo i castagni erano venuti i faggi e poi gli abeti bianchi, e poi i pascoli, le sassaie, le erbe basse, i licheni. Al tramonto era arrivata una bruma ghiacciata con l'odore di neve. Aveva trovato un bivacco, con coperte e legna da ardere. La prima notte l'aveva passata al caldo e al sicuro. All'alba aveva ricominciato a camminare fino a un pianoro deserto. Vedeva lontano, vette imbiancate, la neve già in arrivo. Dal pianoro scendeva un sentiero che si percepiva appena tra i ghiaioni. Dopo un'ora di cammino erano ricomparsi prima gli arbusti e poi gli alberi, abeti e faggi. E infine, di nuovo i castagni e poi, con i castagni, qualche noce, le roveri, qualche ontano, i frassini. Segno che stava scendendo di quota e che aveva cambiato versante. E paese, sperò.

Arrivato a fondovalle costeggiò una strada bianca, tenendosi nascosto. Era stanco e affamato, ma almeno non aveva più timore di perdersi nei boschi. Da un cartello a un crocevia capì di essere arrivato in Francia. Avrebbe dovuto arrangiarsi per dormire, per mangiare, guadagnare qualcosa; pensò che i lavori della campagna li sapeva fare, anche quelli che gli agricoltori non fanno volentieri: medicare con gli anticrittogamici, usare il diserbante, sciacquare le botti dal verderame. Notò che il sole delle giornate limpide scaldava meno, e che al tramonto il cielo diventava viola. Il pane francese era più bianco di quello della Val Corsaglia, il burro più delicato.

A ripensarci, la sua era una fuga che si era mutata in viaggio, ma un viaggio senza meta, bastevole in sé, lungo strade e sentieri sconosciuti, a distanza dai centri abitati, una viabilità alternativa in cui si muoveva con agio, sempre più sicuro di voler proseguire. C'era qualcosa di antico, percepiva, in quel muoversi a casaccio, come un primigenio viandante che si trovi a spostarsi senza avere idea della vastità del mondo a sua disposizione; tutto quello che trovava sulla sua strada lo incantava, un torrente, una radura, un villaggio, un'osteria, una cappella votiva; un fienile dove stendersi a dormire, una stalla dove aiutare a mungere le mucche in cambio di una bottiglia di latte e un panetto di burro. La mancanza di denaro che lo costringeva a cercare dei lavori occasionali dava uno scopo a ogni giornata, metteva ordine nel disordine di una perpetua incertezza; era scappato, non aveva idea di dove andare, ancora poche settimane e sarebbe arrivato l'inverno; ma quando la sera si addormentava dove aveva trovato riparo o gli avevano offerto un letto, gli sembrava di avere molto tempo davanti, il tempo che si ha a vent'anni.

Ci aveva messo diciotto mesi per arrivare in Vandea. Lungo la strada aveva spalato la neve dai tetti in inverno, allargato il letame, dato una mano a rigovernare gli animali. In primavera e in estate aveva trovato un lavoro in ogni paese, in pianura e in collina, a sostituire qualche trave marcita, legare le viti, raccogliere la frutta, falciare. Nemmeno in Vandea voleva fermarsi, si era abituato al suo lento viaggiare, lungo le strade fiancheggiate di siepi. Nei villaggi lo scambiavano per un pellegrino, a causa del pastrano e della bisaccia che portava a tracolla, e gli offrivano sidro, formaggio, pane di segale.

Anche dalla quieta Vandea sarebbe ripartito, se non gli avessero offerto la guardiania delle querce. Al sindaco, un tipo tanto rubizzo quanto spiccio di modi, Pierre andava a genio: un ragazzo forestiero, schivo e caparbio, lungo di gambe, senza tante fantasie, che parlava poco e aveva spalle robuste. Quella proposta fatta dal sindaco Pierre se l'era fatta ripetere un paio di volte, tanto gli pareva folle: c'era un impiego fisso per lui. Con tanto di salario. Si trattava di fare da balia a un bosco. Il guardiano di prima si era licenziato su due piedi e le querce, per ordine prefettizio, non potevano rimanere senza guardiano. Era un obbligo, appena un codicillo in calce a un documento comunale, ma risaliva a secoli prima e perfino il Codice Napoleonico lo aveva mantenuto e fatto rispettare. La paga era scarna, aveva aggiunto, ma regolare. La posizione in sé era onorevole: tra i vantaggi c'era una casa fuori dal paese, due stanze in un casolare di pietra con un pozzo e un gelso e un orto sul retro; tra gli svantaggi, l'obbligo di presenza quotidiana e permanente durante il giorno e con sopralluoghi notturni in ragione di due volte per notte, intorno alle ventitré e prima dell'alba.

Sulle prime Pierre non aveva capito: non sembrava un gran lavoro, badare a un bosco. Gli incendi per autocombustione o dolosi parevano poco probabili in quella regione. Nemmeno la siccità sembrava imminente, con la quantità di pioggia che cadeva su quella porzione di Vandea, ricca di pozzi, torrenti, canali e falde acquifere; le continue intemperanze atlantiche offrivano anche altri benefici, una terra ricca, grassa, gelate rarissime; e se le brezze oceaniche rendevano salubre l'aria e asciugavano rapidamente il terreno in superficie, comunque il substrato restava umido. Una terra altrettanto soffice e scura Pierre l'aveva vista una sola volta, nel cuore della Borgogna o del Périgord, non se lo ricordava; ma gli avevano detto che era terra d'oro, e terra d'oro doveva essere, a occhio e croce, anche quella della Vandea.

Così aveva accettato; gli avevano dato una giacca e un distintivo e poi era andato a guardarsi il bosco che avrebbe dovuto tenere. La strada saliva e scendeva in curve morbide, si infilava tra frutteti e vigneti ordinati e puliti, tra siepi di biancospino, costeggiava un canale d'irrigazione e poi finiva in uno sterrato. Passato, un dosso lo vide: era un bosco di querce giovani, allineate in filari. Non era possibile che ci fosse un'ordinanza per imporre un servizio di guardiania a una quercеta da taglio, pensò; e continuò a camminare lungo il campo. In fondo la strada si divideva e Pierre imboccò il sentiero più stretto, che scendeva tra siepi di more.

Se le trovò di fronte tutte insieme. Dodici querce secolari. Alte, maestose. Sembravano farnie, ma le foglie erano diverse, in maggioranza scure tranne le più tenere che erano glauche, quasi azzurre, e tremolavano sui rami come le foglie dei tigli. Le chiome erano così arrotondate da far pensare che fossero state sapientemente potate, ma nessuno sarebbe riuscito a potare manualmente alberi di simile altezza; forse con dei cestelli meccanici, pensò, ma il sindaco non aveva specificato nulla in proposito. Era evidente che erano state piantate in filari, secondo uno squadro che non si riusciva più a percepire ma che doveva essere stato molto più vasto. Avevano tutte l'impalcatura alta, proporzionata alla grandiosa circonferenza del tronco. Si avvicinò per misurarle a braccia, erano di dimensioni simili. Un piantamento coerente, pensò. Accarezzò uno dei tronchi, era liscio e morbido come la corteccia di un faggio ma di un colore più caldo.

Il sindaco le aveva chiamate "le querce del re".

Erano davvero regali, pensava, scendendo in paese. La camminata gli aveva messo fame e sete, e decise di andare da Armand e Lucie a mangiare una omelette, pane, prosciutto e un bicchiere di vino. Lucie era in cucina, ma Armand venne al tavolo e disse che le querce erano del re perché era stato un re a piantarle.

Pierre tornò a informarsi dal sindaco, ma il sindaco gli lesse solo l'ordinanza prefettizia: *Si fa obbligo specificamente a ogni primo cittadino di Souillac di garantire sorveglianza e predisporre manutenzione del querceto in località Valensole, nella municipalità di.*

C'era in paese anche una biblioteca: forse il bibliotecario, Antoine Guéroult, poteva sapere qualcosa in più delle querce, pensò Pierre, ma Antoine Guéroult non sapeva nulla di botanica e neanche se ne interessava, disse; il querceto era sempre stato lì e gli studenti di agraria ci facevano gite di studio, era tutto quello che poteva dire; ma la padrona della tabaccheria coltiva le dalie, aveva aggiunto, e Martin, il farmacista, ha qualche conoscenza di erboristeria e due ettari di frutteto. La moglie, a quanto ne so, tra i meli ha piantato una collezione di iris germaniche. Valeva la pena domandare. Così a Souillac si era presto sparsa la voce che al ragazzo forestiero piacevano gli alberi e la botanica. Un dendrologo, disse il bibliotecario, e si complimentò con il sindaco per quell'assunzione.

Un dendrologo autentico lo mandò il ministero delle Foreste e dei Parchi di Francia, il mese successivo, a censire e controllare le querce; da lui Pierre venne a sapere che il piantamento aveva un'importanza storica. Era oggetto di studi di dottorato. Non si conosceva nulla di simile altrove. Né in Vandea né in tutta la Francia. E nemmeno nel resto d'Europa. In archivio abbiamo diversi faldoni di documenti, aveva detto il dendrologo percorrendo a grandi passi il campo delle querce. Aveva tirato fuori dalla borsa un taccuino, un metro a nastro e degli aghi sottili e lunghi, che terminavano con una specie di cucchiaino. Mentre parlava, faceva minuscoli fori nella corteccia e prelevava qualcosa che riponeva in flaconcini numerati.

È opinione corrente che Luigi XIV fosse un visionario, disse a Pierre, facendosi aiutare a misurare la circonferenza dei tronchi. Senza dubbio era un uomo potente, ricco e capriccioso. Era convinto che tutto quello su cui si posava lo sguardo del sole dovesse risplendere del suo riverbero: architetture, giardini, commerci, esplorazioni, manifatture, porcellane, ebanisteria, argenti, giochi d'acqua, musica di corte. Bastimenti. E alberi. I querceti sono molto impegnativi, sa? Soprattutto nei primi anni di vita, sono sensibili ai danni causati dalla selvaggina e non sopportano la neve umida. Mi sono sempre chiesto se il re, nel suo delirio di onnipotenza stupefacente, pensava di poter governare anche il Tempo. Se lo considerava una variabile irrilevante. Indovini quanti anni ci vogliono prima di poter ricavare legno di buona qualità da una farnia: circa cento anni. Il re, a quanto sappiamo, si era intestardito a volere vascelli con gli scafi di fasciame robusto, senza nodi nel legno. Per i brigantini, le navi da guerra, i velieri mercantili. Voleva domare anche gli oceani e le burrasche. Regnava, del resto, dall'età di cinque anni. Si poteva dire, concluse il dendrologo, che era cresciuto nella monarchia come una noce nel mallo. E come è dura una noce, così era cocciuto il sovrano nel perseguire i suoi capricci. Desideri assoluti, aveva specificato, com'era logico per un sovrano del suo calibro. Ma lo sa che il simbolo del sole è ossessivamente ripetuto in ogni angolo di Versailles?

Pierre non ne aveva idea ma aveva detto che sì, lo sapeva.

E le querce?, aveva poi chiesto, per tornare a quello che gli interessava.

Belle, eh? Eccezionali. Mi mandano a prelevare campioni di linfa da analizzare a Parigi. Sperano di carpirne il segreto.

Ma non c'è nessun segreto, dico io. C'è solo un sovrano che ordina a un manipolo di botanici di cercare la quercia perfetta. Li chiamavano "i cacciatori di piante". C'è un intero faldone con questo bel titolo tracciato a china, *Les Chasseurs des Plantes* o *Les Chasseurs Botaniques*, non ricordo bene. Il re pretese che andassero ovunque a cercare nuovi esemplari, per classificarli e portarli in coltivazione.

Lei sa, disse il dendrologo, che in natura riteniamo esistano circa cinquecento tipi di querce, tra specie e varietà? Oggi quasi tutti gli alberi esistenti al mondo – e dico quasi – sono stati trovati e classificati, ma non era così nel Seicento. I botanici del re hanno attraversato oceani, deserti, catene montuose, sono arrivati nelle Americhe, in Asia, in Australia. Sceglievano le ghiande da piante robuste e cercavano di interrarle prima che perdessero l'umidità. Studiavano gli ibridi naturali, tra leccio e cerro, tra castagno e rovere, e tutte le altre combinazioni. E quando non era possibile trapiantare un esemplare in zolla riportavano a casa un rametto e tentavano di riprodurlo innestandolo. Per questo albero leggendario, ipotetico, inesistente, avevano già pronto il nome: la quercia Sole. Un nome evocativo, non trova? E anche un po' altisonante, ma erano altri tempi. Luigi XIV ha svuotato le casse di Francia. Ebbene, in parte ha sperperato anche per questa insensata caccia botanica; che tuttavia, quando nessuno ci sperava più, ha dato i suoi frutti.

Chi fa germinare una ghianda sa che non vedrà, nel corso della propria vita, quell'esemplare diventare adulto. Glielo rammento per ricordarle che nessuno di quei botanici che solcavano i mari a bordo della flottiglia della Compagnia delle Indie Francesi ha mai saputo che lei e io, oggi, avremmo visto queste dodici querce raggiungere un'altezza che supera i trenta metri e una circonferenza che oscilla tra i quattro e i cinque. Per tre decenni quei botanici e i loro agenti sparsi per il mondo hanno collezionato esemplari, fatto germinare ghiande, innestato, piantato, aspettato. Hanno scommesso sul futuro. Ipotetica e non dimostrabile qualità del legno, longevità della pianta, presenza di infiorescenze necessarie alla riproduzione.

Le querce giovani non sono lente come si crede, al contrario, i primi anni crescono abbastanza rapidamente; poi si fermano. Prendono tempo. Non amano il caldo, non amano il gelo. Resistono ma non vegetano. Sono piante pazienti, solide.

Lei fa il guardiano. Se ne vanti. È in questo appezzamento di Valensole che, in un piovoso ottobre del 1696, una squadra di giardinieri ha messo a dimora duemila piantine alte poco più di due palmi. Abbiamo anche il diario di uno di quei volenterosi botanici, un certo Guillaume Cauvin, segretario di Pitton de Tournefort, il principe dei botanici di Versailles, il più intrepido cacciatore di piante. Duemila sembrano molte, naturalmente, ma consideri la selezione naturale. Tuttavia, contro ogni previsione, la maggioranza ha attecchito. Lo sappiamo dai documenti d'archivio. I giardinieri reali vennero incaricati di proteggerle. Perfino durante le guerre della Vandea ci fu un ufficiale di guarnigione che ordinò di presidiare il querceto di Valensole. Intanto continuiamo a studiarle, forse in futuro riusciremo a fare qualcosa di radicale, mi perdoni il gioco di parole; ma per ora siamo fermi. Non è stato possibile replicarle. Per quanti sforzi abbiamo fatto, noi e i nostri illustri predecessori, nessuna di queste querce ha sopportato un innesto. Ogni ghianda che ha germinato è seccata o marcita. Si direbbero sterili, eppure presentano infiorescenze. C'è perfino una teoria, apocrifa, secondo cui sono state trafugate dal Canada britannico, di contrabbando. Qualcun altro parla di possedimenti francesi alle Antille o in Asia. Potrebbero essere mutate geneticamente per ragioni oscure, acidità del terreno, presenza di metalli, incidenza della luce solare... Non si sa. E questo le rende uniche. È la ragione per cui lo Stato francese incarica me di censirle e lei di sorvegliarle. Al principio dell'Ottocento si erano ridotte a un migliaio di esemplari. Il censimento del 1910 rilevò trecento esemplari morti in piedi e un centinaio da abbattere perché malate o parzialmente seccate. La guerra del '14-18 ha fatto milioni di morti e non vorrei sembrarle irrispettoso se le dico che ha decimato anche le querce di Valensole. Abbattute per farne trincee, traversine, barricate. Il censimento del 1920 ne ha registrate cinquanta in buona salute. Una decina ha cominciato a deperire nel '38 o nel '39. A lei ne restano dodici. Mi avverta se vede qualcosa di strano. Un ingiallimento improvviso, un ramo caduto, qualsiasi cosa.

Guardava le querce. Lo pagavano, aveva una casa. Ma faceva un lavoro che non era un lavoro. Passava tutti i giorni a controllarle, a volte si sdraiava appoggiato al tronco di una o dell'altra e pensava: Ma che lavoro è? Il mondo era vasto, l'aveva imparato in quei mesi di fuga o di viaggio, e c'erano villaggi da attraversare, pensieri da pensare, c'era da avere freddo o fame, da soffrire il caldo e la sete, da sentirsi viandante per via, ma non come un pellegrino che cerca una grazia o aspira al perdono, come un viaggiatore senza meta, piuttosto come uno che cerca solo la stanchezza, quella che fa scivolare nel sonno. Pensava anche a Remo, ogni tanto, a come schiccava le cicche in aria per buttarle nel fiume, agli anelli di fumo perfetti che era capace di fare.

Ogni tanto pensava: Ora ritorno. Ma poi non tornava. Quando non sorvegliava le querce scendeva in paese o lavorava nell'orto da cui ricavava solo verdure gonfie di acqua e senza sapore, per via dei continui rovesci. E di nuovo pensava: Parto. E non partiva. Saliva di nuovo alle querce, si appoggiava ai tronchi e si incantava a guardarle: ognuna aveva un intrico di rami diverso, la Bassa, la Grassa, la Lunga, la Magra, la Bella – aveva dato un nome a tutte e dodici, per riconoscerle; e non l'aveva detto a nessuno. E aveva comprato dei quaderni, uno per ogni quercia, su cui aveva pensato di annotare come si comportavano, quando cambiavano le foglie, quando spuntavano le nuove, com'erano le ghiande; ma non ne aveva avuto bisogno, si ricordava tutto, e i quaderni li aveva regalati alla scuola.

La prima ad andarsene era stata la Magra, per una gelata notturna che aveva spaccato anche il cannello della fontana nella piazza del municipio. Pierre era andato dal sindaco, che aveva telefonato a Parigi. Un giovane botanico era arrivato trafelato, aveva fatto fotografie ed era ripartito. Cinque anni dopo era toccato alla Bella, un fulmine se l'era portata via, con uno schiocco e una spira di fumo. Cause naturali non prevedibili, aveva detto il sindaco al telefono, e c'era stato un viavai di carte tra Souillac e Parigi per decidere se fosse il caso di sistemare dei parafulmini attorno al campo.

La Bassa era seccata per una malattia sconosciuta o almeno questa era stata la conclusione a cui erano arrivati un agronomo mandato dal Dipartimento delle Foreste e un professore universitario. Morivano senza una cadenza regolare, qualcuna di schianto, qualcun'altra con esasperante lentezza; il giorno in cui Pierre aveva visto i fili urticanti delle processionarie si era armato di un guantone di stoffa e di stracci imbevuti di aceto per stanarle. Aveva terrore degli insetti, soprattutto degli xilofagi. Temeva le larve annidate tra le radici. Raccoglieva tutte le ghiande delle querce ancora sane, albero per albero, per controllare che non avessero galle sospette.

Trascorse così molto tempo. A ogni stagione riusciva a farne germinare una cinquantina e trepidava come un ragazzino, sperava di poter riprodurre almeno un esemplare, ma tutti gli anni falliva. Nessuna piantina superava i cinque mesi. Aveva provato a tenerle nella sabbia, nel cotone bagnato, in una pezza di lino dentro una zolla di torba e di terriccio, aveva provato all'aperto e sotto vetro, all'ombra e al sole. Invano. Si ricordava cosa aveva detto il dendrologo tanti anni prima, che producevano ghiande, ma ghiande incapaci di generare una piantina che durasse. Eppure le ghiande mettevano radici, sottilissime, quasi trasparenti: perché non si irrobustivano, perché non attecchivano? Lui stesso aveva attecchito, pensava, sebbene all'inizio le sue radici fossero state altrettanto sottili e quasi invisibili. Da giovane era diventato vecchio: Il mio è stato un attecchimento esemplare, pensò, in questa terra ricca e bruna di Valensole. Scrutava con accanimento il terriccio al piede di ogni quercia per controllare che non ci fossero larve al suolo o traccia di xilofagi. Arricchiva il terreno con letame maturo e con una miscela di sua invenzione, fatta di sangue di bue essiccato, scarti dell'orto e bucce di uva e di mele disidratate. Vedeva le querce maestose, in salute, e pensava: Ci sono riuscito. Ma in cuor suo sapeva che le superstiti si erano salvate da sole, perché querce forti così non ce n'erano in giro.

Sul principio di un luglio infuocato le aveva viste deperire un po' alla volta, perdere le foglie prima del tempo, e non ci aveva dormito la notte. Li temeva, quei segni: le piante, come gli uomini, se vanno quando arriva il loro tempo, e quelle foglie stanche e ingiallite sembravano dire che il momento stava arrivando. Non si era sbagliato: tempo tre primavere, se n'erano andate tutte, tranne una. Tagliandole, l'amara scoperta: quei tronchi senza nodi, voluti da un re, erano involucri vuoti, ricolmi di segatura, completamente scavati dall'interno da un insetto vorace, venuto da un paese lontano a divorarsi le querce di Pierre. Si sentiva beffato e anche colpevole, come aveva fatto a non accorgersene?

A Souillac pensarono che fosse ammattito. Restava a fare da sentinella, giorno e notte, all'unica quercia rimasta. Scendeva in paese solo per comprarsi qualcosa da mangiare; nelle notti stellate dormiva avvolto in una coperta, su una stuoia; a casa ci andava solo per lavorare nell'orto, lo stretto indispensabile. Se non altro, pensava, il clima atlantico lo dispensava da annaffiature frequenti. Dal paese gli portavano qualcosa da mangiare, una crostata di mele, una zuppa, una bottiglia di vino. Philippe, il maestro di scuola, diceva che a settant'anni non è salutare dormire all'aperto. Il vicesindaco pensò di scrivere una lettera al ministero, ma poi ebbe timore che avrebbero licenziato Pierre: dopotutto faceva il lavoro per cui lo pagavano, sorvegliava. E, come tutti a Souillac, anche lui pensava che era Pierre a incurvarsi, non la Lunga, che restava diritta, bella e svettante.

Gli era bastato vedere una foglia. Poi due, tre, cinque. Un centinaio, in una settimana. Anche la Lunga, l'ultima, sarebbe seccata. Quel tronco perfetto, voluto dal più visionario dei re di Francia, sarebbe diventato un cumulo di segatura misto agli umori di un insetto invisibile. Si era sdraiato, Pierre, sotto la chioma, a guardare quella danza minuta di foglie nell'aria, si era sdraiato a pensare che non ci sarebbe stata più nemmeno una quercia a cui badare, solo segatura, e se anche si riprendevano la giacca di panno e il distintivo, pazienza, tanto di tutto, alla fine, che cosa restava?

Quattro settimane. In quattro settimane aveva organizzato ogni cosa. Si era fatto aiutare da Philippe, che aveva conoscenze in città. Avevano spedito dieci lettere, e Pierre aveva aspettato ogni mattina che Bernard il postino portasse notizie per lui. Avevano risposto tutti e dieci. Dieci sì, dalla Francia, dalla California, dal Cile, dall'Italia, dalla Spagna, dal Sudafrica, dal Portogallo.

Si erano dati appuntamento poco prima dell'alba. Pierre aveva radunato tre boscaioli esperti e forestieri, di poche parole, ma il primo taglio lo aveva tenuto per sé. Avevano portato scale, funi, falcetti, moschettoni. Era salito sul cestello, la motosega era pesante da manovrare e la cinghia gli mordeva la spalla, ma era riuscito lo stesso a tagliare il primo ramo, che era caduto a terra con un rumore sordo. Ci erano volute cinque ore per buttarla giù in quattro uomini, prima tutti i rami e poi, quando era rimasta solo lei, una regina svestita, con delicatezza avevano segato anche il tronco, trattenuto dalle funi perché scendesse a terra docilmente. Il legno era perfetto, ancora sano, color nocciola; senza un nodo.

Parigi e i botanici dell'università lo avrebbero scoperto solo alla visita successiva. A Valensole il guardiano era lui. La spia non la faceva nessuno. La giacca di panno e il distintivo glieli avrebbero tolti di sicuro, e anche la casa. Magari lo rimandavano in Val Corsaglia, o forse lo avrebbero condannato al domicilio coatto, a guardare le vigne magari. Nella peggiore delle ipotesi, la galera per atti vandalici o lesione di proprietà demaniale.

Ma intanto la Lunga viaggiava.

Scendeva giù per i tornanti, diretta a una segheria, e di lì, dal più celebre fabbricante di *barriques* in Europa, e poi, ancora errabonda, sarebbe andata a nascondersi nel buio delle dieci cantine più prestigiose del mondo.

Sceso in paese, andò con Philippe a bere. Il frutto della fatica degli uomini, disse Philippe alzando il bicchiere. La tua Lunga ora va ad abbracciare vini preziosi.

L'avevano pensata per solcare gli oceani, disse Pierre. Ho fatto da guardiano alle querce per quasi cinquant'anni.

Il re che le ha volute non le ha potute vedere belle come le abbiamo viste noi, disse Philippe.

Avevo un amico che faceva ruotare le cicche in aria, prima di farle cadere nel torrente. Chissà dove arrivavano, diceva. Diceva anche che per tutti c'è un momento in cui ancora non si è quello che si sta per diventare.

Sei fermate fino a Green Park

6:00 am – 8:00 am
Chelsea

Edna Pereira di notte quasi non dorme. Non dorme nemmeno di giorno. Alle sei in punto entra nella prima casa della giornata, nel tratto più vecchio di Chelsea, a ridosso del fiume. I suoi datori di lavoro, Alison e Paul Davis, li trova sempre in cucina, in piedi, che bevono succo d'arancia prima di uscire per andare in palestra. Da lì vanno direttamente in ufficio, hanno un'agenzia immobiliare a Belgravia, di quelle che chiamano "boutique", per una clientela esigente. Senza fare rumore Edna prepara la prima colazione, uova strapazzate e bacon. Sveglia Tom e Jamie, otto e undici anni, e mentre si vestono – fanno colazione in pigiama per non correre il rischio di macchiare l'uniforme – sciacqua i piatti e fa partire la lavastoviglie.

Alle sette e venti vanno insieme alla fermata. Le prime settimane hanno cercato di comunicare, ma il suo inglese è approssimativo e i ragazzi non parlano la sua lingua. Prendono lo stesso autobus, ma una volta saliti a bordo fingono di non conoscerla. Non amano farsi vedere accompagnati da una donna di mezza età. Come tutti i ragazzini, pensa Edna, vogliono essere visti per quello che non sono ancora, indipendenti e adulti.

L'autobus attraversa il Tamigi, costeggia il parco di Battersea, poi svolta a sinistra, dove scendono Tom e Jamie. Edna li segue con lo sguardo, mentre l'autobus è ancora fermo a caricare passeggeri e loro aspettano di attraversare. Quando arriva il momento, Jamie prende Tom per il braccio e lo tira, un atto che probabilmente è il risultato di una ripetuta raccomandazione materna, e Jamie sembra più grande dei suoi undici anni, già investito di una responsabilità, più adulto di quanto le gambe magrissime e bianche che spuntano dai pantaloni grigi al ginocchio farebbero pensare.

L'autobus riparte e prosegue, ancora due fermate ma più ravvicinate, e intorno alle otto – questo è uno dei criteri con cui Edna ha scelto i suoi multipli impieghi – scende a dieci metri da casa Spencer.

8:00 am – 10:30 am
Battersea

Una volta arrivata, entra. Anche di questa casa Edna ha la chiave, in totale ha le chiavi di tre case e cinque appartamenti – e poi dicono che gli inglesi sono diffidenti... Evidentemente in lei hanno fiducia, un pensiero confortante, benché riveli una certa superficialità: cosa sanno di lei, Edna Pereira, i suoi datori di lavoro? Niente. In cucina e mette su un vassoio un vasetto di yogurt magro, il barattolo del miele e una ciotola di lamponi o mirtilli, due gallette di riso integrale, un thermos di acqua bollente e una teiera con una bustina di tè verde. Bussa alla porta della camera da letto, e ormai ha imparato a capire al volo l'umore di Rose Spencer.

La trova sempre sveglia, appoggiata a un mucchio di cuscini, a volte con il mascara sbavato e il viso gonfio – in genere, quando è così, Rose Spencer la sera prima è uscita, ha bevuto ed è tornata a casa troppo stanca e troppo pigra per struccarsi; in genere, quando è così, la mattina ha mal di testa, non ha voglia di parlare, anzi saluta a malapena e non si alza fino alle undici, e forse anche dopo, ma questo Edna lo può solo immaginare, da casa Spencer esce alle dieci e mezzo, appena in tempo per riattraversare il fiume, sempre con il 19, scendere a Sloane Square e dirigersi a Pimlico.

Ci sono mattine, invece, in cui Rose tenta una conversazione in cui mescola qualche parola di spagnolo che Edna si sforza di interpretare. Se fossero in grado di capirsi proverebbe a spiegarle che il portoghese è diverso dallo spagnolo, e il brasiliano – preferisce chiamarlo così, anziché "portoghese parlato in Brasile" – lo è ancora di più, ma ogni volta che lo pensa, subito si rende conto che se fosse in grado di farsi capire da Rose, dirglielo non servirebbe. Da quando è a Londra, ormai due anni e quattro mesi, una cosa l'ha capita con chiarezza: alle orecchie inglesi, le lingue latine suonano tutte più o meno simili, quasi intercambiabili.

Edna è a disagio quando Rose le rivolge la parola. Le ore in casa Spencer sono poche, considerato quello che deve fare, e preferirebbe non perdere tempo. Comincia a capire la lingua, ma parlarla, e farsi capire, soprattutto da un'inglese, è più difficile. Deve concentrarsi. Fa progressi, minimi ma costanti, quando ci pensa si congratula con se stessa per aver deciso di seguire i corsi gratuiti per stranieri organizzati nel suo quartiere, si costringe a frequentarli anche quando è stanchissima o infreddolita e si infilerebbe volentieri a letto con una tazza di caffè istantaneo, e invece per i due isolati che deve percorrere una sera alla settimana ripete l'elenco delle parole e delle frasi idiomatiche da mandare a memoria, ogni lezione quindici parole e cinque frasi. Il consiglio dell'insegnante, Joan, è riscriverle, ogni parola su un foglietto diverso, ripeterle a voce alta, e smontata così una lingua sembra meno inaccessibile. Quando Edna prende la scatola da scarpe in cui conserva i foglietti impara espressioni che forse non le serviranno mai, eppure le custodisce nella memoria come tessere disordinate di un mosaico che un giorno, senza preavviso, potrebbe comporsi.

Non è così ingenua da non capire che le mattine in cui Rose è in vena di parlare, farlo con lei o con chiunque altro non farebbe nessuna differenza. È l'atto del parlare di cui Rose sente la necessità, svegliarsi e comunicare, perché le mattine non siano troppo desolate e vuote, troppo silenziose, da quando Ralph Spencer se n'è andato di casa, inseguendo l'amore – come recita il titolo del romanzo di Nancy Mitford che Edna ha visto tra i libri sul tavolo, i tanti libri sui tanti tavoli di casa Spencer, libri forse letti, forse no, forse comprati su suggerimento di Ralph o dei figli, di cui Edna ricopia i titoli come fa con le pubblicità sugli autobus, un altro suggerimento di Joan, l'insegnante: Guardatevi attorno e catturate le parole, memorizzatele, traducetele, portatele con voi. Il numero di parole che Edna cattura e conserva nella scatola cresce di numero, ma ancora non riesce a servirsene come vorrebbe, parole come *trust*, *bewitched*, *suspicious*, oppure *pride* o *broadcast*, non saprebbe proprio come o quando usarle, e restano lì, come i bottoni spaiati che si conservano in attesa che un giorno uno di loro si riveli inaspettatamente identico a quello che si è perduto. Ecco come ha imparato cosa significa l'espressione *The Pursuit of Love*, cercare l'amore o inseguirlo, e dopo che l'ha catturata – cioè annotata e tradotta a casa, la sera, con il traduttore di Google –, ora che dovrebbe appartenerle la sente ambigua. Lo ha chiesto a Joan e la risposta è stata un'altra parola da trascrivere su un foglietto, *ambiguous*, e un complimento ricevuto davanti a tutta la classe, Bravissima Edna, *very good*, e non ha detto altro. Il dubbio se inseguire e cercare l'amore siano due cose diverse è rimasto irrisolto.

Rose deve avere pressappoco la sua età, una quarantina d'anni. Simon, Leo e Sarah, i figli di cui ci sono le fotografie in salotto scattate in vari momenti della loro vita scolastica, sempre in uniforme e sempre sorridenti, sono all'università o lavorano, le loro camere all'ultimo piano sono camere che rassetta solo per modo di dire, con i letti eternamente fatti, i copriletti ben tesi, i cuscini sprimacciati, gli armadi chiusi.

La casa è troppo grande per una donna sola che non ha molto con cui riempire le giornate, ora che Ralph se n'è andato portandosi via anche il cane, Bono (anche di Bono, un Golden retriever, c'è una fotografia sul camino), e Edna pensa che Ralph deve aver lasciato dietro di sé più malinconia che rancore – e sono sempre le fotografie nelle cornici d'argento a suggerirlo, Rose non le ha tolte di mezzo come invece ha fatto lei con le fotografie di Carlos quando se n'è andato, gettate via, in un sacco dell'immondizia, con la generosa concessione di non strapparle come lui avrebbe meritato. Sono diverse anche in questo, lei e Rose.

Avrebbe voluto essere capace di provare per Carlos un languore distaccato come quello che si prova verso certi amori di gioventù, storie finite con sofferenza ma di cui si ricorda più l'intensità che il dolore, come se l'energia e il calore che hanno sprigionato continuassero a brillare, anche se morte da tempo. Carlos invece ha lasciato dietro di sé solo rancore e stanchezza. Litigi e recriminazioni si sono abbattuti su ogni dettaglio del loro matrimonio, lo hanno ridotto a un mucchio di detriti inerti – che *sembravano* inerti, finché non è arrivata, a incendiarli di nuovo e a renderli dolorosi, la notizia dei due figli nuovi (nuovi non è la parola, ma non riesce a pensare a un aggettivo più calzante) che Carlos ha messo al mondo con Paula in Germania. Due bambini, ogni tanto ci pensa, Carlos le ha addirittura mandato una fotografia di quei due figli nuovi, nuovi per Edna, nuovi per quelli che hanno avuto insieme, ventidue e venti anni fa, e che Carlos giura di amare, ma che amore è quello di un padre che se ne va senza una parola e lascia una moglie e due figli adolescenti per trasferirsi a Berlino, senza dare notizie se non una volta all'anno, il giorno di Natale, mandando via WhatsApp una fotografia che lo ritrae invecchiato, sorridente, davanti a un albero di Natale insieme a due bambini? Che amore è?

10:30 am – 12:00 noon
Pimlico

Alle dieci e mezzo ha finito con Rose Spencer.

La lascia di solito in vestaglia o in tuta, con la faccia lucida di crema antirughe, seduta al computer che manda mail – ai figli, immagina Edna, a Ralph, che ogni quindici giorni passa a salutarla e a prendersi le camicie pulite, una gentilezza (incomprensibile e irritante, pensa Edna) che Rose ha conservato per lui, fargli lavare e stirare due settimane di camicie; segno che nella casa in cui abita, con Diana, a Notting Hill, si conduce una vita più elastica, e per elastica, pensa Edna, si intende senza stiratrice.

Con Sloane Square, la piazza in cui scende alle dieci e cinquanta, ha fatto un patto. Un giorno, quando avrà abbastanza soldi – ogni fine mese manda tutto quello che guadagna a casa, a Recife, stato di Pernambuco, perché i ragazzi possano continuare a studiare, Ana biologia e Tiago medicina –, si confonderà con la folla che entra ed esce dai negozi, andrà nel grande magazzino all'angolo con King's Road e ci starà tutto il pomeriggio, perlustrando un piano dopo l'altro a partire dal seminterrato. Poi, intorno alle sei, si siederà a uno dei tavoli di Colbert, la brasserie accanto al Royal Court Theatre. Ordinerà qualcosa di raffinato, ostriche – non è sicura che ne valga la pena, ma vorrebbe provarle –, oppure salmone e pâté spalmato sui crostini, e guarderà la gente seduta come lei, che chiacchiera e beve prosecco o caffè americano, quelli che passeggiano e quelli che vanno a teatro, non è mai stata a teatro e le sembra una cosa da fare, almeno una volta, è il principio che ha seguito per tutta la vita, sperimentare, soprattutto non pensare mai di sentirsi fuori posto, che è la battuta di un film in bianco e nero che ha visto una volta in televisione, con Charles Boyer che dice a Jennifer Jones che nessuno dovrebbe mai sentirsi fuori posto, perché ognuno, in fondo, è al suo posto se è dove ha scelto di essere.

Non ricorda se ha mai pensato, da bambina, di voler fare l'attrice. A diciott'anni ha incontrato Carlos, a diciannove era già sposata e c'era Tiago che piangeva tutta la notte. Dormiva pochissimo, come lei. Poi è rimasta incinta di Ana, e allora ha smesso di dormire quasi del tutto. Anche Ana piangeva e dormiva poco, era come se a dormire avessero paura di perdersi qualcosa, i suoi figli – che cosa, poi, non si sa. Tiago dorme poco anche adesso, tre o quattro ore per notte, lavora e studia, è il più bravo del corso, pensa Edna con fierezza. Due settimane fa ha chiamato per dire che ha finito gli esami con una media altissima, se otterrà la borsa di studio sono soldi, non molti, ma sommati a quello che riceve da Edna significano: specializzazione. San Paolo o Rio, forse addirittura in Europa.

Edna cammina veloce, ma non è in ritardo. È diretta a un appartamento da scapolo, in Bloomfield Terrace. Robert Schutt, il suo datore di lavoro, è un austriaco che le lascia le sterline sul piano della cucina, dodici all'ora più il biglietto dell'autobus. Lo ha visto una sola volta, quando si sono accordati sul numero di ore. Un bell'uomo, un po' rigido, con gli occhi e i capelli scuri, sempre in viaggio.

È un tratto di strada, da Sloane Square a Bloomfield Terrace, che le piace, pieno di negozi di arredamento, uno dopo l'altro, sofisticati, di quelli che non hanno i cartellini con i prezzi in vetrina. Non comprerebbe mai un sofà di velluto turchese o una lampada che sembra una medusa, ma non li comprerebbe non perché non siano belli (lo sono? Non lo sa), ma perché non saprebbe immaginare dove metterli, sono ingombranti, e nella casa di Vauxhall dove ha una stanza in affitto non passerebbero nemmeno dalle scale. E poi, che ci farebbe seduta su un divano, a Londra? Prima di lasciare il Brasile le capitava di sedersi in poltrona, a leggere o a cucire, di solito in veranda. Aveva una cameriera, come si chiamava non se lo ricorda, una ragazzina che veniva a fare le pulizie, tutti i giorni, e stirava anche, ma c'era ancora Carlos e i bambini erano piccoli. Era meticcia, scura, questo se lo ricorda, chissà dov'è finita, ma pensare alla sua vita di allora non è un pensiero attraente, e Edna non ama i pensieri poco attraenti, ancora meno quelli dolorosi, ha imparato a scansare ogni più lieve possibilità di introspezione che possa scivolare nel rammarico. Mentre sale le scale per arrivare all'appartamento di Mr Schutt si domanda se non sia un po' ridicola, quest'idea del teatro e delle ostriche, e spera che Mr Schutt si sia ricordato di pagarle le ore delle scorse settimane.

C'è sempre odore di chiuso in quella casa. Mette in ordine, passa l'aspirapolvere, cambia le lenzuola e pulisce bagno e cucina. Sul tavolo trova centoquaranta sterline. Guarda l'orologio, sono le undici e mezzo. Passerà dalla banca più tardi, nel pomeriggio. Finisce prima del previsto, alle dodici meno dieci potrebbe andarsene, nell'appartamento di uno scapolo sempre in viaggio c'è poco da fare, ma Edna è precisa – fiscale, diceva Carlos; leale è una parola più adatta –, non va via prima, è pagata fino a mezzogiorno. Si guarda attorno e pensa di pulire i vetri, non fa parte delle sue mansioni, a Londra i vetri li puliscono i lavavetri anche nelle case private, ma per Edna non fa differenza. Spruzza il detersivo, strofina con uno straccio e intanto guarda fuori, la città ricca, i negozi di arredamento, i taxi neri e gli autobus rossi, né misteriosa né indecifrabile, solo sconosciuta, in cui sa muoversi soltanto lungo i percorsi degli autobus che le servono, il 19, il 345, il 211, che prende sempre alle stesse ore e negli stessi giorni. Non prova nessun fastidio per la calca delle ore di punta. Al contrario, le piace fare parte di una folla di gente che sa dove andare, immaginare che possano scambiarla per un'autentica londinese capace di spostarsi con padronanza da indigena. In borsa ha un taccuino. Le serve per catturare le parole nuove, le ore fatte, i soldi ricevuti, il numero di National Insurance senza cui non si può lavorare. Nelle ultime pagine ha annotato le linee di autobus che le servirebbero se volesse visitare Buckingham Palace o la Torre di Londra. Non ci è ancora andata ma un giorno potrebbe andarci, prima di tornare nel Pernambuco, quando Tiago e Ana avranno finito di studiare. Alle dodici in punto esce da casa di Robert Schutt, scende le scale e si avvia verso Mayfair: prossima destinazione, casa di Edward e Constance White.

In Sloane Square prende di nuovo il 19, a pochi metri dal *suo* Royal Court e dal *suo* Colbert. Sei fermate fino a Green Park. Tra i venti e i quaranta minuti, a seconda del traffico, ma non l'aspettano prima dell'una.

Una storia a chi non ce l'ha

Sono tornata a visitarlo parecchi anni dopo. June è una delle garbate volontarie che si alternano a presidiare alcuni luoghi storici della città. È lei a spiegarmi, con accento americano, che la biblioteca in cui ho studiato è il cimitero di San Pietro in Vincoli. Il chiostro in effetti è come lo ricordavo, ha dimensioni ridotte e proporzioni perfette.

Mi fa sempre venire in mente la leggenda dei Four Hundred, nel salone da ballo di Mrs Astor, dice June, progettato per contenere solo quattrocento invitati, tanti quanti erano i membri della buona società newyorkese, non uno di più, non uno di meno. Si direbbe che qui sia stato applicato lo stesso principio, quando venne costruito a fine Settecento come cimitero dei nobili.

Però, a differenza di Mrs Astor, che non avrebbe consentito l'ingresso nel suo salone da ballo a qualcuno di socialmente indesiderabile, qui avevano finito con l'accogliere anche bambini non battezzati, spoglie di suicidi e perfino condannati per impiccagione. Tutti destinati all'ossario comune.

Dico a June che l'appartenenza a una cerchia ristretta, non diversamente dai Four Hundred di Mrs Astor, richiede, anche in questo caso, qualche compromesso.

Comunque era troppo affollato, dice lei. Provi a immaginarselo. Il cimitero era stracolmo, le condizioni igieniche pessime. Mi indica le pareti del chiostro: tutto quello che poteva essere rubato, è stato rubato.

Le lapidi staccate con lo scalpello lasciano tracce sul muro, come i quadri sulle pareti.

Ne restano due, affiancate, non si può non vederle: spiccano, uniche sopravvissute ad anni di razzie e vandalismi. Un ufficiale italiano e una signora inglese, sposati e presumibilmente vissuti a Torino. Come me, dice June. Ho conosciuto mio marito durante una vacanza in Italia e ho finito col restare. A New York ci torno per Natale. Ormai mi sento a casa, qui.

Ma questi due come sono capitati a Torino a metà Ottocento, finendo poi per essere sepolti nel cimitero dei nobili e degli impiccati?, le chiedo.

E chi lo sa? Viaggiatori. Mercanti. Ufficiali. La gente viaggiava, come adesso. Tendiamo sempre a immaginare le epoche precedenti con i nostri parametri. Oggi arrivare in carrozza dall'Inghilterra ci sembra un'impresa rara e difficoltosa, ma lo si faceva più spesso di quanto non pensiamo, non crede?

Altre lapidi, in questo cimitero devastato, non ce ne sono. Non ci sono che vuoti. I morti sembrano più morti, lasciati soli. Mi segno quei nomi e ricopio frettolosamente – non voglio essere vista – le epigrafi su un foglietto; provo un po' di vergogna, come se ci fosse qualcosa di morboso in quello che sto facendo. A casa, dentro tre scatole da scarpe, ho un mucchio di foglietti simili: ogni volta che trovo una lapide trascrivo il testo. Raccolgo nomi, date, luoghi. Cerco di dare una storia a chi non ce l'ha.

Ho imparato a osservarle, le lapidi di cui sono piene le nostre città; dalle più recenti a quelle dell'ultima guerra, che raccontano le fucilazioni per strada, due o tre nomi riuniti dalla morte e dal caso in un luogo e in un tempo: targhe murate accanto a un chiosco di giornali, tra una pizzeria e un bar. C'è sempre una data, a volte è riportata l'età oppure c'è una fotografia. Disegnano una mappa, indicano gli incroci dove si è fermata la Storia, dove si allacciano le storie personali e quelle collettive. Non mi vergogno più di segnarmi i nomi o di leggerle con attenzione. Li sento vivi, questi paracarri della memoria, malgrado il silenzio e la distrazione dei passanti, lo sguardo che li sfiora senza vederli. La vita è andata avanti senza quei morti. Mi sembra però che continuino a osservarla, evocati e dimenticati, come certe divinità di cui conosciamo il nome ma a cui non facciamo più caso.

Voglio pensarle queste lapidi, tutte le lapidi, come segni di una memoria che non si affievolisce ma sa farsi proiezione di futuro; e anche grazie al risarcimento dell'immaginazione. La memoria che cestina o conserva, immagazzina e accumula, fa uso di parole per non dispendersi. Anche il futuro è destinato a mutarsi in ricordo, prima o poi. C'è solo da aspettare.

La piazza, a Trastevere, è illuminata da una luce calda, piena di vigore. La prima luce primaverile. Nei giorni scorsi è piovuto e l'aria è molto limpida. Una luce e una limpidezza che fanno sembrare Roma sotto vetro. Sono arrivata ieri sera da Londra, dove vivo. Ho accompagnato mia sorella nel suo studio. Laura cerca le chiavi nella borsa. Sul selciato davanti all'ingresso ci sono cinque sampietrini di ottone lucido incastonati al posto di quelli di basalto. Ognuno ha un nome inciso e due date, quella di nascita e quella del 16 ottobre 1943. Giacomo e Laura. E poi Simone, Arrigo e Anita di sette, cinque e tre anni. L'ultima riga è uguale per tutti e dice: "deportato a Auschwitz".

Un mulinello di foglie secche e il rettangolo di stagnola di un pacchetto di sigarette che volteggia prima di posarsi delicatamente a terra. Un nuovo colpo di vento, in direzione opposta, lo disperde. Le foglie si sparpagliano e la stagnola si incastra tra i basoli.

Io tiro fuori l'agenda e mi appunto i loro nomi.
Mia sorella indica uno dei blocchetti di ottone.
Hai visto?, dice, si chiamava Laura.
Siamo entrambe nate molti anni dopo i rastrellamenti, le deportazioni, le fucilazioni e le rappresaglie. Le abbiamo studiate sui libri di storia, le abbiamo viste al cinema, nei documentari, ne abbiamo letto sui giornali durante le Giornate della Memoria, trasalendo davanti al nitore dei ricordi di chi è sopravvissuto. Da ragazzine abitavamo in una grande città del Nord, lungo un viale alberato, lo stesso corso dove abitava Primo Levi. La nostra generazione è in bilico, a metà tra chi quell'orrore lo ha sperimentato sulla propria pelle e chi lo ha solo studiato sui libri e visto al cinema. Per noi si trattava, già allora, di storia. Qualcosa che si deve conoscere mandando a memoria date e nomi, qualcosa che non si può cambiare ma solo ricordare. Qualcosa che ci appartiene in quanto umanità ma non ci riguarda come persone – questo pensavamo.

Mia sorella stenta a infilare la chiave. È una serratura vecchia che non dev'essere mai stata sostituita da quando il portone è stato montato sui cardini, all'inizio degli anni Trenta.
Sapevi che qui abitava una famiglia ebrea?
No, dice lei.
Chiediamo al custode, le suggerisco.
Mah, fa lei, Antonio è un tipo scorbutico. Forse è meglio lasciar perdere.
Perché? Non sei curiosa di sapere chi erano?

Sono io a bussare alla guardiola. Il custode dice che la portineria è aperta solo dalle otto alle tredici e questa – sono le due meno un quarto – è l'ora di riposo. Gli metto in mano una banconota da cinque euro e mi scuso per il disturbo.
Vogliamo sapere di quei sampietrini di ottone. Quelli davanti al portone.

Sembrano cinque sassi d'oro, eh? È l'opera di un artista tedesco. C'era pure un articolo sul "Messaggero". Non l'ha visto?

No, dice Laura.

Be', non l'avrà visto perché era un articolo – Antonio allarga il pollice e l'indice di una decina di centimetri – non più lungo di così. Se uno non sa cosa cercare non li vede nemmeno, quei trafiletti. Comunque, ora c'è il divieto di parcheggio per tre settimane. Ci sono i lavori. Sarà per questo che li ha visti solo adesso. Non ci si può parcheggiare sopra.

Che lavori?

Il gas. Manutenzione. Ce n'è sempre una. L'estate scorsa era la fibra ottica. Uno scasso dietro l'altro. Ma non sarebbe meglio scavare una volta sola, dico io?

Certo, dico. Sarebbe meglio.

Non parcheggiate la macchina qui, mi raccomando. O il motorino. Nemmeno per cinque minuti. Gli operai chiamano subito i vigili. Al dottor Sannazzaro la Polo gliel'hanno portata via due volte in una settimana. La seconda volta urlava come un indemoniato. È sceso giù e li ha insultati. Stavo quasi per chiamarli io, i vigili. Mo se menano, ho pensato.

Dove abitavano?, lo interrompe mia sorella. Lancia uno sguardo alla tromba delle scale. Lo stabile ha quattro piani e un solo appartamento per piano.

Antonio non sorride. E che ne so io?, dice.

Ma in un condominio così piccolo probabilmente si conoscevano tutti, insisto.

Mia sorella guarda in alto, come se si aspettasse di vedere affacciarsi qualcuno. Che brutto, dice.

A chi possiamo domandare?, lo incalzo.

Antonio si infila una sigaretta in bocca ma non la accende. Non lo so, guardi, non chieda a me.

Antonio aveva una merceria in vicolo delle Mule, dice Laura. Qui dietro. Fa il portinaio qui solo da un anno, non è così Antonio?

Eh sì. Si sfila la sigaretta di bocca. Era la merceria più fornita di Trastevere. I miei clienti erano i sarti e tappezzieri di tutta Roma.

Dev'essere stato triste cambiare mestiere, dico io.

Antonio si ammorbidisce: Alla fine non vendevo più niente. Che potevo fare?

E le passamanerie?, chiedo. Ce le ha ancora?

Mi guarda come se dovesse prendere una decisione. Arretra di un passo per rientrare in portineria e chiuderci fuori, ma non lo fa. Ci volta le spalle e dà un giro di chiave alla serratura della guardiola. Certo che ce le ho ancora.

Ci fa strada nel locale attiguo alla portineria. È un appartamento al pianterreno che si sviluppa verso l'interno. Intravedo un corridoio su cui si aprono due stanze. Antonio ci fa entrare nel primo locale, luminoso benché al piano terra e tinteggiato di fresco.

Lei vive qui?

Era l'appartamento dei miei. Mi sono trasferito quando è morta mia madre.

Lo seguiamo in fondo al corridoio. Nell'ultima stanza, tra il letto e il cassettone c'è la porta di un ripostiglio. Apre delicatamente, come se la porta di tamburato fosse quella di un forziere che protegge un tesoro. Le scatole sono impilate ordinatamente su una scaffalatura di metallo. Ognuna ha un'etichetta adesiva su cui una mano ha scritto il contenuto: *Galloni, Fiocchi, Frange, Lucignoli, Alamari, Bindelline.*

Ci sono anche i bottoni, dice Antonio. Ne ho tenuti solo alcuni, i più belli.

Tira giù una scatola e prende un pugno di bottoncini sfaccettati, neri, lucidissimi. Apre il palmo sotto il naso di Laura come se mostrasse una manciata di diamanti grezzi.

Guardi che lucentezza. Vero jais.

Lignite, dice lei sorridendo. Si volta verso di me: Giaietto. Molto in voga per tutto l'Ottocento. Lo usavano per farne bottoni o gioielli da lutto.

Per il lutto, sì. E per gli abiti da sera, precisa Antonio. Solleva il pollice, l'indice e il medio. Tre generazioni. Merciai da tre generazioni in vicolo delle Mule. Ottant'anni di merceria. Prima mio nonno e mio padre, poi io, fino allo sfratto. E poi, qui. Disegna un cerchio nell'aria con l'indice destro. Non mi lamento. Uno stabile signorile, in pieno centro, tranquillo. Tutta gente perbene.

Ma lei non si ricorda niente di loro? Insomma, se vivevate qui, magari... Con la mano indico vagamente il soffitto e poi punto verso la strada, una traiettoria invisibile.

Gliel'ho detto. Non so niente. Avevo sei o sette anni durante la guerra.

Antonio accarezza i bottoni di jais che mia sorella gli ha restituito. Non mi ricordo niente. Tutti i pomeriggi andavo a lavorare in merceria. Dopo la scuola.

E la signora Ranzi?, chiede Laura, quella del terzo piano? Ha sempre abitato qui, no?

È sorda, dice Antonio, sorda e mezza matta. Per farvi capire, dovreste urlare.

Ci riaccompagna alla porta. Laura gli sorride con dolcezza. Aveva un mucchio di bella roba nella sua merceria, non i bottoni di plastica cinese e le frange sintetiche, eh?

Antonio guarda i bottoni che ha in mano. Ho fatto un errore, sa? Avevo bisogno di soldi. Ho venduto quasi tutto. Le passamanerie, i nastri, i galloni intrecciati, le ciniglie... Regalati a due lire. Mi sono tenuto solo queste poche scatole. Avanti, li prenda. Glieli regalo questi bottoni. Vede come brillano?

Saliamo a piedi. Lo studio di restauro è al secondo piano. Laura tira fuori un grosso mazzo di chiavi dalla borsa. Ci sono tre serrature da aprire e un sistema di allarme da disinnescare. Oltre la porta di ingresso c'è un'inferriata, come quella di un carcere. Dobbiamo aprire anche quella. Le tapparelle sono tutte abbassate e noi ci muoviamo a tentoni finché Laura non accende l'interruttore. Un riflettore illumina il quadro posato su un cavalletto. È la figlia del Faraone che trova Mosè. Dico: Le ancelle e la figlia del faraone sembrano rattrappite, sproporzionate.

Ma no. È fatto per essere visto dal basso. Qui e lì ci sono delle ingenuità, ma nel complesso è un bel quadro. Gli alberi sono magnifici. Penso che potrebbero essere stati in due a dipingerlo, uno specialista per le figure umane e uno per il paesaggio.

Mi porge una lente da ingrandimento. Il fogliame è straordinario, lo vedi?

Restiamo a guardarlo in silenzio, per un po'.

Era distrutto, dice lei. Aveva grandi distacchi di colore ed era stato riverniciato con un prodotto che si è ossidato e lo aveva completamente ingiallito. Ora ha ritrovato i suoi colori. Guarda com'è ben fatto il panneggio delle vesti.

Dal piano di sopra arriva un rumore metallico. Qualcuno sta trascinando qualcosa che stride.

Mia sorella guarda verso il soffitto. È la Ranzi. Spostano mobili in continuazione in quell'appartamento.

Allora è in casa, dico.

Ma certo, è sempre in casa. Avrà più di novant'anni. Ogni tanto esce accompagnata da una nipote.

Allora andiamo a chiedere a lei.

Chiedere cosa?

Notizie di quella famiglia.

Ma non possiamo presentarci a casa di una sconosciuta.

Perché no?, dico. Se è una signora anziana che vive da sola, magari le fa anche piacere.

Alla fine siamo salite.

È venuta ad aprirci una ragazza con i capelli crespi.

Cerchiamo la signora Ranzi, ha detto mia sorella. Ma non l'ho avvertita della nostra visita, ha aggiunto.

Le rivolgo un'occhiata sbalordita.
Vado a chiamarla, dice la ragazza, sgusciando via.
Come sarebbe che "non l'hai avvertita"?
Oh, insomma. Vuoi parlarci o no con questa Ranzi?, dice Laura.

La Ranzi è una specie di Gloria Swanson. Il genere è quello: alta, ossuta, lineamenti e zigomi forti. Sopracciglia dipinte. I capelli sono stopposi e fini, ma testardamente – e contro ogni legge biologica – castano scuro. È avviluppata in uno scialle di lana beige, con qualche macchia di tè o caffè. Eppure è maestosa, in un certo senso.

Allora, dice a voce piuttosto alta, qual è la ragione di questa visita inaspettata? Inaspettata ma gradita, si affretta ad aggiungere.

Io lavoro qui sotto, al secondo piano. Sono una restauratrice, dice mia sorella.

Non ho capito, dice la Ranzi. Dovete parlare più forte.

Mia sorella ha detto che lavora qui sotto, al secondo piano. Ha uno studio di restauro. E io sono a Roma di passaggio. Sono una scrittrice. Ho parlato a voce così alta che mi sento improvvisamente ridicola. Ho l'impressione di essere su un palcoscenico durante la prova di uno spettacolo.

Ah, dice la Ranzi. Bene.

Mi giro verso Laura e le bisbiglio che di solito quando dico che scrivo mi chiedono cosa scrivo, non dicono mai "bene" e basta. La conversazione è arrivata a un punto morto, concludo.

Mi risponde anche lei a bassa voce: Continua. Stai andando benissimo.

Oggi ho notato... Mi correggo, abbiamo notato, mia sorella e io, che hanno messo una lapide qui davanti.

Una lapide.

Be' non proprio una lapide. Dei sampietrini, piuttosto. Di ottone.

Dei sampietrini di ottone.

Mi giro di nuovo verso mia sorella.

Arrangiati, mi dice lei con gli occhi.

Sì, dei sampietrini di ottone. Con dei nomi incisi.

Con dei nomi incisi.

Cinque.

Cinque.

Cinque persone arrestate il 16 ottobre 1943.

Il 16 ottobre 1943.

Se li ricorda?

La Ranzi solleva il viso verso la luce e inspira, come se avesse bisogno di riprendere fiato. Scusatemi, dice. Datemi un momento.

Non so perché mi sono fatta convincere a venire qui, dice Laura, imbarazzata.

La Ranzi schiocca le labbra e fa un suono gorgogliante. Olga!

Olga, la ragazza con i capelli crespi, arriva reggendo un vassoio con una bottiglia di acqua frizzante, dei bicchieri e una brocca di vetro con del succo di limone.

La mia Olga mi legge nel pensiero, dice la Ranzi. Era proprio dell'acqua e limone che volevo.

La ragazza posa il vassoio su un cassettone e versa l'acqua nel bicchiere.

Bevo sempre del succo di limone, a quest'ora. Disinfetta lo stomaco.

Guarda Olga, che aggiunge il succo di limone e lo gira con un cucchiaino.

Con questo teniamo lontana l'influenza, dice. Volete anche voi l'acqua e limone?

Facciamo segno di no.

La vecchiaia non è mica uno scherzo. Bisogna difendersi, se uno vuole cavarsela... o rimandarne la conclusione. Si concede una smorfia. Non sono ancora pronta, io. Dicono che ci sono dei vecchi che rifiutano di mangiare e si lasciano morire a poco a poco. Che sciocchezza. Che cosa da miseri. Meglio tutto d'un colpo. Non vedo perché rimandare, una volta che hai deciso.

Socchiude gli occhi e poi li spalanca di colpo, proprio come Gloria Swanson nel ruolo di Norma Desmond. Resterò in questa casa fino alla fine. Ci sono nata e intendo morirci. È quello che ho detto alle mie nipoti. Potranno prendersi l'appartamento dopo che sarò morta. Non prima. Questa casa è mia.

È molto bella. Piena di sole. E anche silenziosa, mi sembra. Davvero un bell'appartamento, dico.

Eccome se è un bell'appartamento. La casa la costruì mio nonno. Nel 1927 o nel '28 in questa zona della città c'erano ancora dei terreni della mia famiglia. Degli scampoli, diceva mio padre, rispetto a quello che c'era prima. Furono venduti tutti, uno dopo l'altro. Ne rimase solo uno e ci venne costruita sopra questa palazzina. Lui ci mise il terreno e il costruttore ci mise il denaro, poi si divisero gli appartamenti. Questo lo tenne per la famiglia. Lo scelse perché era il più grande e il più luminoso. Era molto moderno per quegli anni. L'architetto che lo disegnò era un amico del nonno. Vede le finestre, come sono larghe e proporzionate? Si chiamava Montorsi. Glauco Montorsi. Era bravo. Mio nonno ci sapeva fare in questo genere di cose. Aveva fiuto per gli affari e un certo senso estetico. È una cosa che si è sempre detta in famiglia. Poi ha fatto i suoi pasticci. Come un sacco di altra gente. Ha perso i soldi. L'appartamento al pianterreno glielo feci vendere io. Nel '45, a guerra finita. Lo convinsi a venderlo ai custodi che ci abitavano. Dovette venderglielo con un bello sconto, altrimenti non avrebbero potuto permetterselo.

Ma perché, scusi, glielo fece svendere? Non ha detto che suo nonno aveva perso dei soldi?

La Ranzi ignora l'interruzione con la stessa classe della vera Swanson.

Fui io a insistere, dice. Avevo le mie ragioni. Guarda un raggio di sole che disegna un triangolo di luce sul parquet. La vita è una matassa ingarbugliata per tutti. Decisamente ingarbugliata. Lo dico sempre alle mie nipoti. Tace, sovrappensiero. Toccherà anche a voi due districarvi.

Quanti anni hanno le sue nipoti?

La signora Ranzi prende a stirarsi la gonna con le mani, come se volesse allungarla sulle ginocchia e lisciare pieghe invisibili. Cosa vuole che ne sappia?, ribatte, innervosita. Quelle due cretine. Ecco cosa sono di preciso: due cretine. *Tecnicamente*. L'appartamento lo venderanno di sicuro. E daranno alla parrocchia le mie cose. Metteranno tutto dentro ai sacchi dell'immondizia e li porteranno al prete. Si fa sempre così. Ma cosa volete che se ne facciano nelle missioni in Africa delle mie borsette di lucertola, eh? E delle mie scarpe di raso? La mia amica Ada ha lasciato tutto all'Istituto dei Ciechi. Ma io non lo farò. Borsette e scarpe da sera ai ciechi... Mi pare una sciocchezza. Potrei donare l'appartamento, questa sì che sarebbe una bella lezione per quelle due. La Ranzi inspira rumorosamente, come se andasse a ripescare dell'ossigeno in fondo allo stomaco. Ma non posso. Sono due misere, ma sono pur sempre le figlie di mio fratello. L'appartamento è un bene di famiglia. E in famiglia deve restare. Non è cosi?

Lei è una donna generosa, le dice Laura con un sorriso.

Generosa io? Scherza? Chieda ad Antonio se sono generosa. La generosità è una qualità che si possono permettere in pochi. Se lascio l'appartamento a quelle due cretine, lo faccio anche in memoria di mio nonno. Era un uomo elegante. Autorevole. Eravamo commercianti di legname. Un'impresa molto redditizia, al principio del secolo. Siamo stati ricchi a lungo. La borghesia solida di una volta. Senza sprechi e senza sfarzo. Mio nonno collezionava quadri dell'Ottocento. Vedute, marine, scene di caccia... Aveva un forte senso della famiglia. Intendo dire del decoro di una famiglia. E questo non è stato un bene, alla fine. Quando si arriva alla mia età, molte cose sembrano sciocchezze. Si fanno un sacco di idiozie da giovani. Avete conosciuto Antonio?

Io lo conosco, dice mia sorella.

È un misero, dice la Ranzi. Lo conosco da quando era un ragazzino. Non pulisce mai il mio pianerottolo. E non annaffia la mia aspidistra. Mi odia.

Antonio?, chiedo.

Certo. Antonio mi odia. Perché mi sono vendicata, aggiunge.

Le chiedo cosa intende quando dice che si è vendicata.

Mi guarda come se avessi detto una sciocchezza immane.

Le ricordo la nostra brutta storia, signorina.

Che storia?

Non è per questo che siete qui?, domanda.

Ci scusi, dice Laura. Ce ne andiamo via subito.

Mi sono ven-di-ca-ta, scandisce la Ranzi. Proprio così come ve lo sto dicendo. Un poco alla volta.

Olga riappare e si riprende il vassoio. Poi sparisce di nuovo nel corridoio.

È un pozzo senza fondo, sta dicendo la Ranzi. Una volta che ci caschi dentro non risali più.

Che cosa, è un pozzo senza fondo?, chiedo.

È un pozzo senza fondo, ripete la Ranzi, e ricomincia a stirarsi la gonna. Da quella posizione a mento chino la sua voce ci arriva soffocata. Senza fondo, ripete, senza fondo.

Mia sorella mi lancia un'occhiata che sta a significare "Andiamocene adesso". Faccio segno di sì con la testa e mi alzo dalla sedia facendo un po' di rumore.

Antonio è il figlio di Adriana, dice la Ranzi tirando su la testa. La custode del caseggiato. La assunse il nonno. E la sistemò a vivere col marito e il figlio nell'appartamento dietro la portineria. Lo stesso dove oggi vive quel misero. Adriana era una donna stupida, dice. Stupida e pettegola. Ma soprattutto stupida. Antonio qui ci stava poco perché dopo scuola andava ad aiutare il padre in negozio. La merceria, sa? La più fornita del quartiere. Non studiava e lo bocciarono. E poi ci fu quella storia delle lezioni. Fu la causa di tutto. In qualche modo, fu anche colpa mia.

Che lezioni?, domando.

La Ranzi ignora ancora una volta l'interruzione. Loro vivevano all'ultimo piano. La signora Laura era molto gentile. Era una maestra.

Assorbiamo l'informazione in silenzio.

Ho sete, dice la Ranzi. Ho sempre sete in questo periodo. Volge intorno uno sguardo che si è fatto improvvisamente incerto, come se non sapesse dove si trova.

La signora Laura faceva la maestra?, domando per aiutarla a riprendere il filo.

Non ho detto che faceva la maestra. Ho detto che *era* una maestra. C'è una bella differenza, signorina. Le piaceva insegnare. Era il suo lavoro. Prima delle leggi, naturalmente. Quando non glielo hanno più fatto fare... Lascia la frase sospesa e chiude gli occhi, appoggiandosi allo schienale della poltrona. Diceva che era preoccupata. Che non capiva cosa stesse succedendo. Io ero troppo giovane, allora. I giovani sono dei miseri. Hanno la testa occupata solo dai loro pensieri. Ero carina. E pensavo ai giovanotti, come tutte le mie amiche. Era a questo che pensavo tutto il giorno. A studiare e ai ragazzi. Non leggevo nemmeno i giornali. E comunque non sarebbe servito, c'era scritto solo quello che ci si poteva scrivere. Ma chi lo sapeva, allora? Io no di certo, dice. Non c'era serenità in questa palazzina. Forse non ce n'era da nessuna parte. Ma non credo che a togliercela fosse stata la guerra che stava per scoppiare. La guerra ci avrebbe solo abituato ad avere paura di tutto e a cercare di restare vivi. La serenità che avevamo perso era un'altra. Stava nel fatto che una maestra brava come la signora Laura non poteva più insegnare. E successe anche con il ragionere che lavorava saltuariamente per mio nonno.

Il ragionier Aprile. Da un giorno all'altro venne licenziato dall'Ufficio paghe del Comune. Io ero una ragazzina e questi fatti li sentivo raccontare in casa. Certe cose si capiscono anche se hai quindici anni. Nel '38 o nel '39 la signora Laura mi chiamava per darle una mano con i bambini. Lo facevo volentieri. Salivo al quarto piano quando doveva uscire. Mi pagava poco, ma non era per i soldi che lo facevo. Mi piacevano i bambini. Li facevo giocare, leggevamo delle storie. Quando lei tornava chiacchieravamo un po'. Voleva sapere cosa studiavo, mi diceva che era laureata in Matematica ma le piaceva tanto leggere. Fu così che mi accorsi che c'era in lei qualcosa di strano. Bastava un rumore improvviso a farla sobbalzare. Sono preoccupata, diceva. La gente è cambiata. Roma è diversa. Credevo fosse perché aveva perso il lavoro, e allora le diedi l'idea delle ripetizioni. Mi sarei incaricata io di spargere la voce nel quartiere e di procurarle gli allievi. Lei era contenta. Continuava a ringraziarmi. Come ho detto, le piaceva insegnare. Ci sapeva fare. Sparsi la voce non solo nel quartiere ma anche tra le amiche di mia madre. Conoscevamo un sacco di gente. Dicevo a tutti che era una brava insegnante e che costava poco. E le amiche di mia madre le mandarono i loro figli. Per ringraziarmi, lei mi regalò una scatola. Dentro c'erano dei biscotti fatti in casa e un piccolo album da disegno con le matite. Sapeva che mi piaceva disegnare. Ce l'ho ancora. Olga!, grida. Portami la scatola.

Olga torna con una scatola di latta smaltata.

Ecco. Guardate come è bella. L'ho conservata per tutti questi anni. Dentro c'è ancora l'album da disegno. Non ho avuto il coraggio di usarlo. Non ho più disegnato, dopo quella notte. Ho sempre pensato che queste pagine dovessero restare bianche. Perché non sono affatto bianche come sembrano. Sono terribilmente piene, in realtà. Porge l'album a Laura. Lei si occupa di quadri. Ha mai visto qualcosa di più denso di queste pagine?, chiede.

Mia sorella fa cenno di no, imbarazzata.

Non mi prenda in giro, signorina. Per lei sono pagine vuote. Ma mi creda, non lo sono. Mi sento responsabile, dice. Se penso che sono stata io a darle l'idea delle ripetizioni – Lascia la frase a metà e si appoggia di nuovo allo schienale della poltrona con gli occhi chiusi.

La stiamo stancando, dice mia sorella. Ci scusi. Andiamo via.

La Ranzi fa cenno di no. Restate, dice. Non erano ricchi. Avevano tre figli, e finché lei aveva potuto lavorare in casa entravano due stipendi. Poi, dal 1938, lavorò solo il marito, Giacomo. E così questa storia delle ripetizioni le aveva sollevato il morale. Diceva che avevo avuto una splendida idea. Aveva i pomeriggi pieni e di tanto in tanto andavo a tenerle i bambini mentre lei faceva lezione. Era tornata di buonumore. La Ranzi si interrompe e si passa la lingua sulle labbra. Era una casa allegra. Piena di libri e di luce. Io facevo giocare i bambini in cucina e lei faceva lezione in salotto. Dava ripetizioni di italiano, francese e matematica. C'erano giorni in cui aveva da fare tutto il pomeriggio. E gli allievi continuarono a venire a lezione anche durante la guerra, perché lei ci sapeva fare. Alla fine, molti non la pagavano più. Le portavano burro di palma, un paio di uova, del caffè di cicoria. Lei era contenta. Me lo diceva ogni volta che salivo... Sono così contenta, diceva, che mi dimentico tutte le cose che non vanno. Adriana mugugnava, però. Eccome se mugugnava. Sapete come sono i ragazzini. Chiassosi e disordinati. Facevano un baccano del diavolo. Adriana diceva che doveva ripassare lo straccio sulle scale ogni volta che venivano e che lasciavano le impronte anche sul corrimano di ottone. Diceva che con quel viavai non si poteva andare avanti. Che le facevano fare la donna delle pulizie mentre lei era una portinaia. La portinaia di una palazzina nuova fiammante per famiglie perbene.

Laura si alza e mi stringe il braccio. Grazie. È stata molto gentile, ma noi adesso dobbiamo andare. Io ho un appuntamento in soprintendenza dall'altra parte di Roma. Non posso arrivare in ritardo.

A Adriana non piacevano, continua la Ranzi, ma per qualche anno non fece niente. Si limitava a brontolare, sempre più livida. Poi successe che Antonio fu bocciato. Si capisce, non poteva studiare perché lo mandavano a lavorare in merceria tutti i pomeriggi. La signora Laura si offrì di dargli ripetizioni gratuite. Lo fece per gentilezza, e perché Antonio era un ragazzino timido e beneducato. Ma Adriana se la prese. Era offesa a morte. Come si permette *quell'ebrea* di farmi la carità? Chi si crede di essere solo perché *ha studiato*? Sono *ebrei*, diceva, gli unici ebrei di tutta la piazza dovevano capitare proprio a me, ripeteva, come se questa palazzina fosse roba sua. Sembra che gli ebrei siano *dappertutto*, si lamentava, e ci guardano sempre dall'alto in basso, come se fossero chissà che.

La signora Ranzi abbassa la voce come se volesse confidare un segreto. Il problema è che lo sapevamo tutti che Adriana la pensava così. Non ne faceva mistero. Mio nonno avrebbe dovuto allontanarla. Era lui il proprietario di maggioranza. Ma non voleva seccature. Diceva che era una brava portinaia, fidata e precisa. Lucidava il corrimano di ottone fino a farlo brillare. Lo faceva sembrare d'oro zecchino. Mio nonno pensò che non fosse necessario mandarla via. Credo pensasse che... be' che fosse troppo stupida per essere... La Ranzi si interrompe e guarda nel vuoto. Un velo opaco le appanna gli occhi.

Per essere cosa?, le chiedo.

Pericolosa, risponde. Non ha ancora capito?

Mia sorella si avvia da sola verso l'uscita. Me ne vado, dice, tu fai quello che vuoi.

La signora Laura era una vera maestra, sta dicendo la Ranzi con un tono di voce molto più basso, quasi carezzevole. Posso raccontarla decine di volte questa storia, prosegue con dolcezza, decine e decine di volte, non ne ho dimenticato nemmeno un dettaglio. La bambina certi pomeriggi la tenevo qui con me. Era la più piccola dei tre e...

Laura mi chiama dall'ingresso. Dobbiamo andare, dice. Mi ero completamente dimenticata di questo appuntamento. Devo proprio scappare.

Sono stata l'ultima del caseggiato...

Laura ha già raggiunto la porta d'entrata e sta armeggiando con il chiavistello. Per la seconda volta nella giornata è così nervosa che non riesce a far scattare una serratura. Scanso la sua mano e apro la porta. Lei schizza fuori e io la seguo.

Ma che ti prende?, le chiedo.

Ho i brividi. Andiamocene. Ti prego.

Siamo sul pianerottolo quando la Ranzi ci raggiunge, con l'aiuto della badante. Ci osserva, perplessa. Siamo il suo pubblico, l'unico che si è rifiutato di ascoltare la sua storia fino in fondo e se n'è andato via prima della fine. Se uno di questi giorni volete tornare a prendere una limonata siete le benvenute, dice. Olga le fa eco e accenna un sì con la testa. Le benvenute, conferma.

Grazie, dico. È gentile da parte sua.

La Ranzi esita. Si avvicina alla balaustra e guarda le scale. La camera in cui dormivo allora era quella accanto alla porta d'ingresso. Una bella camera, luminosa e tranquilla. Ma dopo non ho più voluto dormirci. È comprensibile, no? Come avrei potuto? Dopo la guerra mi sono sposata. Mio marito voleva che andassimo a vivere ai Prati. Ai Prati, dico io. Come potevo andarmene? Abbiamo discusso per mesi e alla fine ha capito. Non potevo andarmene. Avevo una cosa da fare.

Che cosa doveva fare?, chiedo.

Non è chiaro?, dice, aggressiva. Sono stata l'ultima del caseggiato a vederli vivi. Era ancora buio quando sono venuti a prenderli. Si appoggia al braccio di Olga. La pelle del viso sembra carta velina, un foglio di velina color avorio. China lo sguardo opaco e scruta il pavimento di seminato veneziano, lucidissimo, come se cercasse gli infiniti passi da cui è stato calpestato, passi dispersi e trascorsi, che a lei devono sembrare ancora visibili. Più che visibili; indelebili. Restiamo a guardarla, in attesa.

Quando solleva lo sguardo non c'è più traccia di opacità nei suoi occhi, solo un'implacabile determinazione. La voce che le esce limpida e chiara è una voce che ha ritrovato un vigore di gioventù. Hanno fatto un baccano d'inferno e io mi sono svegliata. Mi sono alzata, ho schiuso la porta e li ho visti. Erano sulle scale. Lei aveva in braccio la bambina. Si chiamava Anita. Aveva i capelli biondi. Quante volte l'ho pettinata... Voleva che le facessi i codini. Mi sembra ancora di vederla mentre se li tocca davanti allo specchio. Ma mentre scendevano non li aveva. Credo che la madre glieli sciogliesse al momento di metterla a letto. Scendevano uno dietro l'altro, Giacomo, i due maschi e poi lei con la bambina in braccio. Non sapevo cosa fare. Stavo lì. Con la porta socchiusa, senza dire niente. Anita mi ha visto e mi ha fatto ciao con la mano. In silenzio. Ed è precisamente questo che sono andata a dirle per cinquantatré anni. Sono scesa in portineria e ho bussato alla guardiola ogni mattina. Senza saltarne neppure una. Anche quando non era più nemmeno una portinaia ma semplicemente una vecchia sorda che viveva nell'appartamento che mio nonno le aveva venduto. Bussavo forte, come avevano fatto quelli. Bussavo e bussavo finché non mi apriva. Volevo che me lo sentisse raccontare tutti i giorni. Volevo che ce l'avesse davanti agli occhi, Anita in braccio a sua madre che faceva ciao con la mano. Così – E muove la mano nell'aria.

Mia sorella scende una rampa di scale e si volta verso il

muro, come se volesse ripararsi da una folata di vento ghiacciata e improvvisa.

E l'ha vista, sapete? *L'ha vista nelle mie parole* tutti i giorni che Dio ha messo in terra da allora, la piccola Anita.

Siamo uscite e attraversiamo la piazza senza parlare. Ci infiliamo nel primo bar che troviamo e ordiniamo due caffè.

Mi sento come se avessimo spiato dal buco di una serratura, dice Laura. Cosa ne sappiamo noi di quella gente? I dettagli non servono a nessuno. Come fai a non capire quanto è morboso tutto questo?

Parlare di qualcuno è come tenerlo in vita, dico.

La pensi così perché scrivi. Ma sono tutte palle. Mi sento sporca.

Noi non c'entriamo, dico.

Sì, invece. Certo che c'entriamo.

È successo nel 1943. Durante il rastrellamento degli ebrei di Roma del 16 ottobre. Si studia a scuola, dico. Non eravamo nate. E non erano nati nemmeno i nostri genitori.

E che differenza fa? Come fai a non capirlo? Non si può dire: io non c'ero. È mostruoso anche solo pensarlo. Non so nemmeno come farò a tornare domani in quella palazzina. Come farò a lavorare lì dentro. Che cos'altro volevi chiedere alla Ranzi, eh? Se si è sentita meglio a fare quello che ha fatto?

No, dico. Non penso che si sia sentita meglio. Ha fatto in modo che Adriana non dimenticasse.

Ma non ha potuto dimenticare nemmeno lei, dice Laura, alzando la voce. Mi hai trascinato a... Non lo capisci? Tu eri ansiosa di sapere la loro storia quasi quanto la Ranzi era ansiosa di raccontarcela. Cosa volevi sapere, eh? Avanti, cosa volevi sapere?

Volevo sapere la loro storia. Com'è andata.

No. Non è vero. Te lo dico io cosa volevi sapere. Volevi la vita reale, non la storia. La cronaca. I dettagli. La terribile e atroce crudeltà dei dettagli. Perché non le hai chiesto se erano assonnati. Se hanno supplicato e implorato. È questo che volevi sapere. Se pregavano. Se immaginavano.

Calmati, dico. Ne stai facendo una tragedia.

Perché è una tragedia. Alza ancora di più la voce. Il barista mi lancia uno sguardo imbarazzato e poi comincia a svuotare la lavastoviglie a testa china.

Tu volevi sapere se i bambini piangevano, sta dicendo Laura. Se la maestra o suo marito cercavano di calmarli. Puoi sempre tornare indietro a chiederlo. Se lo ricorderà! Chi potrebbe dimenticarselo?

Alla fine è troppo scossa, anche per continuare a parlare. Restiamo così, lei che piange asciugandosi le lacrime con il dorso della mano e io che la guardo senza dire niente.

Finalmente afferra un tovagliolo di carta per asciugarsi gli occhi e il naso.

Se vuoi sapere chi erano, posso dirtelo io. E dovresti saperlo pure tu, anche senza quello che ci ha raccontato la Ranzi.

Erano tre bambini e i loro genitori, dico.

Infatti è così, dice. Si gira a guardare fuori il cielo pulito di Roma. Solo tre bambini e i loro genitori.

Camminiamo affiancate per le strade interne. Non ci parliamo. Una tardiva e smarrita vergogna ci accompagna verso casa, mentre Roma non è mai stata così bella.

Lo Scurnuso

Parte prima

NAPOLI

Intorno al 1792

1

Tommaso Iannacone si sveglia di malumore

Tommaso Iannacone si svegliò innervosito dal dolore alle mani che peggiorava di mese in mese. Aveva dormito malissimo e si era rigirato sul pagliericcio tutta la notte, addormentandosi una mezza dozzina di volte per risvegliarsi subito dopo – o almeno così gli era sembrato –, ogni volta più stanco e più avvilito. Da qualche settimana aveva cominciato a farsi un impacco alle mani tutte le sere: prima di andare a dormire si spalmava un unguento a base di olio di bacche di alloro e grasso di pecora e lo teneva in posa sulle mani fasciate, la mattina lavava via l'unguento in eccesso e applicava un secondo impacco di argilla. L'intero procedimento era di sua invenzione e ne andava fiero, gli sembrava che gli procurasse un po' di sollievo. Senza scendere dal letto si sistemò seduto, la schiena appoggiata al muro. Si guardava le mani ancora bendate con un certo scoraggiamento: ora sentiva vampe di fuoco anche alle dita dei piedi e un formicolio che risaliva lungo la gamba destra, fino a lambirgli i fianchi. Avrebbe dovuto estendere l'operazione unguento-fasciatura-sfasciatura-argilla anche alle dita dei piedi? All'intera gamba?

Una volta alzato, aveva sentito cento spilli che lo trafiggevano, neanche fosse stato Cristo in croce. Ormai anche i movimenti più semplici e naturali gli causavano dolore; perfino infilarsi i pantaloni e allacciarsi la camicia erano diventate operazioni faticose. Davanti a un bicchiere d'acqua – che gli sembrò amara – e a un boccone di pane, aveva rimuginato parecchio: ne aveva visti di storpi, lui, per le strade di Napoli, a mendicare e a puzzare di malattia, cumuli di stracci in cui si distingueva a malapena una testa d'uomo, schifati pure dai cani. E quel malanno che gli gonfiava le dita era una maledizione, senza il mestiere sarebbe diventato lui pure un cumulo di stracci, ecco, era così che sarebbe andata, se lo sentiva; in quarant'anni di lavoro non aveva messo niente da parte, uno straccione in più in mezzo alla strada finché una gelata non lo avesse finito; e già si vedeva, rigido come l'argilla secca, mezzo morto, senza che nessuno lo riconoscesse per quello che era stato, Tommaso Iannacone, il miglior figuraro del vicolo, l'ultimo di una dinastia. Il pensiero correva a suo padre e a suo nonno e alla loro clientela illustre, duchi e marchesi, ricchi commercianti, forestieri che masticavano appena qualche parola di napoletano ma si facevano capire a gesti, aprendo il portamonete sul tavolo e rovesciandovi sopra una manciata di denari.

Ai tempi del gran re, quando Carlo III e sua moglie spendevano e spandevano per fare Napoli più bella di Vienna e di Madrid, più ricca di Parma e più elegante di Parigi, gli Iannacone modellavano per il presepe del principe di Ischitella, per quello del libraio Torres e per quello reale; e il sovrano, ginocchioni – Iannacone se lo immaginava così, il Borbone –, a giocare coi pastori muovendone le gambe e le braccia come Ninì con la bambola di stoffa. Se lo vedeva, calzato di seta bianca, con le code della marsina che strusciavano per terra mentre Giuseppe Postiglione montava lo scoglio del presepe alla corte borbonica: a sinistra l'annuncio ai pastori, al centro il Mistero e a destra la taverna, così simile alle osterie che Tommaso frequentava in gioventù. Le pensava tutte, le taverne di Napoli – quella delle Crocelle, quella di vico San Gennaro all'Olmo e quella ancora più equivoca delle Tre Regine –, non come bettole di malaffare ma come luoghi benedetti, predisposti dal Signore per farvi accadere miracoli, a dispetto della folla di avventori rumorosa, violenta e bestemmiatrice, miracoli nei quali occorreva solo aver fede: Lucia era figlia di un tavernaro di San Liguoro e l'aveva conosciuta mentre sgusciava tra i tavoli, nella penombra dei lumi accesi. Nei capelli aveva lo stesso bagliore dei rami rilucenti appesi alle travi del soffitto. Dopo aver sciacquato i bicchieri, si asciugava le mani nel grembiule che portava rimboccato alla cintura e quando rideva diventava bellissima, un impasto di gioventù e gaiezza. I miracoli, pensava Tommaso, sono figli dell'immaginazione di Dio.

Quando era nata Ninì e l'aveva vista scalciare tra i panni, il miracolo si era compiuto nella sua interezza e negli anni successivi lui avrebbe sempre pensato così a quella bambina che sgambettava nei vicoli con i riccioli di rame chiaro di sua madre: un miracolo di Dio.

Tommaso, a differenza del padre, scultore e architetto scenografo, aveva solo doti di modellatore. La sua grande occasione – così la considerava, a distanza di tanto tempo – era capitata qualche anno dopo la nascita di Ninì. Un mercante di Toledo – alto e grosso, con le spalle curve e una bocca sensuale – si era presentato alla bottega Iannacone con una richiesta relativamente insolita. Da più parti gli era stato fatto il nome degli Iannacone quali artefici di alcuni dei più bei pastori che aveva visto in città; del padre di Tommaso si diceva che fosse un ottimo scultore, capace di dedicarsi con uguale accuratezza tanto a una figura alta due palmi quanto a un busto a grandezza naturale. Il mercante – un armaiolo di fama – desiderava portare con sé in Spagna un presepe curatissimo nei particolari e sfarzoso nei finimenti. Voleva un gran numero di pastori, oltre a quelli tradizionali; e li voleva agghindati nei minimi dettagli. Agli ori e agli argenti dei forzieri, come pure alle scimitarre degli orientali, poteva provvedere lui stesso, vista la sua esperienza di fabbricante di lame. A tutto il resto dovevano pensare gli Iannacone: sete, cesti, perle, vetri, ceramiche di Grottaglie, pettini di tartaruga e coralli pendenti; e naturalmente i pastori e le accademie: voleva un presepe che lasciasse a bocca aperta gli spagnoli di Toledo; e che testimoniasse la floridezza dei suoi commerci napoletani e la sua sintonia, dopo tanti anni trascorsi a Napoli, con quel popolo così vicino al cuore spagnolo.

Tommaso sgranò gli occhi: un incarico tanto importante né lui né suo padre se lo sarebbero mai aspettato; ed era evidente che una committenza simile li avrebbe sfamati per anni. Per un'opera così ambiziosa, disse suo padre con la voce vibrante dall'emozione, era necessario come prima cosa produrre un bozzetto accurato, in sughero e stucco. Pensava a uno scoglio largo un paio di braccia e altrettanto alto. Lo stucco consentiva una grande versatilità di impiego. E si potevano creare anche effetti luministici e prospettici mandando a chiamare al Purgatorio ad Arco il più giovane dei Lampitelli, capacissimo di rifare paesi e lontananze come e meglio degli antichi pittori.

Lo spagnolo non aveva pensato alla possibilità del bozzetto e il suggerimento del padre di Tommaso gli piacque al volo: prese una sedia, la accostò al tavolo e si buttò a discutere i particolari, scendendo in dettagli minutissimi. Come tutti coloro – giudicò Tommaso – che non hanno idea di niente e pensano di poterla avere su tutto.

Nel giro di un paio di giorni gli Iannacone proposero al mercante un progetto di massima: uno scoglio che rappresentava due monti uniti da un valloncello, in cui dovevano scorrere un torrente e magari una cascata, per somigliare alle campagne subito fuori Napoli, e qua e là una manciata di marmi e cocci che dicesse agli spagnoli di Toledo dell'abbondanza di materiale di scavo nascosto sotto la lava e le vecchie ceneri. Il tutto doveva essere colorato in terra bruciata, tranne le grotte di tufo ricoperte di licheni di cera e seta. E intanto che suo padre spiegava, Tommaso già si immaginava una folla di figure modellate nell'argilla, alte non più di quattro dita, dipinte con grande accuratezza. Il mandriano con le bufale, la brigata di sfaccendati all'osteria, il cavaliere straniero agghindato come una gran dama, il mendicante e la venditrice di cocomeri. E un magnifico corteo di nobili, uomini e donne orientali seguiti da giovani paggi in giustacuore e cappello piumato.

Per l'esecuzione di quel bozzetto erano stati necessari tre mesi di lavoro di padre e figlio, insieme a due lavoranti occasionali. Tommaso aveva modellato la figlia dell'oste con il grembiule rimboccato in vita, come lo portava Lucia quando serviva il vino. La popolana che allattava era Lucia, come se la ricordava mentre porgeva a Ninì neonata il seno gonfio di latte; la bambina che giocava con le dita affondate nel cesto di conchiglie era Ninì, e Ninì la guardiana di oche con il ramo di frassino in mano. E ancora Ninì e Lucia, una mentre tirava la veste alla venditrice di taralli, l'altra vestita da circassa, con il collo ingioiellato di perle e turchesi.

Iannacone padre, riconoscendo i tratti della nuora e della nipote, lo sfotteva; ma Tommaso lo lasciava dire, che sfottesse pure: il suo non era un omaggio galante, né un gesto d'amore. Il presepe rappresentava semplicemente un resoconto fedele di quanto era accaduto nella sua vita; lui si limitava a modellarlo nella creta perché – a differenza di suo padre – sapeva copiare, non inventare.

Il mercante spagnolo era tornato spesso a vedere il lavoro. Via via che tornava, però, dimostrava sempre meno entusiasmo e sembrava ogni volta più taciturno e malinconico. Era capace di passare anche mezzo pomeriggio a guardare Tommaso e suo padre che modellavano: suggeriva qualche cambiamento, annuiva, si complimentava; ma a lavoro finito aveva cancellato l'incarico definitivo. Non sono più i tempi, si era giustificato – e si era limitato a portarsi via il bozzetto, che era "riuscito benissimo", "un vero capolavoro".

La delusione cocente degli Iannacone per aver perso un incarico di quella portata era stata spazzata via due settimane dopo da un dolore intollerabile: una mattina Ninì si era svegliata febbricitante, le ginocchia magre strette al petto per contrastare gli spasmi di un violento dolore all'addome. Nel giro di poche ore quella febbre misteriosa se l'era portata via, come non fosse mai esistita: Lucia aveva gettato via tutto quello che le era appartenuto, quasi che bruciare i vestiti della figlia fosse il solo modo per sopravvivere al ricordo; a quella furia distruttrice Tommaso era riuscito a sottrarre solo un pastello che ritraeva Ninì sorridente, con gli occhi allegri e la bocca sottile.

Una mattina aveva trovato la moglie disfatta dalle lacrime e aveva tirato fuori il disegno nella speranza di confortarla. Lei si era messa a urlare come se fosse uscita di senno. Da allora era diventata scontrosa come un randagio impaurito, non mangiava quasi più e passava ore a pregare sottovoce, accucciata sul paglericcio.

Le sue carni, un tempo bianche e morbide, pendevano molli e opache, come fossero state ricoperte da un velo di cenere. Iannacone aveva tentato inutilmente di alleviare la pena di Lucia, ma non era capace di consolare nemmeno se stesso; e un dolore feroce se lo sentiva dentro anche lui. Aveva lasciato correre, contentandosi di ascoltare senza convinzione padre Minutolo che gli ripeteva, come una cantilena: «Dio vede e provvede».

Tommaso mosse piano le mani dolenti: erano anni che il Padreterno doveva essersi voltato da un'altra parte. In bottega era rimasto da solo e il lavoro era molto diminuito. Lucia si era rimpicciolita come una mela annurca, finché una mattina era scomparsa. L'aveva cercata dappertutto, setacciando le chiese, gli ospizi e le osterie. Non aveva idea di dove fosse andata.

Nella sua limitata immaginazione, Tommaso pensava che avrebbe potuto prendere i voti o rinchiudersi nel lerciume di una taverna: entrambe le ipotesi gli parevano verosimili perché nello sguardo stranito della moglie non era più riuscito a riconoscere nulla se non un dolore muto che rifiutava qualunque conforto.

A Napoli era impossibile trovare qualcuno che avesse deciso di perdersi. Con una simile consapevolezza nel cuore, Tommaso aveva fatto le sue ricerche senza crederci troppo nemmeno lui; e anzi capitava che ogni tanto, quando gli tornava in mente Ninì, provasse per Lucia del rispetto e perfino una curiosa forma di invidia. In quella fuga senza spiegazioni riconosceva un certo coraggio, l'ammissione implicita di una sconfitta non più rimediabile.

Tommaso si lasciò cadere su una sedia, il corpo scosso da brividi di freddo nonostante la temperatura estiva. Certi pensieri bruciavano più del male alle mani. Gli era palesemente chiaro – e quell'evidenza gli faceva sbattere le palpebre come una luce troppo violenta – che il ceto sociale a cui apparteneva era materiale in via di continua trasformazione, libero di espandersi verso una posizione più agiata o in direzione opposta, ricacciandolo nella povertà più malinconica. Il pensiero, poi, che dalle marsine di velluto che nei giorni migliori aveva visto indossare a suo padre – ce n'era una azzurra impunturata d'argento che lo faceva sembrare un gran signore – il guardaroba della famiglia si era ridotto a quattro stracci, lo riempiva di imbarazzo. Sapeva – non era uno stupido – di non avere il suo talento; e sapeva che avrebbe dovuto risparmiare per la vecchiaia. Gli ultimi pastori modellati dal padre – una procidana, uno zampognaro e due angeli – li aveva venduti il mese precedente al duca di Morciano, che glieli aveva pagati a peso d'oro. Ma il denaro, si consolava, non tutti sono fatti per conservarlo. Si sentiva addosso il peso delle bevute, dei giochi di carte, delle partite ai dadi, ma quello che pesava di più era il pensiero della miseria, già pronta a ghermirlo – immaginava – come un rapace notturno. E tutto a causa di quelle mani disgraziate, divenute rigide come argilla malconservata.

Chiamò Purtualle perché lo aiutasse a vestirsi, con un grido che gli uscì più rabbioso di quanto avrebbe voluto. Il bambino arrivò trafelato, infilandosi alla meno peggio la camicia nei pantaloni. Aveva un muso appuntito come quello di una faina, e gli occhi gonfi e cisposi del sonno pesante dell'infanzia. Doveva avere sui sette, otto anni, era difficile dirlo. E forse, meditò Tommaso, bisognava cominciare a chiamarlo Sebastiano: quel nomignolo che gli avevano dato le monache, Purtualle 'n punt'a mazza, suonava ridicolo adesso che si era irrobustito a portare in spalla per i vicoli i sacchi di argilla. La testa di arancia sopra al bastone era cresciuta.

2

Del modo in cui Purtualle arriva a Napoli

Purtualle era entrato nella vita di Tommaso Iannacone un anno prima, una mattina di fine giugno del 1792.

Le suore domenicane del convento di Sant'Agostino a Caserta avevano commissionato a Iannacone uno scarabattolo col Mistero e un gruppo di musici. Lui, sospettoso di natura, prima di accettare l'incarico aveva raccolto qualche informazione, terrorizzato che le monache casertane pagassero meno ancora delle consorelle di Napoli, o con eccessivo ritardo; ricevette invece notizie tranquillizzanti dal parroco di San Gaetano, don Gennaro Minutolo, nativo di Marcianise: per desiderio del vescovo il convento era passato nel 1712 dai monaci agostiniani alle domenicane e quelle facevano a gara con gli altri monasteri in Terra di Lavoro per abbellire la chiesa e il convento. Denaro doveva esserne, considerò Iannacone, dato che una ricca dote piovuta da una benefattrice proprio di Marcianise – don Gennaro era una miniera di informazioni – aveva consentito alle monache di aprire addirittura un educandato e un conservatorio riservati alle zitelle povere.

Girava voce che le monache avessero in mente di restaurare, in tempo per la ricorrenza del 22 novembre, anche l'altare di santa Cecilia.

A Iannacone non sfuggì che a quel gruppo di musici sarebbero potute seguire altre committenze, per le patronesse e i loro familiari, e già si immaginava di conquistare un mercato in florida espansione, lontano dalla concorrenza spietata delle botteghe napoletane. Certo, Caserta distava da Napoli tre ore buone di strada, e avrebbe dovuto cercare una carrozza a nolo che gli sarebbe venuta a costare uno sproposito; ma, si consolò, poteva sempre rifarsi sul prezzo della Madonna che gli era venuta benissimo, un incanto, con la carnagione rosata di una conchiglia e la veste pallida di seta spumosa.

Le monache – manco gli avessero ascoltato i pensieri – mandarono a dire che avrebbe potuto viaggiare a cassetta sulla carrozza del convento, che una volta alla settimana faceva la spola con Napoli, senza pagare il tragitto e Iannacone, sollevato, accettò di buon grado.

Detestava negoziare con i clienti, non erano cosa sua quelle contrattazioni estenuanti per pochi tornesi in più o in meno. E aveva bisogno di lavorare finché gli duravano le mani.

Sistemato accanto al cocchiere, sulle ginocchia la cassa di legno che conteneva i pastori, Iannacone si coprì la bocca con il fazzoletto per non respirare la polvere della strada. Accadeva raramente che uscisse dalla città ed era eccitato alla prospettiva del viaggio. La carrozza aveva sospensioni pessime e a ogni buca del terreno il contraccolpo lo faceva saltare per aria e ricadere sul sedile. Non poteva aggrapparsi da nessuna parte perché stringeva la cassa sulle ginocchia e si limitava a fare forza con i piedi. Irritato, si accorse che il cocchiere non cercava nemmeno di evitare le buche, quasi avesse preso gusto a vederlo saltare come un burattino e a fare smorfie di dolore quando gli spigoli della cassa gli penetravano nella carne. Ma la soddisfazione di lamentarsi a quel villano non gliel'avrebbe data nemmeno se a forza di scossoni si fosse frantumato la schiena, e si voltò, risoluto, a guardare il paesaggio.

Era un uomo di città, Iannacone, e la campagna lo colse di sorpresa. Non era questione di orizzonte, rifletteva, perché chi nasce davanti al mare conosce l'emozione della lontananza; piuttosto, gli pareva che quella terra dorata a perdita d'occhio fosse mare allo stesso modo, un mare senza spiaggia e senza risacca ma altrettanto sconfinato. Filari di ontani segnavano qui e là i confini tra le proprietà e orlavano gli argini dei canali di irrigazione.

Abituato alla folla rumorosa di Napoli, Iannacone si godeva il silenzio della campagna semideserta. Ovunque girasse lo sguardo non c'era traccia di umanità, a parte qualche contadino intento a legare i covoni in mezzo ai campi e i pecorai seduti all'ombra dei lecci. Soffiava scirocco e la polvere della strada gli faceva lacrimare gli occhi. Tutto sfumava, pensò, tranne il cocchiere con le sue grida rauche al cavallo e gli schiocchi di frusta.

Man mano che si avvicinavano a Caserta, quell'impressione di solitudine si affievolì. Lungo il ciglio della strada erano apparsi carretti che vendevano formaggi, foglie di tabacco, forme di pane e ceste di castagno intrecciato. Incrociarono alcune carrozze chiuse con lo stemma dipinto sullo sportello che entravano e uscivano dalla città. Dignitari, immaginò Iannacone, gente della corte o nobili napoletani che correvano a rendere omaggio alla famiglia reale sistemata alla Reggia per l'estate, o comunque a vedere quella famosa costruzione in parte ancora da terminare. Sapeva per sentito dire che il palazzo di Caserta rivaleggiava per splendore e ricchezza con le più belle residenze reali d'Europa e che i giochi d'acqua delle fontane erano un vero spettacolo. Soddisfatto, strinse con forza le mani attorno al suo tesoro: Caserta era ricca e aristocratica, non vedeva traccia del lerciume di Napoli, solo segni inequivocabili di prosperità.

Quando, in fondo al lungo viale di accesso, scorse la Reggia, trasecolò: non sembrava tanto un palazzo reale ma la monarchia stessa posata davanti a un bosco secolare. Qualcosa di simile a un sussulto di contentezza gli gorgogliò nello stomaco: quel palazzo era una scultura, tale e quale ai suoi pastori.

Gli parve che la strada proseguisse verso i giardini, della cui favolosa bellezza aveva sentito parlare, ma una leggera foschia gli impediva la vista. Con un'occhiata al cielo senza una nuvola, stabilì che non poteva trattarsi di nebbia, doveva essere l'acqua nebulizzata dai potenti zampilli delle fontane. Immaginò che somigliassero ai colori cangianti dei fuochi per la Madonna di Piedigrotta.

La carrozza svoltò a destra in direzione della città e Iannacone vide la Reggia allontanarsi; chiuse gli occhi per conservarne ancora l'immagine, ma un nuovo scossone glieli fece riaprire di botto. Tenne lo sguardo incollato alla strada e, via via che entrava in città, l'impressione di ricchezza cominciò a svanire: i palazzi erano più piccoli e disadorni di quelli napoletani, le facciate delle chiese meno sontuose. Arrivato a destinazione fu preso dallo scoraggiamento: non c'era più traccia dell'andirivieni di carrozze e cavalli, del brulichio di uomini, soldati e manovalanze che aveva visto intorno alla Reggia. Davanti all'entrata del convento c'erano solo un paio di mendicanti. All'angolo della strada, un cane orinava contro il muro con la zampa alzata. La facciata della chiesa annessa al convento aveva grosse infiltrazioni d'acqua e un paio di lunghe crepe scendevano dal tetto fino al portale.

Soldi qua non ce ne stanno, si allarmò Iannacone, mentre scendeva dalla carrozza. Prima di entrare sputò a terra per ripulirsi la bocca da un bolo di polvere e saliva e si raccomandò a san Tommaso, che gli tenesse una mano sulla testa.

Il chiostro in cui erano ammessi i visitatori era in uno stato anche peggiore. Iannacone giudicò che fosse appena più grande di un cortile di palazzo e almeno altrettanto severo. Qui non c'è proprio da scialare, si incupì, quel Mistero glielo avrebbero pagato una miseria.

Suor Basilia gli annunciò che lo avrebbe condotto dalla madre badessa. Quella mi arravoglia, si sconfortò lui, preoccupato, mentre la seguiva sotto il porticato. Le disse che era venuto a consegnare il gruppo dei pastori che gli erano stati ordinati, voleva soltanto essere pagato, e suor Basilia per tutta risposta si spostò di lato per farlo entrare nel salotto privato della madre badessa.

«Bellissimi» fece questa guardando i pastori. Li maneggiava con cura e di ciascuno sollevava le vesti per osservare anche la fattura del manichino. «La Madonna è magnifica» aggiunse, «degna di Sammartino. Quanto ne volete?»

Iannacone impallidì. «Il pattuito, madre, come avevate promesso» rispose rassegnato. Con le religiose ci voleva esperienza, tiravano sul prezzo come le donne al mercato; sarebbe finita che il Mistero se lo riportava a braccia al vico Sanseverino e addio denari. E doveva pagare l'argilla, i pittori, i falegnami. Gli toccava trattare.

«Allo scadere dei sei anni Purtualle andrà a bottega per imparare un mestiere» fece la madre badessa.

«E chi è Purtualle?» chiese Iannacone, con un presentimento di fregatura.

La badessa ignorò l'interruzione e proseguì sorridendo che lavoro, per grazia di Dio, a Caserta in quegli anni non ne mancava, si trattava di metterci le mani e la volontà: tessitore, stagnaro, argentiere e via dicendo. «Aiuto cuoco» aggiunse suor Basilia, visto come Purtualle allisciava la pasta cresciuta e si divertiva a montare i timballi per la festa di San Sebastiano.

«Modellatore, allora» si compiacque di suggerire la madre superiora disegnando con lo sguardo un cerchio che includeva Iannacone, le sue dita malate, suor Basilia e la cassa di legno con i pastori. Il padre della badessa era un buon cliente e lei di presepi se ne intendeva: non era un segreto – e qui la badessa piegò la testa e si accorciò di un palmo, quasi avesse fatto un inchino – che lei stessa possedeva una trentina di figure di squisita fattura, tra cui un corteo di dame che vestiva personalmente, cambiandole d'abito a seconda della stagione.

Se quel ragazzino sapeva lavorare la pasta cresciuta, con l'argilla avrebbe potuto fare più o meno lo stesso, rifletté Iannacone e, lasciato il Mistero nelle mani della badessa, se n'era venuto via stringendo quella magra e inquieta di Purtualle. Sulla porta suor Basilia aveva aggiunto un paio di ragguagli: il nome di Purtualle era Sebastiano, ma a chiamarlo Sebastiano non si voltava nemmeno. Era di razza buona, gente sana e ben nutrita: dall'età di quattro anni sgambettava in cucina come aiuto sguattero. La badessa lo aveva fatto sistemare in uno sgabuzzino adiacente alle cucine, col muro caldo estate e inverno. Voci se ne sentivano tante, che fosse figlio di una consorella – e nel dirlo il viso di suor Basilia era diventato tutto a chiazze – o che qualcuno pagasse per il suo mantenimento, «Ma le voci dei luoghi in cui vige la regola del silenzio sono sempre più numerose che sincere» aveva sussurrato prima di chiudere rapidamente il portone.

3

Abitudini di Purtualle bambino

Iannacone passò le prime settimane a domandarsi se la madre badessa non gli avesse rifilato una fregatura, un mezzo matto che avrebbe dovuto finire all'ospizio invece che nella sua bottega: Purtualle era scorbutico e puntiglioso e quando gli pigliavano certi attacchi di rabbia schiumava come i cavalli. Di notte si alzava nel sonno e girava mezzo nudo in quelle due stanze – almeno finché la stanchezza non lo faceva crollare di nuovo dove capitava, magari sulla panca o appoggiato al secchio dell'acqua.

Tommaso lo lasciava fare, che dormisse un po' dove gli pareva. Purtualle, però, si svegliava spaventatissimo. Balbettava di certi diavoli che di notte trasportano i bambini – a loro piacimento, diceva – scarrozzandoli in giro per la città per divertirsi alle loro spalle e poi gettarli in mare o nelle spelonche. «I diavoli non lo sanno che sei qua, ti credono ancora al convento» lo rassicurava Tommaso, ma Purtualle continuava a tremare e lo supplicava di farlo dormire accucciato accanto a lui.

Iannacone gli dava del deficiente e finiva col tirargli un ceffone, per sottolineare, implicitamente, la differenza tra la concretezza di uno schiaffo terreno e l'astrusità di un rapimento di diavoli. «Quelli vengono a prendermi, perché è il loro mestiere» non smetteva di piagnucolare Purtualle, «si rubano la gente e la fanno sparire.»

Iannacone aveva finito col lasciargli un lume acceso tutta la notte, perché vedesse con i suoi occhi che di diavoli non ce n'era nemmeno l'ombra e lo lasciasse dormire in pace. Non sentiva ragioni, Purtualle. Sentiva poco di tutto, in verità, perché una leggera sordità se la portava dietro dalla nascita. Tommaso aveva l'impressione che si trattasse di una sordità particolare, un impasto di deficienza acustica e desiderio di isolarsi.

«Tu per metà sei sordo, e per l'altra metà non vuoi sentire» gli gridava quando si innervosiva a ripetergli le cose, e più Purtualle diventava rosso, più glielo gridava, per una tentazione di crudeltà che si spegneva solo nel vedere il bambino muto e avvilito; e il pensiero di aver recitato una parte indegna – tutta quell'ira non era che un'impostura, una recita a gran voce senza fondamento – lasciava infine Iannacone svuotato, pieno di amarezza.

La vecchiaia, si giustificava, come gli accartocciava le mani, così gli rimescolava il cervello: in gioventù mai e poi mai si sarebbe tenuto in casa un bambino mezzo sordo che non era sangue suo. Ma era un uomo concreto e spiccio nelle decisioni: era rimasto solo come un cane e non gli dispiaceva vedersi vicino un altro cristiano; e poi, ormai il ragazzino se l'era preso, tanto valeva farsi aiutare. Cominciò a spedirlo di qua e di là per tutta Napoli a sbrigare incombenze diverse, gli affidò i rifornimenti di argilla e di legname da stipare nel magazzino al pianterreno; per irrobustirlo gli faceva portare i secchi d'acqua dalla fontana fino a casa.

Quella scala buia e maleodorante doveva fargli paura, sempre intasata com'era di rimasugli di immondizia o di qualche mendicante che sonnecchiava al riparo dal sole e dalla calura: una volta arrivato in casa e posati a terra i secchi, Purtualle gli piantava addosso due occhi penetranti in cui balenava un guizzo di fierezza, e Iannacone non avrebbe saputo dire se fosse per aver eseguito la commissione che gli era stata affidata o per aver tenuto a bada la paura.

Quel tenace orgoglio infantile lo rallegrava. Spettatore involontario della prova di coraggio e sforzo fisico che Purtualle sosteneva senza un lamento, Iannacone prese a dargli incarichi più delicati.

Da quando il dolore alle mani era aumentato, Tommaso aveva qualche difficoltà a incastonare i minuscoli occhi di vetro nelle teste dei pastori. Vestirli e agghindarli stava diventando altrettanto difficile. Purtualle invece, con le sue dita magre e precise, ci riusciva benissimo. Aveva imparato alla svelta.

Per dipingere le teste e le mani dei pastori Tommaso si affidava a Giuseppe Galeota, che aveva uno studio di pittura a vico dei Carbonari. Galeota si faceva pagare in anticipo: prendeva in consegna una manciata di teste e mani di legno e terracotta ma pretendeva anche il pagamento. Purtualle non si fece mai derubare né rovinò un pezzo già dipinto. Trasportava quella cesta di teste, mani e talvolta accademie con grande delicatezza.

Le notizie in arrivo dalla Francia suscitavano in Tommaso Iannacone un sentimento nuovo, mai provato prima: inquietudine, sospetto e perfino un po' di esaltazione; lo facevano anche guardare, a onor del vero, con un filo di raccapriccio a quella cesta piena di teste che Purtualle riportava in bottega: mercanti con le guance floride, dame imbellettate, musicanti, mori, tutti adagiati sulla paglia perché non si sciupassero rotolando le une sulle altre. Ma la politica non è cosa da ragionare nei vicoli, si consolava, e non è cosa del popolo, benché gli paresse d'aver capito che – anche a Napoli – qualcuno la pensava diversamente. Il suo amico e vicino di casa, Raffaele Pane, stampava nel retrobottega pagine e pagine di incitamenti ai napoletani e diventava rosso come una cresta di gallo quando spiegava la rivoluzione. Idee da giovani e da sanguinari, pensava Iannacone, e poiché sentiva di non appartenere né all'una né all'altra delle due categorie, si scuoteva mettendosi subito a infilare le teste e le mani sui manichini di stoppa con l'aiuto di Purtualle.

Una volta montati anche i piedi torniti dal falegname, rivestivano le figure di panni, cuciti dalle orfane di Santa Maria dello Splendore. E, da teste mozzate che erano, quelli ridiventavano uomini e donne, alla faccia di quanto accade su questa terra, spiegava Tommaso a Purtualle, anzi, alla faccia della irreversibilità della vita che non conosce ritorno, come il latte versato.

Ma quanto a mettergli in mano un blocco di argilla, non se ne parlava neanche: l'argilla costava e insegnare a un bambino il mestiere era un impegno di lunga durata che avrebbe rallentato ulteriormente il ritmo della bottega. Era un lusso che non poteva permettersi e poi, a dirla tutta, a Iannacone gli era rimasta sul gozzo quella mezza piroetta della madre badessa di Caserta, con quelle fantasie di scimunita che uno sguattero di cucina in quattro e quattr'otto potesse diventare figuraro nella bottega Iannacone.

Col tempo, Tommaso aveva imparato a conoscere il suo

male. Non era un uomo di scienza né di lettere, non si intendeva di spezie né di farmacia, ma la sua indole pragmatica lo aveva indotto a tenere sotto osservazione i propri acciacchi. Aveva cominciato ad annotarsi il quadro generale in cui avvenivano le crisi peggiori, se si trattava di una mattina secca e soleggiata o di un pomeriggio umido. Via via aggiungeva altri dettagli, non solo sulla frequenza e l'intensità degli attacchi ma anche in relazione alle sue abitudini: il dolore peggiorava se mangiava troppo condito o se restava seduto troppo a lungo, diventava più acuto verso sera e migliorava nei mesi più caldi. Non era così sciocco da non accorgersi che il male era in progressione, ma con qualche accorgimento riusciva a ritagliarsi intere giornate in cui il dolore alle dita era molto più sopportabile. In quei momenti lavorava senza sosta, dimentico di qualunque cosa che non fosse l'argilla da modellare.

Chiamava Purtualle e lo voleva lì accanto, in piedi, che gli portasse quello che gli serviva – una spatola, dell'acqua, un pezzo di pane e pesce secco quando la fame si faceva sentire.

Si sentiva addosso gli occhi attenti del bambino, ma si sbagliava: Purtualle guardava l'argilla. La fissava con occhi scintillanti, come non l'avesse mai vista, mentre le dita di Iannacone facevano nascere una fisionomia.

Quando Tommaso non aveva bisogno di lui, Purtualle se ne stava sdraiato sul pagliericcio con gli occhi fissi al soffitto, come se vedesse chissà quali lontananze, e non spiccicava una parola. Sembrava che un'immensa stanchezza gli prosciugasse le forze e Tommaso si domandava se non soffrisse di qualche malattia congenita; c'erano giorni, invece, in cui Purtualle andava in giro per la città e camminava per ore, senza mai perdersi né stancarsi: aveva un senso dell'orientamento straordinario e, dovunque lo spingessero le commissioni, gli bastava uno sguardo per ritrovare la strada di casa. Nei primi mesi, quando tardava a rientrare, Tommaso oscillava tra due opposti desideri, che il bambino si perdesse nei vicoli definitivamente e che rientrasse incolume, senza essere finito sotto gli zoccoli di un cavallo o morsicato dai cani randagi.

In Purtualle c'era pure qualcosa che lo incuriosiva. Sulle prime considerò il sentimento di benevolenza che gli suscitava come una debolezza, che non poteva basarsi sulle invisibili qualità di un ragazzino umorale e stizzoso e doveva perciò scaturire da qualcos'altro, qualcosa di più intimo e profondo. Di tanto in tanto gli pareva di intravedere nelle ragioni per cui se l'era preso radici più oscure di un baratto, un obbligo di cristiano o l'aiuto di due mani in più. Si rabbuiava e incolpava il vento di scirocco che quel giorno a Caserta doveva avergli scompigliato anche i pensieri quando, su due piedi, si era fatto carico di un impiccio, di una bocca destinata a diventare sempre più famelica. Si era trattato forse di un languore per la sua stessa gioventù? O di nostalgia per Ninì? Oppure stava semplicemente invecchiando e si rabboniva invece di incattivirsi?

Un paio di volte lo aveva seguito, curioso di scoprire dove diavolo andasse, e lo aveva sorpreso accucciato sui gradini di una chiesa o con le gambe penzoloni su un paracarro, a una certa distanza dagli altri ragazzini e anzi pronto a spostarsi altrove se qualcuno, uomo, bambino o cane, gli arrivava troppo vicino. Non dava confidenza a nessuno. Sembrava osservare ogni cosa con attenzione: i cavalli infiacchiti che trainavano le carrozze, le collane di tordi appese ai ganci dei beccai, i capponi nelle gabbie di vimini.

Dava l'impressione di essere in bilico tra due emozioni, stordito dalla folla di Napoli e timoroso che l'ingranaggio meccanico – era così che a Iannacone appariva la vita nei vicoli, una lunga catena di attività connesse le une alle altre: il venditore di ricotte con il suo crocchio di clienti, le donne a vuotare i secchi, il carretto del vinaio con i barili di quercia legati con le funi – potesse agganciarlo per errore, come un lembo di stoffa pizzicato dal raggio di una ruota in movimento. Iannacone, osservandolo da lontano, si domandava se la sua sordità vera o presunta non derivasse dalla paura; una paura a cui faceva da contrappeso una curiosità invincibile che lo incollava a uno spettacolo che doveva sembrargli grandioso.

Iannacone non possedeva alcuna sottigliezza di osservazione, e soprattutto, se anche ne avesse avuta, mai l'avrebbe rivolta a cose che giudicasse di poco conto; con questo spirito, non si dilungava troppo a indagare l'indole di Purtualle, ma vedeva bene come questi si servisse della sua sordità intermittente per isolarsi dal mondo. Ne aveva fatto un viatico di salvezza.

Questo pensiero germinò rigoglioso nell'animo di Tommaso Iannacone: si sentiva destinato a una vecchiaia di deformità fisica e, in questa visione, l'inquieta solitudine di Purtualle era riuscita a distillare qualche goccia di speranza.

Tornato a casa, il bambino si accucciava in un angolo e faceva degli schizzi di quanto aveva visto su certi fogli di carta spessa che si era procurato chissà dove. Poi cacciava tutto dentro una cassa di legno di pioppo che era il suo unico avere e guai a toccargliela, si metteva a gridare come un pazzo. Disegnava dal vero o a memoria, con un'abilità sorprendente per la sua età: poteva darsi, si domandava Tommaso, che in Purtualle si annidasse qualche talento artistico?

4

Sebastiano viene mandato a imparare il mestiere di scultore

Tommaso porse le mani a Sebastiano perché lo aiutasse a togliersi le fasce. Sebastiano lo sbendò con delicatezza, attento a non sfiorare le dita gonfie, e gli versò in un catino dell'acqua mista a qualche goccia di aceto con cui ripulirsi dai residui di unguento.

«Vi allaccio la camicia?»

«Sì. Allacciamela» disse Tommaso. Il pensiero di farsi vestire da un bambino lo riempiva di vergogna. «E poi portami l'argilla e aiutami a fare l'impacco» aggiunse brusco. «Questa mattina bruciano.»

«Vi fanno molto male?»

«Sì.»

«Più di ieri?»

Tommaso non rispose e socchiuse le palpebre. Sentiva le dita di Sebastiano muoversi leggere sulla camicia, stendere i lacci e legarli senza stringere troppo. Il fruscio della stoffa che il bambino gli rincalzava nei pantaloni lo inondò di un immenso fastidio che si tinse a poco a poco di sdegno. Gli pareva che anche l'ultimo residuo della sua dignità si perdesse tra le pieghe di quella camicia che Sebastiano gli sistemava addosso, volteggiandogli attorno come un passero. Serrò le labbra per non ammettere che ogni mattina andava inesorabilmente peggio, nonostante alcune giornate di tregua.

«Vai di sotto a prendere l'argilla, svelto» ordinò brusco.

«Finisco di vestirvi e vado» fece Sebastiano.

«Ti ho detto di andarci adesso! Muoviti quando ti comando» disse con rabbia Iannacone.

Sebastiano tornò ansimando leggermente.

Doveva aver fatto gli scalini a due a due. «L'argilla è quasi finita» disse morsicandosi il labbro inferiore.

«Finita?!» Tommaso aveva alzato la voce.

«Esco a prenderne altra, se mi comandate» mormorò Sebastiano. «Vado subito» aggiunse frettolosamente infilando la porta, «e lascio da pagare per quando siete comodo, non vi inquietate.»

Iannacone, rimasto solo, si accasciò sulla sedia e lì rimase finché udì le grida del baccalaiuolo. Si avvicinò alla finestra. Il vicolo stretto e corto terminava in uno spiazzo dove cresceva un olmo centenario a cui nei giorni di vento i ragazzini appendevano ritagli di stracci per vederli danzare nell'aria come gli impiccati. Il venditore di baccalà, un giovane mingherlino dalla voce potente che passava due volte alla settimana, si era fermato all'ombra dell'albero e gridava a pieni polmoni. Sull'impalcatura di filo di ferro e funi montata sul carretto, i pezzi di pesce secco erano legati insieme a ghirlande di alloro, trecce d'aglio e pomodori essiccati. Tommaso gli gridò dalla finestra che si avvicinasse e con una corda calò di sotto un cesto perché il baccalaiuolo vi infilasse un paio di tranci, qualche pomodoro e una testa d'aglio.

Mentre quello gli riempiva il canestro, Iannacone legò la corda alla gamba del tavolo e andò a prendere nello stipo la brocca in cui conservava i denari. Scosse la testa contando i tornesi e, affacciandosi alla finestra, urlò al baccalaiuolo che gli desse solo un quarto di trancio e nient'altro. Il baccalà se lo sarebbe fatto bastare e di aglio e pomodori, mentì, ne aveva la dispensa piena.

Rovesciò il contenuto del cesto sul tavolo e contemplò impensierito il pezzo di baccalà. Quel fetente gli aveva dato la coda, in cui la carne si assottigliava fino a ridursi a uno strato sottile, impossibile da spolpare. Comunque, pensò, sminuzzandolo insieme al pane secco ne sarebbe uscita una zuppa, almeno per Sebastiano. Lui si sarebbe accontentato del pane insaporito col sugo di pesce.

Sebastiano tornò trafelato, trascinandosi dietro un sacco di argilla.

«Vi faccio l'impacco alle mani?»

Tommaso scosse la testa. «Lascia stare. Niente impacco. Dobbiamo parlare, noi due.»

Sebastiano aveva la faccia gialla come mollica di pane. Spostava il peso da un piede nudo all'altro, come se saltellasse.

«Statti fermo» ringhiò Tommaso, «e ascoltami bene.»

Il bambino si bloccò, ma subito ricominciò a saltellare a testa china, gli occhi fissi sull'impiantito.

Iannacone sbuffò: quando faceva a quel modo sembrava uno scimunito.

«Allora» gli disse, «ti piace disegnare?»

Sebastiano annuì, senza aprire bocca.

«Li conosci i fratelli Riccio?»

Sempre muto, Sebastiano fece segno di no.

«Hanno una bottega avviata. Sono scultori, non figurari come me. Il più giovane, Gaspare Riccio, era un lavorante di mio padre. Un artista. Gennaro Riccio, il fratello, è stato vent'anni capomastro alla Reggia di Caserta.»

A sentire il nome di Caserta, Sebastiano alzò la testa e si fece attento. Tommaso gli ripeteva come una cantilena che era un orfano di Terra di Lavoro, che veniva da Caserta, che era stato allevato dalle suore. E qualcosa di quel periodo lo ricordava, offuscato come in un sogno, ma un sogno denso di odori mischiati, il pane e il profumo dell'acqua di arancio, l'incenso e l'ombra delle cucine.

«Dalle parti tue» proseguì Tommaso, raddolcito. «Caserta è una bellezza, e quella Reggia è un miracolo. Tu non puoi ricordartela: quando ci siamo passati davanti nel viaggio di ritorno dormivi come un sasso, e in tutti gli anni che sei stato a Caserta non hai mai messo il muso fuori dal convento. Eri solo uno sguattero di cucina e le monache pensavano che non tenevi gli occhi per certe cose. Ma chi l'ha vista non ne chiude bocca» proseguì, «è un'opera magnifica. Ci hanno lavorato i migliori scultori e architetti. Gente di talento, non morti di fame come noi.»

«È grande?» domandò finalmente Sebastiano.

«Grandissima. Cento stanze. Forse duecento.»

Sebastiano fece un mezzo fischio.

«Ci vogliono tre giorni per girarla tutta» azzardò Tommaso. Si godeva lo stupore del bambino.

«Duecento?»

«Duecento. Nemmeno il re le conosce tutte.»

«Quante sono duecento?» chiese Sebastiano, incerto.

«Noi ne abbiamo due» tagliò corto Tommaso allungando un braccio. «Questa e quella.»

«Noi teniamo pure la cucina» obiettò Sebastiano.

«Ma quella ce l'ha pure il re. Dieci, ne avrà di cucine. Grandi come la chiesa di San Gaetano.»

«E che se ne fa di dieci cucine? Non gliene basta una?»

«Quella è la ricchezza, Sebastiano. Quello è un re.»

«E sono belle queste cucine?»

«Belle, bellissime. Cento fuochi, sempre accesi.»

«Anch'io tengo il fuoco sempre acceso. Voi mi avete detto di farci attenzione.»

«Sei bravo, lo so. Ci tieni a quel buco dove io e te ci facciamo le nostre prelibatezze.»

Sebastiano fece una smorfia. «Eh?»

«Le nostre prelibatezze» ripeté Tommaso alzando la voce per farsi sentire.

«Ah» disse Sebastiano, serio. «Sì.»

«Le cose che mangiamo» spiegò Tommaso.

«Duecento stanze» mormorò il bambino. Gli piaceva il suono di quella parola. «Duecento» disse di nuovo.

Tommaso si scordava sempre che Sebastiano non sapeva leggere, né scrivere, né contare. Niente male, considerò, per essere stato allevato fino a sei anni in un convento di monache agostiniane che mandavano avanti un educandato; e tantomeno si era preso la briga di pensarci lui. Glielo avevano affibbiato in pagamento per un gruppo di pastori e lui se l'era preso per carità cristiana, un po' di compagnia e l'aiuto di due mani giovani e agili. Dove stava scritto che avrebbe dovuto istruirlo?

«Tu disegni bene» gli disse.

«Sì» annuì Sebastiano, «disegno. Mi piace.»

«Puoi disegnare molto meglio di così. Puoi imparare. Fammi vedere le mani.»

Sebastiano allargò i palmi a ventaglio. Aveva dita sottili e magre, con le unghie mangiucchiate e orlate di nero. «Mani da scultore» sentenziò Tommaso, in tono autorevole. Non che avesse mai creduto a quella favola secondo cui gli scultori o gli orafi cesellatori avrebbero mani speciali, come se il talento di un artista risiedesse necessariamente in una fortunata conformazione anatomica, ma poteva farlo credere a Sebastiano.

Il bambino si guardò le mani da sopra e da sotto, poi le richiuse a pugno e se le rinfilò in tasca.

«I Riccio ti danno da mangiare, ti danno un letto e, se impari alla svelta, ti pagano. E pagano bene anche me, finché stai da loro.»

Sebastiano guardava in basso.

«Mi hai sentito?» Tommaso cominciava a spazientirsi.

«Sì.»

«Hai capito che ho detto?»

«No.»

«Ho detto che ti mando a bottega dai Riccio. Cominci a imparare un mestiere. Apprendista scultore. Non ti credere, eh, non è che vai lì e fai il Cristo velato, intendiamoci. All'inizio fai lo sguattero, svuoti i secchi di acqua e di piscio, tieni puliti gli strumenti, badi al fuoco. Poi comincerai ad arrotare i ferri e a porgere gli scalpelli al maestro. E intanto guardi bene come maneggia gli strumenti. Qualcuno dei suoi aiutanti ti darà lezioni di disegno e di anatomia. Imparerai a sbozzare. E a quel punto preparerai i pezzi che i Riccio rifiniranno.»

Sebastiano alzò lo sguardo da terra. Aveva due occhi feroci. «Non ho bisogno di imparare» disse. «Il mestiere lo conosco.»

«Il mestiere? Quale mestiere?»

«Il nostro» sussurrò Sebastiano.

«Il nostro? Ma quale nostro? Quale mestiere conosci tu?»

Tommaso era rosso di collera. E non solo di collera, anche di strazio all'idea di rimanere di nuovo solo: i Riccio stavano a casa di Dio, una volta che Sebastiano si fosse sistemato da loro sarebbero passati mesi prima di rivederlo.

«Non ti mando a fare quello che fai qui, scimunito! Ti mando a imparare un mestiere. Perché tu possa campare facendo quello che ti piace, disgraziato che sei!»

«Il mestiere lo conosco» disse di nuovo Sebastiano, terreo.

«I Riccio in sei mesi ti mettono a fare figure. Ti danno l'argilla. Comincerai dal vasellame, poi ti faranno fare le galline, i muli e le vacche.»

«Insegnatemi voi» supplicò Sebastiano.

«Non posso.»

«E come non potete? I pastori li fate voi pure.»

Tommaso si guardò le mani deformi. «Lo vedi come sono diventate?»

«Il mestiere lo conosco» ripeté ostinato Sebastiano. «E quello che non so ancora, lo imparo. Ho visto come lavorate. Non mandatemi via.»

Tommaso scosse la testa. «Non capisci, Purtualle, eh? Non capisci proprio.»

Sebastiano tirò fuori le mani dai pantaloni e si prese la faccia tra i palmi, stirandosi le guance.

Tommaso conosceva quel gesto, per averglielo visto fare quando disegnava e sembrava incerto sul tratto. Il bambino si lasciò andare le guance arrossate e disse: «Va bene, aspettate un momento. Torno subito».

Tornò reggendo un grosso fagotto, che posò a terra con delicatezza. Si inginocchiò e sciolse i lembi della stoffa scoprendo una giumenta con lo zoccolo innervosito e una vena gonfia sul collo.

«Che cos'è?»

«La giumenta attaccata al carro dello stagnaro.»

«La giumenta dello stagnaro?» ripeté Tommaso, come se facesse differenza di chi era, quella bestia così ben modellata.

«Passa tutti i giovedì» spiegò Sebastiano. «Lo stagnaro lega le briglie all'anello sul muro qui fuori, quando ritira i rami. Ho avuto tutto il tempo» aggiunse.

Tommaso prese l'animale e lo girò di sopra e di sotto. «Dove hai trovato l'argilla?»

«Non vi arrabbiate. È quella che avevate avanzato.» Sebastiano si torse le mani. «Non vi arrabbiate.»

Tommaso restò zitto.

Sebastiano aggiunse con un filo di voce che l'aveva impastata di nuovo prima che seccasse. «Non vi ho rubato niente. Era per terra. Se la volete, tenetevela. L'argilla è vostra. Io l'ho solo modellata.»

«L'argilla è mia, sì. Hai ragione. Prepara le tue cose. Ti porto da Gaspare Riccio.»

«Ma come!» urlò Sebastiano. «Non avete visto che ho già imparato come si fa? Non vi piace la mia giumenta? Cos'ha che non va? Non è bella forse?»

Tommaso si voltò verso di lui. «È bellissima la tua giumenta, Sebastiano. È per questo che ora ti porto da Gaspare Riccio. Tenerti qui a badare a uno storpio è un peccato di Dio.»

«Non potete farlo! Non potete! Io non ci voglio andare. Io voglio stare qui.»

«Sebastiano, intendimi bene: quando ti ho preso non mi servivi. Ti ho preso per carità cristiana. E per compagnia» aggiunse rapidamente. «Anche se sei mezzo sordo e mi devo sgolare per farmi sentire.»

«Ma io lavoro! Vi faccio quello che chiedete. So cucinare, so lavare, so attraversare tutta Napoli. Se vi serve che vado a Capodimonte o a Fuorigrotta ci so arrivare e torno prima di notte. E quando uscite di casa voi, resto qui a fare la guardia, così non vi ruba nessuno!»

«E che vuoi rubare qui, Sebastiano?»

«La roba vostra. Le figure. I soldi.»

«Quali soldi?! E chi vuoi che se li rubi i miei pastori? Una volta, forse. Ma con queste mani di gelatina, che vuoi fare? Tra tutti e due, qui non abbiamo nemmeno gli occhi per piangere. Il male galoppa, Sebastiano. Finora potevo lavorare per sfamare tutti e due. Adesso però le cose si sono messe diversamente. Tra un anno o due io queste mani non le adopero più. Le vedi? Ti sembrano mani da modellatore? Hai visto come le muovo? Come tremano? La carità dovrai farla tu a me, se continua così. Se non ti mando ora dai Riccio, tu e io crepiamo di fame. Lo sai com'è la fame, Sebastiano? Una bestia nera che ti divora la carne pezzo a pezzo e ti succhia le forze finché non ti lascia svuotato come un otre sgonfio.»

«Ma come fate da solo? Chi vi cucina, chi vi tiene pulita la casa, chi va a prendervi i sacchi di argilla?»

Iannacone si addolcì. «Mi arrangio, Sebastiano. Quando i Riccio vedranno cosa sai fare, dovranno pagarti. E metà di quei soldi li daranno a me.» Sospirò. «Facciamo così: tu vai dai Riccio, impari il mestiere e torni a casa, va bene?»

Sebastiano si accucciò in un angolo, con la testa tra le ginocchia. «Lo fate solo per i soldi» sussurrò. «Lo sapevo.»

«Che fesso» mormorò Tommaso, a voce così bassa da non sentirsi quasi nemmeno lui.

5

Nella bottega di Gaspare Riccio, alla salita dei Cristallini

Il dolore di lasciarsi era grande, per tutti e due. Per portarlo da Riccio, Iannacone aveva dovuto caricarselo in spalla dopo averlo pestato come un tamburo, nonostante a ogni ceffone le mani gli facessero male. Sebastiano scalciava e si era fatto venire le convulsioni, finché, stravolto da tutto quel pianto, non si era afflosciato e non aveva più detto una parola.

Il borgo di Capodimonte si era sviluppato intorno alla Reggia e alla fabbrica di porcellane e oltre gli steccati si intravedevano orti, pergolati di glicine e uva fragola, osterie dove manovali e contadini si riposavano nelle ore più calde della giornata. Per arrivarci, Tommaso e Sebastiano si erano fatti un pezzo di strada impolverata sul carretto di un contadino e poi avevano percorso a piedi l'ultimo tratto, a mezzacosta sulla collina, da dove si vedeva una distesa di verde cupo fatta di boschi di lecci e giardini suburbani che digradavano rapidamente a valle.

Da lassù, Napoli era luce tranquilla e scintillio, era silenzio, seta di San Leucio, porcellana finissima, bagliori dorati, una città che fingeva di essere la promessa realizzata da una divinità arcaica, il segno di una benevolenza ultraterrena la cui mano avesse allestito, tra le boscaglie e i pendii, un suo personale presepe, scegliendo tutte le tonalità di celeste, di verde, di oro.

Iannacone procedeva a fatica, lentamente, costretto a fermarsi ogni poco per il male alle gambe. Quelle continue soste spingevano entrambi a guardarsi attorno. «Guarda, Sebastiano! Guarda» gli diceva, «lo vedi com'è diversa dalla Napoli che conosci tu? Guardala Sebastiano, guardala!» ripeteva Iannacone pieno di meraviglia, non tanto per distrarre il bambino ai singhiozzi che si stavano finalmente acquietando quanto per averlo complice nello svelamento di quell'impostura: da lassù non c'era traccia della confusione indistinta e buia dei vicoli, del fetore di muffa e orina sprigionato dalla fanghiglia sul selciato. Niente alterchi, latrati di cani, grida di soldataglie, né campane o richiami di venditori ambulanti.

I grandi sospiri irregolari di Sebastiano si mischiavano al frinire delle cicale e a poche voci lontane. «Guarda che spettacolo, che apparizione» ripeteva Iannacone, «quelle isole sembrano finte, e pure il Vesuvio e il Monte Somma. Guarda, Sebastiano, fatti gli occhi» tornava a ripetere, e intanto continuava a indicargli la costa, le curve della strada tra gli aranceti, Sorrento, poi, sul versante opposto, i pendii boscosi che lambivano la Certosa di San Martino e Castel Sant'Elmo.

E Sebastiano infine si acquietò, seguendo la mano di Tommaso che gli indicava. Sperimentò la meraviglia di percorrere con lo sguardo distanze inimmaginabili, di posare gli occhi di là dal mare, sui promontori, di esplorare le boscaglie, gli orti, i vigneti, di salire a bordo delle imbarcazioni che prendevano la via dell'orizzonte con le vele rumorose di vento, si immaginò di sostare incolume sulla bocca rannuvolata del Vesuvio. La sua parziale sordità per una volta non gli fu d'impaccio ma d'aiuto, quasi una musica aggraziata – percepibile a lui solo – di accompagnamento a uno spettacolo che accendeva in lui, per la prima volta, il gusto potente per la bellezza. Quella vastità, mai vista prima, lo ammutolì di sorpresa e gli appiccò una luce di interesse negli occhi; Tommaso scambiò quello stupore per uno dei repentini cambi di umore di Sebastiano e giudicò che l'imminente separazione sarebbe filata più liscia di come se l'era immaginata.

Gaspare Riccio, uscito sulla soglia ad accoglierli, disse a Sebastiano di prendere il suo bagaglio – una cassa di pioppo e un fagotto di stracci – e di sistemarsi nella stanza al pianterreno, accanto al magazzino.

Sebastiano non si mosse. Gaspare Riccio ripeté l'invito a voce più alta e lui, con lentezza da automa, fece come gli era stato detto. Riccio lo guardò sospettoso e fece un cenno a Tommaso perché si avvicinasse.

«Ma che ha questo ragazzino?»

«Niente. Che dovrebbe avere?»

«È normale? Mi capisce?»

«E che deve capire? Lo sa che viene a servizio. E poi, quando decidete voi, diventa apprendista.»

«Vi faccio un favore, eh, in memoria di vostro padre.»

«Gaspare, il favore lo faccio io a voi. Le mani di Sebastiano sono una benedizione. Non sono solo buone a modellare, sono mani guidate dal Padreterno.»

Riccio sbuffò. «Iannacone, il Padreterno tiene altri pensieri che guidare le mani del vostro Sebastiano, credete a me.»

«Dategli un pezzo di argilla, e guardate con i vostri occhi.»

«Sentitemi bene, io non faccio differenze tra i miei apprendisti e non cambio abitudini. Qui da noi prima si spezzano la schiena e imparano a ubbidire, dopo imparano il mestiere.»

«Quanto tempo ve lo tenete? Un anno? Due?»

«Non c'è scadenza. Se impara, e se è bravo, resta qui. Dieci, vent'anni. Pagato, nutrito e istruito. Se vi sta bene, può restare.»

«Gaspare, io non gli posso più insegnare con queste mani

da storpio che mi sono venute. È per questo che ve l'ho portato» aggiunse, «deve mangiare.»

«C'è un'altra cosa.» Gaspare Riccio lo guardava dritto negli occhi. «Voi abitate lontano. Niente visite e lamenti. Se me lo lasciate, dovete togliervi da mezzo.»

Iannacone tacque. Si sentiva sopraffatto e accaldato.

«Se invece ve lo volete riprendere tra un anno o due, riprendetevelo subito e portatevelo a casa. Non lo voglio.»

«Misericordia» mormorò Iannacone.

«Ci conosciamo da una vita, Tommaso. Non voglio farvi un dispetto, ma secondo voi posso prendermi un orfano che non sa fare niente, insegnargli un mestiere e quando diventa bravo restituirvelo? Per chi mi prendete?»

Iannacone sospirò.

«Vi accontentate?» domandò Gaspare Riccio. «Vi sta bene?»

«Sta bene» disse Tommaso, a mezza voce. «Resta qui.»

Sebastiano era seduto su uno sgabello, con la sua cassa di pioppo ai piedi. Si guardava attorno con interesse: in fondo allo stanzone, lungo la parete, due ragazzini disegnavano a carboncino. Una bambina di dieci o undici anni lavava uno straccio in una tinozza. Lo sguardo di Sebastiano fu attratto da uno scaffale su cui erano posati diversi animali in attesa di essere dipinti: colombe con la coda a ventaglio, pecore con la lana riccia, montoni, buoi, cavalli e persino una scimmia accovacciata. Un ragazzo con le spalle alla finestra stava lavorando al busto di un ufficiale. La bambina, dopo aver strizzato lo straccio, si asciugò le mani strusciandole sul vestito e si avvicinò a Sebastiano.

«Sei tu quello nuovo?» gli domandò.

Sebastiano non rispose.

«Io sono Maria» disse la bambina. «Maria Riccio. Come ti chiami?»

Sebastiano scosse la testa, a disagio.

Maria gli sorrise. «Ce l'hai un nome, no?»

Sebastiano fece per rispondere, ma vide Tommaso venire verso di lui e cambiò idea. «Lasciami in pace» disse. Fece una smorfia e si stropicciò nervosamente un occhio. «Allora?» chiese.

«Allora ti prendono.»

Sebastiano si incupì.

«Per quanto tempo? Quando posso tornare a casa?»

«Tra qualche mese» mentì Tommaso.

Aspettò che Maria si allontanasse e si chinò all'orecchio di Sebastiano. «Non devi dirlo a nessuno» proseguì, abbassando la voce fino ad assumere un tono da cospiratore. «È un segreto. Mi sono messo d'accordo così. Non devi parlarne mai con nessuno. Poi, una bella mattina, quando meno te lo aspetti, Gaspare Riccio verrà a metterti in mano un mucchio di ducati e ti dirà che puoi tornare a casa. Ma fino a quel momento, zitto, Sebastiano, nemmeno una parola.»

Sebastiano fece come se non avesse sentito e girò lo sguardo verso la porta.

«Hai capito o ti sei fatto sordo un'altra volta per l'occasione?» tentò di scherzare Iannacone.

«Non mi faccio sordo» disse Sebastiano, e si morsicava l'interno della guancia. «Ho capito. Prima dell'inverno torno a casa. È vero?»

Tommaso si passò la lingua sulle labbra secche.

«È vero?» ripeté Sebastiano. «Tra poco mi fate tornare a casa? Mi ripigliate con voi?»

«Ma certo che è vero» disse Iannacone a disagio. «Ti saluto, adesso, devo andare. Con questo passo di vecchio che ho, per tornare ci metterò mezza giornata.»

Sebastiano scoppiò a ridere. «Ma quale mezza giornata? Non è così lontano, e poi è in discesa.»

«Non è lontano per le tue gambe» disse Tommaso, e fece il gesto di accarezzargli la testa.

Sebastiano si scostò, infastidito.

«Me l'avete promesso» disse scendendo dallo sgabello, «ricordatevelo.»

Tommaso lo guardò andare risoluto dai ragazzini che disegnavano, senza voltarsi, i pugni stretti come sassi. Era ridicolmente piccolo per avere quell'andatura, pensò, e anche per quella energica dimostrazione di coraggio.

Uscito da lì, Iannacone sentì una nuova fitta che gli chiudeva la mano destra in una morsa di fuoco. Una fiammata – non poté trattenersi dal pensare – salita su dall'inferno per castigo.

6

Sebastiano medita di fuggire ma non mette mai in atto il progetto

Per mesi Sebastiano aveva aspettato che si compisse la promessa che Tommaso gli aveva fatto salutandolo, il giorno in cui lo aveva lasciato a bottega dai Riccio: Gaspare un giorno lo avrebbe mandato a chiamare – aveva detto più o meno così – per rispedirlo a vico Sanseverino, con un bel po' di ducati. Era stata un'attesa vana.

Sebastiano era inconsolabile, ma riusciva a nascondere lo sconforto. Lavorava incessantemente, dall'alba al tramonto, sopportava gli scherzi e le prepotenze dei ragazzi più grandi. Quando sentiva che stava per montargli un accesso di rabbia, si conficcava le unghie nel palmo delle mani. Non aveva grandi capacità di elaborazione del pensiero, né attitudini speculative: non si domandava perché, pur desiderando intensamente tornare a casa, restava incollato ai Riccio, impastoiato in un groviglio di emozioni diverse e contrastanti. La sera, quando crollava di stanchezza, prima di addormentarsi fantasticava sul suo rientro: immaginava la scena nei minimi dettagli, il sacchetto di monete che Riccio gli avrebbe messo in mano, la strada polverosa che si snodava tra i campi e le colline, le isole sullo sfondo e il movimento appena percettibile di un'imbarcazione in viaggio verso il mare aperto. Un paio di volte aveva preso in considerazione l'ipotesi di scappare, ma lo frenava la paura di venire meno a un patto. Nella promessa di Iannacone sentiva un legame che non si risolveva a troncare.

Via via che il tempo passava si era adattato alla nuova vita, senza mai dimenticare quanto gli aveva detto Tommaso, che una mattina, senza preavviso, Gaspare Riccio lo avrebbe rimandato a casa. E questa ventilata prospettiva di un nuovo trasferimento aveva rappresentato il punto debole dell'intera costruzione, finendo per accentuare l'attitudine di Sebastiano: si sentiva provvisorio, in transito tra Capodimonte e il ritorno a vico Sanseverino, come si era sentito provvisorio nel convento di Sant'Agostino, unico bambino in un mondo di donne silenziose.

E si sentiva mutilato, più cieco che sordo, perché davanti a sé non vedeva un bel niente e non aveva idea di cosa aspettarsi. A dispetto delle apparenze, e nonostante perdesse di consistenza di mese in mese, si ostinava a credere alla promessa di Tommaso. Nei giorni più cupi ripensava all'idea di scappare, ma temeva che Tommaso, vedendoselo capitare davanti, gli avrebbe chiuso la porta in faccia e lo avrebbe spedito chissà dove, o magari restituito alle monache, che ne avrebbero fatto uno sguattero a vita; e a poco a poco la bottega dei Riccio, con i suoi cinque lavoranti tra apprendisti e scultori giovani, le lezioni di anatomia e di disegno e la presenza di Maria, finì con l'esercitare su di lui un potere di calamita naturale distogliendolo almeno in parte da quella appassionata speranza.

Un pomeriggio di febbraio, Gaspare Riccio rientrò di malumore e accusò Sebastiano di aver rotto una brocca. Sebastiano disse che non ne sapeva nulla, ma Gaspare lo agguantò per la camicia e prese a strattonarlo. Lui prima ammutolì, poi cominciò a scalciare, tentando di divincolarsi dalla presa di Gaspare. Più protestava la sua innocenza, più quello lo colpiva, dandogli del bugiardo. Finché, quando si vide la mano di Gaspare davanti alla bocca, gliela morse con forza.

Riccio, livido di rabbia, lanciò un urlo ma non mollò la presa e continuò a picchiarlo. Si fermò, ansimante, solo quando lo ebbe mezzo tramortito. Lo trascinò in cantina. Sebastiano, rinchiuso, urlava, più per il terrore del buio che per il dolore dei colpi ricevuti. Tirava pugni e calci contro la porta, oltre la quale udiva le risate di scherno degli apprendisti e la voce baritonale di Gaspare Riccio che sovrastava tutte le altre finché, a notte fonda, la casa non piombò nel silenzio. Gli scricchiolii della cantina e le corse dei topi aumentarono di intensità e Sebastiano, stremato, rannicchiato contro il muro, sentiva un sudore gelato inumidirgli la pelle.

Un rumore più vicino e più secco, come di un colpo alla porta, lo fece balzare in piedi. Trattenne il respiro, immobile. I diavoli erano arrivati a prenderlo. Sentì scorrere il chiavistello e la porta della cantina si aprì quel poco che bastava a far sgusciare dentro Maria a piedi scalzi, con una coperta sulle spalle e una candela accesa. Lei gli fece segno di non dire nulla, posò la candela e stese la coperta sul pavimento di terra battuta. «Vieni» gli disse tastando la lana, «siediti qui sopra, per terra è bagnato.»

Sebastiano la fissava, pallido. Maria si accucciò sulla coperta abbracciandosi le ginocchia e fece una smorfia, indicando il piano di sopra. «Se mi scoprono» disse, «mi riempiono di botte come a te. Se stai zitto e non ci fai scoprire, ti tengo compagnia.» Sebastiano era stravolto. Gli occhi di Maria erano lucidi e grandi. «Dormiamo, adesso» disse lei, e si sdraiò su un fianco, con il viso rivolto verso il muro.

Sebastiano, paralizzato dallo stupore, restò in piedi a guardarsi intorno. I muri della cantina, illuminati dalla candela, ora somigliavano a un buio pieno di vita, abitato da creature oscure che aspettavano il momento adatto per sorprendere nel sonno lui e Maria. Diavoli, serpi, figure mostruose, né animali né uomini, uccelli dalle ali grandi come vele e occhi scintillanti di ferocia pronti a balzare fuori da quelle ombre per ghermirli entrambi e farli a pezzi, con la stessa nervosa determinazione che aveva visto tra i cani quando qualcuno gettava loro un avanzo di carne. La sua veglia li avrebbe protetti entrambi, pensò, purché fosse riuscito a non cedere al sonno e a non far spegnere la candela.

Maria doveva essersi già mezza addormentata quando, con un sussulto, si tirò su a sedere. «Ma che fai lì in piedi? Dormi, no? Ci sono qua io.»

Sebastiano non rispose. Non voleva spaventarla. Come poteva dirle dei diavoli dalle lingue di fuoco, golosi di carni tenere? Bisognava che uno dei due vegliasse per tenere a bada quelle ombre affamate.

Lei lo guardò, appena inquieta. «Che c'è» disse, «che fai?»

Nemmeno questa volta Sebastiano trovò una risposta da darle e abbassò gli occhi.

«Sei più sordo di notte che di giorno, non è vero?» disse Maria, rimettendosi sdraiata. «La brocca l'ho rotta io» sussurrò. «Ma non dirlo a nessuno, eh?»

Poco dopo Sebastiano la sentì mormorare, con la voce già impastata di sonno: «Non dirlo a nessuno, Sebastiano, a nessuno».

La mattina dopo, quando si svegliò – era crollato dal sonno solo verso l'alba –, Maria era sparita. Uno degli apprendisti venne a liberarlo dalla punizione, ma per dispetto Gaspare Riccio doveva aver raccontato a tutti della sua nascita oscura e l'indiscrezione si trascinò dietro corollari di domande irrisolte, come mai fosse stato allevato dalle monache, se fosse figlio di una novizia o di un'adultera e sul perché la madre badessa lo avesse poi affibbiato a Iannacone.

Sebastiano si sentì tradito e fu preso da una grande amarezza. Tommaso aveva svelato il suo segreto fin dal primo giorno, quando fingeva di provare dispiacere a lasciarlo alla salita dei Cristallini. Smise di sognare il ritorno a casa o di immaginare nei dettagli fughe avventurose.

In quegli anni di Capodimonte ebbe come unica consolazione Maria.

7

Gli anni passano. Sebastiano disubbidisce a Gaspare Riccio ma per la prima volta non ne paga le conseguenze

A fine giornata gli apprendisti più grandi uscivano a godersi le miti sere delle campagne napoletane e si portavano dietro Sebastiano, che dimostrava più dei suoi quindici anni.

Mescolati ai ragazzi del borgo, ciondolavano appollaiati sui muri a secco o si avventuravano fino all'ingresso del Bosco reale. Maria era cresciuta e a sedici anni era diventata il fuoco su cui si appuntava l'attenzione dei lavoranti. Si godeva la posizione privilegiata di figlia del padrone e unica ragazza graziosa del caseggiato, sfoderando un'inclinazione ai capricci che lasciava perplessi e incantati gli apprendisti scultori.

L'unico palesemente insensibile alle sue grazie era Sebastiano, ed era quindi naturale che su di lui si concentrasse la curiosità di Maria. Tentava in tutti i modi di attirare il suo interesse, anche se con una certa dose di inesperienza che rendeva gradevoli quelle civetterie così maldestre. Meno lui se ne accorgeva, più lei si intestardiva. Conosceva il segreto di Sebastiano, quello che faceva di notte, all'insaputa di Gaspare Riccio, perché una mattina lo aveva scoperto tutto inzaccherato di argilla mentre sgusciava fuori dal locale da cui si accedeva alla fornace. Si era incuriosita e aveva cominciato a tempestarlo di domande finché Sebastiano l'aveva portata con sé nella legnaia: dietro una catasta di legna, avvolti negli stracci, c'erano una decina di accademie.

Maria aveva arricciato la bocca, pensierosa. «Se ti scopre mio padre ti ammazza di botte» disse. «Non gli piacciono i ladri.»

Sebastiano si sentiva arrabbiato e deluso. Maria era la prima a vedere le sue sculture e non sembrava per niente impressionata.

«Non le ho rubate» disse. «Le ho fatte.»

«E dove l'hai presa l'argilla?» lo incalzò Maria.

«Chi te l'ha data?»

«Nessuno» bisbigliò Sebastiano. Quella conversazione lo metteva a disagio. Anche Maria lo metteva a disagio. Non gli piaceva il suo sguardo mezzo divertito e mezzo crudele. «Sono belle, vedi?»

«Sono rubate» disse lei.

Sebastiano non trovò niente da replicare. Non era bravo con le parole, si rabbuiò.

«Quando le hai modellate?»

«Ti piacciono?» L'ansia di sapere come le trovasse lo spingeva a insistere.

«Sono rubate.»

«No, non è vero» protestò Sebastiano. Non era possibile che Maria non capisse. Rubare era quando uno di loro riusciva a sottrarre un pezzo di lardo o un frutto, e Gaspare se ne accorgeva e gridava che ladri si nasce e si muore.

«Lo dirò a mio padre.»

«Non dirglielo, ti prego» supplicò lui. «Che ti importa?»

«È mio padre. E questa è la sua argilla. Non dovresti rubarla, sei un suo lavorante.»

«Non mi lascia modellare le figure» cercò di giustificarsi Sebastiano. «Non vuole. Dice che devo fare gli animali e basta. Che non mi può insegnare perché non ha tempo. Ma io non ho bisogno che mi insegni. Ho già imparato.»

«Be', questo lo vedo. Però devi fare quello che ti dice lui. E poi dove li hai cotti? Nella sua fornace, non è vero? Ti ammazza di botte. Se glielo dico.»

La contrattazione per ottenere il silenzio di Maria era stata lunga e ingenua, come quelle dei bambini: Sebastiano non sapeva come convincerla e si mangiava le unghie sforzandosi di trovare una buona argomentazione. Si sentiva la testa piena d'aria e non gli veniva niente da dire. Si limitava a guardare Maria con certi occhi supplichevoli che la facevano divertire un mondo: non aveva mai visto Sebastiano così prima di allora e scambiava la sua paura di essere punito da Gaspare per il vistoso effetto del suo fascino sui giovani maschi. In realtà non aveva la minima intenzione di svelare il suo segreto, non ancora, perlomeno: voleva semplicemente godersi un po' la sensazione di tenerlo in pugno.

Alla fine l'accordo fu raggiunto: Sebastiano l'avrebbe ritratta, di nascosto, come una gran dama. E le avrebbe fatto anche due cagnolini a pelo raso accucciati dentro una cesta, con la coda ritta e il muso corto, come quelli della signora inglese che veniva ogni tanto in visita allo studio.

Come gran dama, Maria era riuscita benissimo: Sebastiano le aveva fatto i riccioli raccolti in una treccia sottile dietro la nuca, e un collo lungo – molto più lungo del suo – che le piaceva moltissimo. Il segreto dei pastori per un po' aveva fatto da collante tra i due, e Gaspare Riccio già si chiedeva se si sarebbe trovato come genero l'orfano di Iannacone invece di un bottegaio con mezzi più solidi e ascendenza più certa.

Ogni volta che restava sola con Sebastiano, Maria provava un groviglio di sensazioni di cui non aveva esperienza. Voleva punzecchiarlo e spintonarlo come facevano da bambini, mordergli il braccio per gioco, ma poi, quando si avvicinava, la voglia di dargli fastidio si trasformava in un desiderio più confuso, di cui indovinava vagamente la natura; e nel constatare che Sebastiano continuava a trattarla come una ragazzina si immusoniva e diventava dispettosa, quasi cattiva.

Una domenica pomeriggio, Maria aveva deciso di prendere l'iniziativa. Che tipo di iniziativa non era chiaro nemmeno a lei. Comunque, agitata da una sensazione di energia fuori controllo, aveva convinto Sebastiano a condurla di nuovo nella legnaia a vedere le accademie.

Lui aveva accettato, scambiando quell'interesse per un implicito riconoscimento delle sue capacità, e già si godeva lo stupore – così si immaginava – che lei avrebbe mostrato davanti al suo lavoro segreto. Da poco aveva modellato il suo primo angelo ad ali spiegate, con le braccia aperte in un volo dall'alto come gli angeli del Pio Monte, e come quelli l'aveva voluto, giovane e largo di spalle, non mingherlino come si vedeva lui allo specchio quel poco che si guardava. Angeli belli così non ne aveva mai visti fino alla mattina del Corpus Domini, in cui era sceso a via dei Tribunali a guardare la processione. Un usciere in livrea azzurra impunturata d'oro – il Pio Monte della Misericordia era chiesa di nobili e non di preti – aveva spalancato il portone e a Sebastiano, che i quadri in chiesa nemmeno li guardava tanto buie e incomprensibili gli sembravano quelle figure, gli era preso un tormento perché aveva sentito il fruscio che facevano quelle ali in movimento e quello, quello, aveva pensato che voleva anche per il suo angelo, il fruscio delle ali. La musica di Dio.

Maria gli si fece vicina. Sebastiano sentiva l'odore di cenere dei capelli di lei e non osava muovere un muscolo. Aspettava che dicesse qualcosa dell'angelo. Lei si sistemò una ciocca dietro l'orecchio. «Gli angeli non sono così» disse.

Sebastiano scosse la testa. «Gli ho fatto anche le ali e il corpo. Non voglio fare solo le teste e montarle sui manichini di stoppa. So usare l'argilla e anche il legno» mormorò. «Ho imparato a dipingerli» aggiunse, «come fanno i pittori. Non è difficile» mormorò. «Ho usato l'olio di noce e le polveri colorate. Sembrano veri, lo vedi?»

«Gli angeli del presepe non sembrano né uomini né donne. Questo è un ragazzo, invece.»

Sebastiano tacque. Maria aveva ragione. Lui voleva riprodurre le facce che vedeva in giro nei vicoli, l'erbivendolo di vico Sannazzaro, il cieco davanti al Gesù Nuovo. Agnese dietro al banchetto di carne secca con gli orecchini che turbinavano quando si sbracciava. Il brulichio incessante della città lo intimoriva e al tempo stesso lo affascinava. Si illudeva che, con il tempo, sarebbe riuscito anche a riprodurre i suoni della città, la musica nelle osterie e lo scampanio delle bufale, il latrato dei cani e le grida dei venditori di acqua o ciambelle che a lui, mezzo sordo, arrivavano mescolati in un impasto musicale. Pensava, o sperava, che la sonorità del mondo si potesse cogliere con l'intelletto, non solo con l'udito.

Da Gaspare Riccio aveva imparato tutto quello che era possibile. Ora voleva il segreto di mettere vita nell'argilla, come Domineddio. Gaspare Riccio copiava gli archetipi, i pastori degli artisti famosi sessant'anni prima, di quegli *sculptores figurarum* da cui era nato – Iannacone glielo aveva spiegato con fierezza tanti anni prima – quel loro mestiere di figurari.

Le figure di Gaspare Riccio erano repliche, belle magari, ma stucchevoli. Quando inventava diceva di cercare "il carattere", ma mentiva: quello che voleva ottenere era la caricatura. Il suo occhio non era pietoso, era crudele. Vendeva pastori a caro prezzo alle famiglie di Napoli, figure pittoresche agghindate alla perfezione che i viaggiatori inglesi e tedeschi compravano come souvenir. Tutti loro – Maria, Gaspare Riccio, gli apprendisti, Tommaso Iannacone – i suoni li percepivano così come gli arrivavano. Lui invece doveva immaginarseli, dieci o cento volte più sonori di come li udiva, isolati o mescolati gli uni agli altri, fusi in un'armonia che immaginava perfetta.

Quando doveva farsi strada tra la folla, la gente ammassata nei vicoli lo spaventava; stava bene da solo, a modellare i pastori in solitudine: della vita, insomma, gli bastava e avanzava quello che scolpiva nella creta. Tutto il resto non faceva per lui. Nemmeno Maria, che nei giorni di festa si legava i riccioli scuri con un nastro di raso giallo che brillava al sole. Era diventata bellissima e spavalda e gli metteva timore, viva e palpitante com'era.

L'avrebbe modellata ancora nella creta, questo sì, ma di nascosto da tutti, per poterla guardare a suo piacimento e in segreto, e già immaginava di sfumarle le guance con il cinabro e segnarle le ciglia brune con un pennello sottile, intinto nel bistro.

Lei si era avvicinata e gli aveva soffiato nell'orecchio: «Qua non ci trova nessuno» aveva detto, «lo sai?».

«Andiamo» disse Sebastiano. Si sentiva una paura fredda che gli risaliva le gambe.

Lei gli si strusciò addosso. «Non ci scoprono» disse.

Sebastiano era spaventatissimo. Si sentiva braccato.

«Non voglio» mormorò, «stammi lontana.»

Lei si staccò, delusa. Non era preparata a un rifiuto, tanto più che non sapeva nemmeno cos'è che lui stava rifiutando esattamente. Tentò un sorriso che riparasse all'imbarazzo che li stava allontanando, ma Sebastiano non lo ricambiò.

Era impallidito e rimase immobile, appiattito contro il muro, mentre Maria si girava e tornava lentamente di sopra, sperimentando per la prima volta l'onda ghiacciata del rifiuto che le risaliva in gola. Lo odiava.

E avrebbe spifferato il suo segreto al padre alla prima occasione.

Gaspare Riccio si allargò il fazzoletto che portava al collo e si passò la mano sulla fronte per asciugarsi il sudore. Era un agosto caldissimo, che faceva boccheggiare uomini e animali. Sebastiano era al lavoro. Stava dando gli ultimi tocchi a una coppia di buoi. Gaspare Riccio gli arrivò alle spalle e restò a guardarlo lavorare. Non c'era un solo animale su questa terra che Sebastiano non avrebbe saputo modellare.

Le sue dita sottili non erano come le altre, aveva detto bene Iannacone che se n'era accorto tanti anni prima. Erano precise, aggraziate, sembravano muoversi sapendo da sole cosa fare; a Gaspare Riccio parevano epifanie della magnificenza di Dio, segno del suo mistero, rifletté, e ripensando alle sculture che aveva visto nascoste nella legnaia si fece un segno di croce. Quel ragazzo mezzo sordo era più bravo di quanto lui sarebbe mai stato. Il pensiero di non aver capito fin da principio l'abilità di Sebastiano lo infastidì.

«Il duca di Camaldoli vuole una bufala, due giumente e quattro capre per il mese venturo. Finisci questi buoi e mettiti al lavoro» gli ordinò.

«Sono stufo di modellare animali» mormorò Sebastiano.

«Il duca paga subito, alla consegna» proseguì Gaspare fingendo di non aver sentito, «e metà dei denari sono tuoi.»

«Voglio fare gli uomini» disse Sebastiano. «Non ne posso più di animali.»

«Uno o fa i cristiani o fa le bestie» tagliò corto Gaspare, «e tu sai fare le bestie. Nessuno sa farle come te.»

«Io voglio fare gli uomini» si intestardì Sebastiano. «O mi fate fare gli uomini, o non vi faccio più neanche le bestie.»

«Tu fai quello che ti comando io. Ricordatelo.»

Sebastiano gli piantò gli occhi in faccia. «Posso fare i pastori meglio di chiunque altro qui dentro. Non ve l'ha ancora detto Maria?» proseguì con voce rabbiosa.

Gaspare arretrò di un passo. Come diavolo faceva a sapere che Maria gli aveva raccontato tutto?

Sebastiano si era alzato di scatto dallo sgabello che era rotolato sotto il banco e lo sovrastava di un palmo. «Non ve l'ha detto Maria?» Gridava, adesso. «Non avete visto?» Sebastiano sembrava pazzo di collera. Agguantò Gaspare per il braccio e prese a trascinarlo verso la legnaia. «Venite» urlava, «venite a vedere voi stesso quello che so fare, tanto lo so che Maria vi ha già detto tutto, cosa vi credete?»

Gaspare avrebbe voluto chiamare qualcuno, ma si trattenne. In parte perché intuiva in Sebastiano un'indole mite, nonostante i suoi tratti fossero in quel momento alterati; e in parte perché nulla è più sovversivo della vista di un padrone indebolito e in balìa di un lavorante.

Non voleva rivoluzioni, lui, non nella sua bottega almeno.

8

Modellatore di figure umane

L'episodio della legnaia aveva lasciato il segno. Gaspare Riccio aveva smesso di pretendere che Sebastiano si dedicasse solo agli animali. Lo lasciava libero di modellare e si limitava a piazzare sul mercato i suoi pastori. Il talento di Sebastiano era una miscela esplosiva che generava risentimento e nervosismo e il lavoro degli altri giovani ne risentiva perché era palese a tutti la contraddizione che si consumava tra i muri della bottega: via via che Sebastiano si guadagnava libertà creativa e successo di clientela, si guadagnava anche l'antipatia e il livore di Gaspare Riccio.

Ma quello che stupiva ciascuno di loro – da Gaspare a Maria, fino all'ultimo apprendista – era che lo scontento di Sebastiano era rimasto invariato: nonostante gli fosse finalmente permesso di dedicarsi a quel che desiderava in piena libertà, non cessava di mostrarsi inquieto, solitario e, di anno in anno, più selvatico.

Anche Maria si teneva alla larga da Sebastiano, corrosa dal ricordo del rifiuto e dalla reazione che quel gesto aveva provocato; da parte sua Sebastiano, le rare volte in cui la incrociava sulla porta di casa o nello stretto passaggio che conduceva al piano superiore – nello studio lei non scendeva quasi più –, si sentiva arrossire dalla testa ai piedi, come se vederla gli ricordasse impietosamente una serie di errori madornali: inesperienza, goffaggine, codardia e una certa dose di rancore, perché lei, questo era assodato, aveva trasformato la loro amicizia in un sentimento (ma si trattava poi di un vero sentimento?) in cui non c'era più niente di spontaneo, chiaro e trasparente.

Erano due i ricordi di Maria a cui Sebastiano ripensava spesso: com'era stata con lui da bambina, quando alla festa della Madonna dell'Acqua scendevano in comitiva per arrivare fino al mare e andavano sugli scogli tutti insieme. Gaspare tirava fuori una lunga lenza e rimaneva immobile finché un cefalo o una triglia non abboccava. A Sebastiano sembrava di sentire ancora sulla pelle gli schizzi d'acqua salata che lui e Maria si tiravano addosso e il fastidio delle rocce appuntite sotto le piante dei piedi che li faceva caracollare come gabbiani.

E poi ripensava che era stata Maria a curargli quel doppio dolore, prima per l'abbandono di Tommaso e poi – quando finalmente aveva capito – per il suo tradimento. Il confronto tra il ricordo di quella bimbetta di undici o dodici anni – la creatura più affettuosa e allegra che avesse conosciuto in tutta la sua vita di orfano – e la ragazza vendicativa e scontrosa che era diventata lo rattristava moltissimo. Provava nei suoi confronti un miscuglio di sensazioni forti, un rimpianto struggente e un fastidio altrettanto intenso. La vedeva bella, e questo lo feriva come un ennesimo tradimento, perché era una bellezza visibile a tutti, innegabile. Quando era una bambina magra con gli zigomi sporgenti, la bocca troppo larga e gli occhi lucidi, la sua bellezza – almeno così gli sembrava – era visibile solo a lui: lui l'aveva scoperta, individuata negli incisivi leggermente separati e nelle sopracciglia scure e disordinate. Era stato il loro segreto, che Sebastiano fosse il solo a trovarla bella come lei si sentiva, a dispetto di come appariva a tutti gli altri.

La maggior libertà creativa di cui godeva Sebastiano ebbe come conseguenza anche il formarsi di una sua clientela privata. In città si era sparsa la voce che nella bottega dei Riccio lavorava un figuraro di gran talento – un tipo strano, che non voleva né mettere mano a sculture vere e proprie, come era uso nelle botteghe, né modellare animali. Sebastiano, sempre più sicuro delle sue capacità, inaugurò un nuovo metodo: cominciò a lavorare di notte e a dormire di giorno.

Gaspare la prese come un'altra delle sue stramberie, ma ne fu contento: il doppio turno gli consentiva di sentirsi ancora, almeno durante la giornata, padrone assoluto della sua bottega; e poi se lo levava di torno, con quel muso sempre rabbuiato. In solitudine e silenzio, Sebastiano lavorava il doppio, concentratissimo. Dormire di giorno era anche un modo per non vedere Maria quasi mai. E lei, del resto, era sembrata sollevata di non vederlo più.

Sebastiano diventava sempre più abile a intagliare il legno. Gaspare Riccio avrebbe voluto indurlo anche a scolpire perché la grande epoca dei presepi era in declino e le committenze si riducevano di anno in anno. Il lavoro di scultore in legno, invece, non registrava alcuna flessione. Napoli sembrava assetata di angeli dorati per gli altari e di statue devozionali per le case, i monasteri e le chiese, ma Sebastiano non si lasciava convincere e si limitava a usare il legno per i piedi e le mani, o per le ali degli angeli in gloria. Quando lavorava su ordinazione eseguiva alla lettera quanto gli era stato richiesto, ma i suoi pastori non somigliarono mai a quelli per cui la bottega dei Riccio era famosa, le cosiddette "teste di carattere", quella galleria di personaggi buffi o grotteschi, colti nelle loro espressioni più caricaturali e abnormi, con le guance rubizze e gli occhi spalancati, ritratti distorti di una realtà inesistente.

Sebastiano, di notte, si dedicava in segreto a una sua collezione privata che riuscì a non mostrare mai a nessuno. Ritrasse Maria da bambina, il vinaio che abitava in fondo alla strada, il vaccaro cieco da un occhio e una gran dama con la pelle di neve – una principessa, magari – che aveva intravisto in una carrozza, ferma in mezzo alla strada del Bosco reale con un cavallo azzoppato.

C'era un sole rovente e la signora era scesa con passo incerto, come se il traballio delle ruote le avesse contagiato i piedi. Vedendolo si era schermata gli occhi con la mano e aveva scosso la testa dicendo «Dove siamo, dove siamo?», e poi un gran sospiro le era uscito dal petto. Sebastiano non aveva mai visto niente di più bello e splendente in vita sua, le perle agli orecchi, i nastri confusi tra i riccioli, le maniche di merletto che sfioravano i polsi da bambina. «Un poco d'acqua?» aveva balbettato porgendole una brocca celeste, e la signora aveva scosso la testa ridendo, come se lui avesse detto una sciocchezza inimmaginabile, quindi si era voltata per risalire rapidamente in carrozza. Sebastiano l'aveva vista sparire dietro le tendine di mussola e aveva immaginato di sentire il fruscio della seta di quel vestito croccante che lei aveva raccolto per salire sul predellino.

Non riusciva a spiegarsi le ragioni di una realtà in continuo mutamento, ma riusciva a fermarne dei frammenti nella creta e questo rattoppo, nel tessuto sfilacciato della sua percezione del mondo, lo consolava.

Ritrasse anche se stesso, come si ricordava di essere stato, uno scugnizzo senza camicia, alto, magro e con le dita lunghe, ma non ritrasse mai Tommaso Iannacone fino al giorno in cui venne a sapere della sua morte.

9

Morte di Tommaso Iannacone

Il cielo di Napoli era turchino come il manto della Madonna e, come quello, agitato da una folata di vento. Tommaso Iannacone si sentiva la testa spaccata in due dal dolore. Aveva perso il conto di quanti anni erano passati da quando aveva lasciato Sebastiano a Capodimonte o di quanti – molti di più, certamente – ne erano passati dalla morte di Ninì e dalla fuga di Lucia.

Negli ultimi mesi riusciva ad alzarsi dal letto solo per poco, sorretto dalla perpetua di don Gennaro che veniva a imboccarlo come un bambino due volte al giorno. Quando si sentiva più in forze, Tommaso si affannava a spiegarle che le giornate di un malato non erano tutte uguali se non per la noia e insisteva perché lei lo sistemasse vicino alla finestra, cedendo al capriccio di un moribondo. «Peso come una piuma» le diceva, «e tra un po' tolgo il disturbo, credetemi. Lasciatemi la finestra un poco aperta, così una di queste mattine me ne volo via e voi vi levate l'incombenza!» E rideva.

Davanti alla completa mancanza di umorismo di lei, si rassegnava a ridacchiare tra sé della sua battuta di spirito.

Don Gennaro – diventato vecchissimo anche lui –, la perpetua e i vicini di casa pensavano che a Tommaso Iannacone avesse dato di volta il cervello perché più rimpiccioliva consumato dal male, più si metteva di buon umore. Nessuno di loro aveva fantasia sufficiente per rendersi conto che Tommaso aveva esaurito la capacità di adattamento alle circostanze: il suo organismo e la sua indole avevano metabolizzato la solitudine, la malattia, la progressiva incapacità di lavorare, perfino la perdita della figlia e della moglie. Ma le scorie, alla fine dell'intero processo, erano risultate eccessive. Tommaso Iannacone ne aveva piene le tasche della fatica di sopravvivere, e se la perpetua di don Gennaro non l'avesse imboccato a forza si sarebbe lasciato morire serenamente di fame.

Quando rifletteva – essere perfettamente lucido e cosciente sebbene obbligato a un'immobilità quasi totale era una condizione dolorosa ma ideale per tracciare bilanci e consuntivi – si stupiva che, nell'arco della sua lunga esistenza, Sebastiano avesse occupato concretamente un lasso di tempo così ristretto, considerata l'onda lunga del rimpianto che aveva provato dopo la loro separazione. Si domandava con ferocia se in quella tagliente nostalgia non si fosse annidato il veleno del rimorso, per averlo tradito, ingannato e abbandonato. Lo aveva barattato per quei quattro soldi che Gaspare Riccio gli allungava tutti i mesi? Era stato lo spettro della miseria e della fame, oppure – e questa ipotesi lo faceva sentire subito più leggero – lo aveva mandato a imparare un mestiere che gli avrebbe consentito di vivere decorosamente e forse anche di diventare ricco?

In un pomeriggio assolato che lasciava presagire un'estate torrida, Ninì arrivò a scuoterlo nei pensieri. Si era pizzicata un dito nel battente della porta e strillava, reggendosi il mignolo con l'indice e il pollice dell'altra mano. Era tutta rossa in viso e le lacrime lasciavano un segno chiaro dove scorrevano. Se Sebastiano l'avesse vista in quel momento, chissà, forse ne avrebbe fatto una figura di carattere, una di quelle per cui il principe di Ischitella avrebbe pagato un mucchio di ducati. Subito si riprese da quel pensiero guasto: Ninì era morta da tanti anni, e così il principe di Ischitella col suo presepe leggendario. Prese un catino di acqua fresca per intingerci il mignolo della figlia. Quando Ninì si calmò e tornò a giocare in strada, Iannacone chiuse gli occhi per il dolore.

Non c'era nessun catino d'acqua e Ninì non era nel vicolo a giocare e strillare. E Sebastiano non avrebbe potuto ritrarla, nemmeno se gliel'avesse descritta con tutta la precisione possibile. Non avrebbe mai potuto modellarne il viso, gli occhi, perché lo aveva mandato via, l'aveva barattato come la badessa del convento di Sant'Agostino lo aveva scambiato con quattro pastori.

All'ora di cena, mentre la perpetua si sforzava di fargli ingoiare un po' di brodo, Tommaso annunciò che voleva fare testamento e che alla sua morte – imminente, specificò – quelle quattro cianfrusaglie che ancora possedeva dovevano passare a Sebastiano, detto Purtualle, di professione modellatore, dimorante a Capodimonte, in fondo alla salita dei Cristallini.

10

Sebastiano ritrae Iannacone

La figura era semisdraiata, con una gamba allungata e l'altra piegata. Aveva le mani e i piedi contorti in uno spasmo e il torace scarno. Si potevano contare le costole.

«Sbaglio o hai ritratto Iannacone?»

Sebastiano non rispose.

«È Iannacone, no?» ripeté Gaspare, alzando la voce per farsi sentire.

Sebastiano fece segno di sì con la testa, senza parlare, e impresse ancora una steccata nella creta.

«Bello» mormorò Gaspare Riccio. Rimase a guardarlo mentre muoveva le dita veloci e aggraziate, senza incertezze.

Parte seconda

NAPOLI, MONTECALVARIO E CHIAIA

1939-1943

1

Annina Scotti stira il vestito del marito

Ogni sera, intorno alle dieci, Annina Scotti prepara il vestito di grisaglia del marito. Entra in camera da letto e lo ritira dalla sedia dove lui l'ha deposto frettolosamente, i pantaloni in disordine, con gli orli a strusciare spaiati sul pavimento e la giacca infilata alla meno peggio sulla spalliera. Vista da dietro, la sedia fa pensare a qualcuno che abbia indossato una giacca troppo grande, che gli piove dalle spalle e arriva quasi fino a terra. Lì accanto riposano le altre spoglie – le scarpe con i lacci, una camicia bianca di cui si indovina ancora la stiratura. La cintura nera, con la fibbia dorata che perde lucentezza e fa balenare in superficie chiazze di metallo argentato, impercettibili al punto da sembrare un inganno della luce serale.

Annina raccoglie il vestito, la camicia, la cintura, le calze, le scarpe e la cravatta di lana grigia che le pende dal braccio come una biscia acquatica e morta; richiude la tenda che separa il letto matrimoniale dalla cucina-salotto, o comunque si possa chiamare quella stanza dove lei cucina, parla, mangia, lava, stira, dove ci si siede intorno al tavolo aprendo le pagine del giornale che Giovanni porta a casa dall'ufficio postale, le sere in cui il direttore lo ha dimenticato sulla scrivania. Prima di prelevare il vestito, Annina ha già allestito il teatro di operazione: ha tirato uno spago tra il chiodo che regge la stampa di una fontana e il cardine della porta e fa scorrere un anello di ferro in cui infila l'uncino della gruccia di legno. Sul tavolo ha steso una coperta di lana beige piegata in due e un lenzuolo vecchio. Il ferro da stiro è di fabbricazione tedesca, seminuovo, un regalo di Giovanni. Ha il profilo aerodinamico di un mercantile come quelli ormeggiati al porto ferdinandeo. Sul manico di bachelite nera spicca una ghiera rossa con le tacche bianche; Annina posiziona la ghiera con precisione tra le parole *wolle* e *baumwolle*, esattamente a metà, e aspetta che la piastra raggiunga quello stadio invisibile delimitato a nord e a sud, o a est e a ovest, dai confini tra quelle parole, *wolle* e *baumwolle*, il cui significato per lei non ha alcuna connessione con ciò che esprimono, bensì semplicemente con ciò che producono: una piastra tiepida o ben calda.

In ogni caso, le parole tedesche di cui *wolle* e *baumwolle* sono soltanto gli avamposti circolano ovunque da quando l'Italia ha siglato una così stretta alleanza con la Germania: fuoriescono dagli altoparlanti, dalle radio, dai cinegiornali; fioriscono come una muffa sui muri, nei manifesti e sulle pagine del "Mattino"; e si addensano anche in casa di Annina e Giovanni, storpiate dalla lunga abitudine napoletana ad amalgamare le parole straniere e a rendere più morbida, quasi impercettibile, la loro origine lontana.

Prima che la spia rossa alla base del ferro si spenga, Annina passa sulla giacca e sui pantaloni uno straccio imbevuto d'acqua e poi strizzato, per togliere eventuali tracce di polvere. Va a caccia di minuscole macchie – visibili solo a lei – come una cercatrice di lumache dopo un pomeriggio di pioggia. Quando stira la giacca e i pantaloni, dopo aver imbevuto un secondo straccio di un'essenza di sua invenzione – un misto di acqua di fiori d'arancio, colonia e aceto – lo stende tra la stoffa e il ferro. La temperatura, tra *wolle* e *baumwolle*, fa evaporare i residui d'acqua e nuvole di vapore profumato penetrano nel tessuto o si sollevano dal tavolo, pronte a sparire in un attimo.

Annina, che da più di vent'anni lavora in casa Albaneta, conosce tutti gli artifici di una grande stireria: come lavare via l'unto dal colletto e dai polsini di una camicia, come si inumidiscono e si arrotolano strettissime le lenzuola che devono essere stirate senza che una sola piega ne sciupi la levigatezza. Ha imparato a dosare l'amido in grani, prima di scioglierlo in due dita d'acqua fredda e poi diluirlo a seconda della consistenza che vuole ottenere per un colletto, lo sparato di un frac o una tovaglia di fiandra di lino.

Per Annina, che Giovanni ogni mattina indossi un abito pulito e stirato di fresco è da trent'anni un atto d'amore. E Giovanni si sottopone a questa lieve vessazione – la percepisce così, una mania innocua di sua moglie – deciso a goderne i vantaggi, primo tra tutti quello di essersi fatto tra i suoi colleghi una fama di elegantone. Una volta stirati il vestito e la camicia, Annina li appende alla gruccia e li lascia lì a dondolare impercettibilmente nella corrente d'aria. Con la stessa cura strofina le scarpe nere con una spazzola di crine finché non brillano come l'ossidiana, di cui conserva un pezzo comprato durante una gita sul Vesuvio qualche anno prima.

2

L'artefice della loro fortuna

Giovanni era nato doratore, come suo padre. Dalla doratura a pastiglia, a guazzo, di mobili, cornici e sculture era passato, per inclinazione naturale, al restauro di sculture lignee e figure di presepe, perché era bravo anche con i colori e i pennelli, non solo a stendere la foglia d'oro, ma il lavoro a Napoli diminuiva di anno in anno. Denaro per le sottigliezze non ce n'era e la bottega di restauro della famiglia Scotti al Pallonetto chiuse i battenti prima che Giovanni compisse i vent'anni. Quando gli era piovuto dal cielo l'impiego fisso alle Poste, su consiglio di Annina – e qui lei arrossiva perché non le andava di mettersi da sé in buona luce agli occhi distratti della duchessa – lo aveva accettato subito, un posto fisso è una benedizione che non si getta alle ortiche, ma certo lui ci aveva lasciato il cuore a quel mestiere suo.

La duchessa l'aveva ascoltata appena, intenta com'era a guardarsi allo specchio del guardaroba mentre Assunta, la sarta di casa, le puntava gli spilli per stabilire la lunghezza dell'orlo del tailleur nuovo.

Ma nel giro di due giorni se n'era ricordata. Qualcuno – non si era riuscito a trovare il colpevole – nello spolverare la vetrina dei pastori doveva averle dato una spallata e la vetrina era volata per aria. Il personale di casa era stato interrogato dal duca in persona, seduto sul panchetto sotto la panoplia appesa in galleria, giusto un tocco di minaccia nella speranza di appurare la verità con quell'interrogatorio. «Voglio sapere chi è stato» tuonava, «i pastori non volano da soli fuori dalle vetrine come le rondini, dico bene? Chi ha sfracellato i miei pastori?»

La duchessa era perfino salita in guardaroba e aveva domandato anche ad Annina e alla sarta, che erano arrossite dalla vergogna. «Signora duchessa» aveva risposto Annina con un filo di voce, «io non mi sono mossa da qua dentro per tutta la giornata, figuratevi.»

La duchessa aveva annuito, come avesse sempre saputo con la certezza intima dell'intuizione che la vigliaccheria e la menzogna non avrebbero mai potuto annidarsi – di tutti i luoghi possibili sulla faccia della Terra, e qualunque idea avesse il duca sull'argomento – nel suo guardaroba. «Mandate a chiamare vostro marito, Annina» si accomiatò uscendo, «s'intende di pastori, non è vero?»

Anche se i vetri dello scarabattolo erano ridotti in frantumi, il telaio di legno impiallacciato aveva resistito senza riportare grandi danni, solo una scollatura laterale. Dei cinque pastori in vetrina, due si erano scheggiati la barba e il mento e al terzo si erano spezzate le dita di entrambe le mani.

Il duca per mezzo pomeriggio sembrò impazzito, gridò e farneticò in preda all'isteria finché non arrivò Giovanni dall'ufficio postale. Ci mise un buon quarto d'ora per calmarlo: erano danni di poco conto, i pastori glieli avrebbe riportati perfettamente restaurati in meno di una settimana e anche alla vetrina poteva pensarci lui.

Quando Giovanni aveva riconsegnato i pastori, il duca se li era rigirati tra le mani incredulo, cercando invano i segni delle giunture. Aveva pagato il lavoro senza discutere, aggiungendo una mancia generosa.

Quella sera stessa Giovanni aveva portato Annina a festeggiare al cinema Smeraldo. La maschera li aveva accompagnati ai loro posti, mostrando un'attenzione premurosa ai loro biglietti e facendo alzare, con cortese fermezza, due signori che si erano sistemati – per errore o per furbizia – nei loro centralissimi posti.

Era la prima volta che mettevano piede allo Smeraldo, di solito sceglievano cinema di quartiere, di quelli che avevano i sedili di legno con le file ravvicinate. Allo Smeraldo le poltrone di velluto rosso avevano i braccioli imbottiti e una tessera di ottone avvitata sullo schienale con un numero inciso, il 5 per Giovanni e il 4 per lei; la gonna di rasatello verde brillante – un regalo della duchessa – si allargava a ventaglio e ricadeva sul velluto della poltrona con tutta la grazia di un vestito di duchessa, anche quando a indossarlo, si inorgogliva Annina, era qualcun altro.

Giovanni le aveva tenuto la mano per tutto lo spettacolo, anche quando si erano accese le luci della sala. Le prime a illuminarsi erano state quelle appese ai muri, mazzetti di foglie di vetro tenute insieme da un laccio di ottone splendente e poi, via via, si erano accesi i bracci trasparenti di un enorme lampadario di cristallo. Annina aveva tremato di contentezza, consapevole di essere l'artefice di quella festa improvvisa.

Sei mesi dopo si verificò una nuova rottura, questa volta un verdummaro che una mattina verso le otto fu trovato faccia a terra come un pellegrino in preghiera. Anche questo incidente restò impunito e si ipotizzò una scossa notturna di terremoto, così leggera da non essere avvertita neanche dai sismografi dell'Istituto di geofisica e vulcanologia; il duca questa volta non condusse nessun interrogatorio perché, disse, aveva una mattinata densa di impegni, ma con gli occhi lampeggianti di un inquisitore dichiarò che – fantasmi o terremoti che fossero – quella storia doveva finire senza provocare altri danni, che per fesso non si faceva pigliare e che si mandasse a chiamare lo Scotti immediatamente, ovunque fosse, anche a casa di Dio, entro mezzogiorno. Annina farfugliò che non era possibile, il marito lavorava alle Poste, poteva venire dopo il lavoro, se il signor duca comandava.

La perfezione con cui Giovanni incollò il naso e il mento al verdummaro, la stuccatura invisibile ridipinta solo dov'era necessario, lasciarono sbalordito Albaneta. Prese a convocare Giovanni a palazzo per ogni sciocchezza: se comprava una figura svestita lo chiamava per decidere insieme a lui se si trattava di uno zampognaro o di un oste, di un pescatore, un vaccaro o un musicante. Tirava fuori da un armadio una grossa scatola di cartone giallo in cui erano conservati i finimenti e gli abiti che aveva comprato in sovrappiù e cominciava ad agghindare la figura con una camicia di cotone grezzo e un gilè di pelle di agnello rivoltato o con una marsina di broccato. A qualcuno infilava gli stivali, a qualcun altro i gambali di cuoio o i calzari di lana che allacciava pazientemente ai polpacci del pastore svestito.

Dalla scatola, avvolti nella carta velina, uscivano pure

le alabarde e le lance, i lunghi ventagli orientali, le pipe di schiuma e i bastoni d'avorio. In un cofanetto custodito a parte, di cui era gelosissimo, Albaneta conservava gli strumenti musicali: tamburi, tamburelli, trombe di ottone, corni, cembali e archi, tra cui due violini e un'arpa fabbricati da un liutaio francese. Con attenzione sistemava tra le mani del musicante il violino o in quelle del pastore la zampogna, sotto lo sguardo silenzioso di Giovanni.

«Be'?» si infastidiva il duca. «Dite qualcosa Giovanni, avanti, vi ho fatto venire qui apposta.»

Giovanni si schiariva la voce e scuoteva la testa.

«Allora?» insisteva il duca, irritato. «Come vi sembra? È tutto a posto? È come deve essere?»

Giovanni, di volta in volta, annuiva compiaciuto o tradiva il suo nervosismo schioccando la lingua e lanciando occhiate severe al duca, poi esplodeva, tutto di un fiato: «Eccellenza, perdonate, ma non sentite che stonatura? Quello non si è mai sognato di tenere una zampogna, guardategli le guance. Quello è nato catalano, in mano dovete mettergli una pipa di schiuma. È un forestiero, signor duca, non è di queste parti... Non lo vedete il tricorno di feltro alla catalana, e come si guarda attorno, mezzo spiritato? Guardate con gli occhi vostri».

Albaneta non apriva più bocca. Si inchinava davanti alla sapienza di Giovanni, sebbene a volte non resistesse alla tentazione di sfotterlo garbatamente. «Giovanni» gli diceva con un guizzo negli occhi, «venite a sentire il profumo che esce dalla scodella del maruzzaro. Che bottino, eh? È andato in giro nei campi e ha fatto incetta di lumache. Bollite nel sugo con cui si annaffiano le freselle. Lo sentite, l'aroma, che squisitezza?»

«Signor duca, le maruzze non sono roba di signori, non sono per voi» rispondeva lui serio. «Non si pagano, si raccattano, Eccellenza, e si cuociono con quattro avanzi di verdura. Voi la chiamate squisitezza e la considerate una rarità, ma è solo ingegno misto a fame, signor duca, la fantasia di chi non può permettersi di buttare niente di quanto ha creato nostro Signore, nemmeno le lumache. I maruzzari le vendono per due soldi a chi tiene di che pagare. Ma sono buone, avete detto bene, e si sposano al sugo che è una bellezza.»

3

Girolamo Valcarcel, duca di Albaneta, collezionista

Da mezzo secolo il duca di Albaneta si faceva un vanto di allestire il presepe più bello di tutta Napoli e di possedere veri e propri capolavori. Si trattava, per la maggior parte, di una raccolta ereditata dal padre e dal nonno, entrambi appassionati collezionisti di pastori. Sui suoi acquisti personali, il duca manteneva il segreto. Costretto dalla duchessa a un'intensa vita sociale, si aggirava al Tennis Club o al Circolo dell'Unione con l'espressione afflitta di un somaro condotto al mercato. Ai ricevimenti la sua aria svagata irritava la duchessa, costretta a sussurrargli decine di volte i nomi degli ospiti e a portarlo per mano a salutare le personalità invitate, di cui invariabilmente Albaneta ignorava la carica. Tendeva l'orecchio alle voci della città solo quando veniva a sapere che un dissesto finanziario o un'eredità contesa avrebbe potuto fargli acquistare un pezzo di valore. Negli anni, si compiaceva, aveva portato a segno un paio di bei colpi: un gruppo di capre e pecore sicuramente di mano di Nicola Vassallo e una Madonna di Giuseppe Sammartino.

La grande occasione, quell'unica, vera, potente emozione che fa da spartiacque nella vita del collezionista, gli era capitata quasi per caso nel giugno 1920: Corrado Petrarulo, una mezzatacca di antiquario che non gli aveva mai proposto niente di interessante ma solo repliche ottocentesche di fattura mediocre, era andato a trovarlo, un sabato mattina, tutto accaldato come se avesse un principio di insolazione.

Il duca si era fatto trovare in maniche di camicia mentre dava ordini per disporre una quarantina di tavoli uniti a ferro di cavallo lungo tre lati del cortile.

«Perdonate signor duca, forse non è il momento, ma ho un affare per voi.»

«Dite bene, amico mio, non è il momento. Alle tre» Albaneta diede un'occhiata all'orologio, «apriamo il portone e qui entra un mare di gente. È il 21 giugno, il giorno di San Luigi.»

Petrarulo fece segno che non aveva capito. Il duca schioccò le dita per richiamare l'attenzione di un ragazzo al balcone del primo piano. «Più lungo quel cordone» urlò, «che ci vogliamo fare con quella miseria? Fino a giù deve arrivare, altrimenti come lo appendiamo lo zio?»

Petrarulo non fiatò. Qualunque cosa il duca stesse facendo, assorbiva tutta la sua attenzione. «Portate lo zio, avanti!» urlò di nuovo il duca, nervosissimo. «Portatelo e appendetelo! Tra mezz'ora apriamo il portone e qui è ancora tutto da fare!»

«Signor duca» mormorò Petrarulo.

«Non ora Petrarulo, statevi buono. Godetevi la messinscena, ma non parlate. Succede una volta l'anno, e va fatto per bene.»

Petrarulo si allontanò e si infilò nella guardiola del portiere. «Ma che fanno?» chiese. «È un matrimonio?»

«Ma quale matrimonio» disse il portiere con aria da cospiratore, «oggi è il giorno di San Luigi.»

«Ebbene?» fece Petrarulo. «Che ci devono fare con san Luigi?»

Il portiere scosse la testa scoraggiato. «Ma di dove siete voi?»

«Di Capodimonte. Perché me lo domandate?»

«Ah, ecco. Se foste di Napoli sapreste ogni cosa.»

«Sarebbe a dire?»

«Quattro, cinquecento anni fa, un certo Luigi Albaneta fu preso dai Turchi. Sicurissimo che lo avrebbero impiccato, scuoiato e fatto asciugare al sole come il pesce secco, fece voto a san Luigi che se fosse tornato vivo avrebbe sfamato i napoletani. I Turchi lo risparmiarono e il prigioniero riuscì ad arravogliarseli. Nessuno sa come avvenne il miracolo, fatto sta che quello tornò sano e salvo e molto più ricco di com'era partito. Un sant'uomo davvero. Fece costruire un palazzo principesco, diventò duca e mantenne il voto di sfamare i poveri una volta l'anno. Poi l'usanza si perse. Io dico che è normale, era un voto bellissimo e generoso, ma pure allora era come oggi, tale e quale: i soldi diminuiscono e i poveri aumentano, e gli Albaneta erano benefattori, sì, ma tenevano pure l'occhio al portafogli. Cinquant'anni fa lo zio del duca attuale decise di riprendere la tradizione. E misteriosamente diventò sempre più ricco. Io dico che Dio vede e prende nota, quando si ricorda. Oggi nessuno potrebbe permettersi di sfamare i poveri di tutta Napoli, noi ci limitiamo a quelli del quartiere. Venite a vedere.»

Il sole faceva scintillare le tovaglie bianche che ricoprivano le tavolate. Per ogni posto apparecchiato c'erano una bottiglia di vino e una forma di pane. In fondo a destra, vicino alla rimessa delle carrozze, quattro o cinque donne stavano scaldando l'acqua sopra una cucina da campo. Al cordone che pendeva dal primo piano, il duca in persona stava fissando il ritratto a olio di un uomo vestito di scuro.

«Che ne dite, Petrarulo» domandò, «che ve ne pare dello zio?»

L'antiquario non era tipo da impressionarsi davanti all'eccentricità di chicchessia, e se il duca aveva di che scialare, tanto meglio per lui.

«Ho comprato in blocco i beni di un farmacista alla salita dei Cristallini» disse.

«Che beni?» chiese il duca finendo di fissare il gancio del quadro alla fune.

«Cassapanche, sedie e una ventina di pastori. In ottime condizioni, pure i finimenti. Mi avete sempre detto che voi comprate solo pastori settecenteschi.»

«Sì, sì» disse il duca, «vi sembra dritto il quadro? Non pende un poco a sinistra?»

«Mi pare dritto, signor duca. Vi interessano questi pastori?»

«Certo che mi interessano. Ora però pensiamo a san Luigi. Perché non vi accomodate a mangiare con noi? Io mi siedo là, dove c'è la poltrona. Mettetevi vicino a me.»

Petrarulo fece segno di no con la testa. «Devo andare. Quando volete mi trovate a Capodimonte. Chiedete di me, Petrarulo Corrado.»

Uscì dall'ingresso laterale. Davanti al portone chiuso, una massa di gente spingeva per entrare non appena avessero aperto i battenti. Morti di fame senza vergogna, pensò Petrarulo, livido al pensiero che il duca lo avesse invitato a mangiare insieme a quei pezzenti.

4

Il tesoro di salita dei Cristallini

Girolamo Albaneta era di pessimo umore. «Dov'è il mio costume?» urlò alla stanza vuota. «Si può sapere che fine ha fatto?»

Il cameriere, un ragazzino smilzo con i capelli ricci, arrivò trafelato reggendo una tunica bianca sulle braccia tese. «Eccolo Eccellenza, lavato e stirato.»

Albaneta sbuffò, infastidito. «Mettilo sul letto» ordinò, «e lasciami in pace. Esco tra dieci minuti, con la macchina blu. Di' a Umberto di prepararsi, dobbiamo arrivare fino a San Giorgio al Monte, prima che inizi la funzione. Sono il capo della confraternita, te lo sei scordato?»

«No, Eccellenza, per l'amor di Dio.»

Albaneta si fece aria con la mano. «Fa un caldo africano. Vai a controllare che abbiano chiuso tutti gli scuri e che nessuno apra fino a stasera, mi hai capito?»
«Eccellenza, ma con questo caldo...»
«Questa è la differenza tra quelli come te e quelli come me, eccola qua, bella chiara chiara.»
«Sì, Eccellenza.»
«Sì? "Sì" cosa? Tu pensi di sapere e non sai. Io penso di non sapere e invece so. Questa è la differenza tra noi due.»
Il cameriere lo guardò stravolto. «Sì, signor duca.»
«Fai come ti dico. Chiudete vetri e persiane.»
«Se lo dice il signor duca, sarà fatto.»
«Tu devi tenere chiuso non perché pensi che, siccome ti pago, fai quello che dico io senza discutere, anche se mi avesse dato di volta il cervello.»
«Nossignore.»
«E perché devi tenere tutto chiuso, allora? Sentiamo.»
Il giovane cameriere arrossì fino all'attaccatura dei capelli.
Albaneta sospirò. «Vai, va'. Se arrivo in ritardo i confratelli mi tengono il muso fino allo scadere del mandato. Da quando tempo sei qui?»
«Un mese, Eccellenza.»
«Un mese, eh. Ben arrivato allora.»
«Grazie, Eccellenza. È un onore essere al vostro servizio.»
«Aspetta a dirlo, ragazzo. Come ti chiami?»
«Vincenzo Cutolo, Eccellenza.»
«Bene, Vincenzo, lo vuoi sapere un segreto?»
Vincenzo sgranò gli occhi. «Quale segreto?»
«Quando fa caldo, porte e finestre si tengono sprangate durante il giorno e si spalancano di notte. Che ne dici?»
«Non lo sapevo, Eccellenza, scusate.»
«E come facevi a saperlo, se è un segreto Vincè? Vai, sparisci, che mi devo vestire.»
La congregazione degli Umili di San Giorgio era un collegio di dodici nobili, eletti a rotazione tra i membri delle

famiglie aristocratiche napoletane, che possedevano e gestivano la chiesa di San Giorgio al Monte. Matrimoni, funerali e battesimi dei familiari degli Umili si svolgevano tutti a San Giorgio. La tradizione prescriveva che i confratelli, incappucciati e vestiti con una tunica bianca lunga fino ai piedi scalzi, sedessero sui dodici scranni del coro reggendo un cero acceso. Albaneta, in qualità di capo della congregazione, aveva il compito di accendere uno dopo l'altro i ceri dei confratelli, per poi sedersi nello scranno centrale. Doveva essere il primo ad arrivare e l'ultimo ad andare via.

Una volta rimasto solo, indossò la tunica bianca e il cappuccio e si guardò allo specchio. Una buffonata, pensò stizzito, ultimo retaggio di barbarie meridionali, e si sfilò il cappuccio, rassegnato. Mancavano solo sei mesi alla fine del mandato, ringraziando Iddio.

Arrivato davanti a San Giorgio al Monte trovò il portone sprangato e il sagrato deserto.

«Umberto, ma che succede?»

L'autista si strinse nelle spalle. «Eccellenza, perdonate, non lo so. Se volete vado a chiedere al caffè.»

«Al caffè? E che dovrebbero saperne, al caffè, della funzione delle undici?»

«Eccellenza perdonate, sono le dieci meno dieci.»

Albaneta guardò l'orologio. Segnava le undici in punto.

«Il mio orologio segna le undici spaccate.»

«Il vostro orologio segna le undici senz'altro, se lo dite voi. Ma sono le dieci. Le dieci meno dieci, Eccellenza, perdonate la sincerità.»

«E che ci facciamo qui alle dieci meno dieci, Umberto? Ci arrostiamo un'ora in questa fornace? Chiamate il sacrestano e fate aprire il portone. Aspetteremo all'ombra.»

Umberto tornò indietro un quarto d'ora dopo. «Eccellenza, il sacrestano non si trova. Ho provato pure la porta sul retro, in salita dei Cristallini. Non risponde nessuno.»

Albaneta si allargò il collo della camicia sotto la tunica. Faceva un caldo torrido. Tornò alla macchina e si sedette sul sedile posteriore, rassegnato ad aspettare, quando gli venne in mente che in salita dei Cristallini c'era la bottega di Corrado Petrarulo. Tanto valeva andare a dare un'occhiata a quei pastori di cui gli aveva parlato il mese prima.

Petrarulo stava rannicchiato in poltrona, a sonnecchiare. Il duca non aveva il cappuccio, ma con quella tunica bianca fino ai piedi sembrava un'apparizione.

L'antiquario si affrettò ad alzarsi facendo forza sui braccioli. «Signor duca, vestito così mi fate una certa impressione.»

«Petrarulo, lasciate perdere e ringraziate che non mi sono messo pure il cappuccio. Allora, quei pastori? Di che si tratta? Sono buoni?»

«L'esperto siete voi, signor duca. Giudicate con gli occhi vostri. Io li ho comprati dal mio vicino, Antonio Cataldo. Dice che sono sempre stati in famiglia. Il nonno o il bisnonno della moglie aveva una bottega di scultori qui a Capodimonte.»

«La bottega Riccio?» domandò Albaneta con tutti i sensi allertati.

«Sì, sì, quella. Potrebbe essere.»

«"Potrebbe essere" o "è"?» insisté Albaneta.

«Potrebbe essere e quindi, magari, è. Non è che ve li dovete comprare per forza. Se vi piacciono ve li comprate, se non vi piacciono me li lasciate.»

«Che ore fa il vostro orologio, Petrarulo?»

«Che ore fa?» L'antiquario scosse la testa. Quel duca era uno scimunito completo. «Non lo tengo un orologio, scusate. A occhio e croce saranno le dieci, le dieci e un quarto al massimo.»

«Vediamo questi pastori» disse il duca, e si sedette sulla poltrona. «Portatemene un paio. Vi aspetto qui, sto morendo di caldo con questa tunica addosso, e qui dentro si schiatta. E portatemi anche un bicchiere d'acqua, fatemi la cortesia.»

Li sfiorò con le dita, a uno a uno. Erano coperti da una

patina di polvere grassa che aveva protetto i colori. Bastava strofinarne appena le guance e gli incarnati tornavano di una freschezza stupefacente. Il pezzo più bello era un'accademia che raffigurava uno storpio seminudo, con le mani e i piedi fasciati. L'uomo aveva uno sguardo che pareva cambiare espressione a seconda di come Albaneta lo rigirava. Collera, rassegnazione, dolore e perfino dolcezza. La pelle sembrava inaridita, asciugata al sole, fiaccata dalla malattia.

«Notevole» mormorò Albaneta.

«Lo Scurnuso vi piace, eh, signor duca? L'acqua non ve la bevete più?»

«Come avete detto?» chiese il duca, distratto.

«Io lo chiamo lo Scurnuso. Vedete come vi guarda? Quello si vergogna di com'è diventato.»

«Si vergogna?» Albaneta fissò Petrarulo negli occhi. «Si vergogna?» ripeté.

«Posso parlare volgarmente, Eccellenza?»

Albaneta fece cenno di sì.

«Si mette scuorno, Eccellenza. Mi intendete?»

«Capisco» disse Albaneta. «Ora devo andare.»

Arrivato alla porta si voltò e annunciò a Petrarulo che gli facesse un prezzo, li avrebbe comprati in blocco.

«Li voglio tra due ore, fatevi trovare a casa mia quando rientro da questa pagliacciata.»

Petrarulo si fece un segno di croce. L'affitto di tre mesi era pagato.

5

Lavori di mani

Con una lente cerchiata di metallo e dall'impugnatura di corno, Giovanni osservava minuziosamente lo Scurnuso. Aveva una scalfittura appena visibile sull'avambraccio, il torace scavato e una carnagione scura illividita dalla malattia. I piedi e le mani erano fasciati con bende sporche, e le guance mandavano un bagliore lucido. Contrariamente al solito, Giovanni chiamò Annina perché gli desse un'occhiata. Lei non fece commenti e distolse lo sguardo.

«Che c'è, non ti piace?» chiese lui, inquieto.

Annina si domandò se dovesse dire una bugia, una di quelle bugie senza conseguenze.

Ma Giovanni sembrava non badare più a lei, continuava a rigirarsi lo storpio tra le mani, come se volesse scoprirne il segreto. «Nessuna firma» disse deluso, «ha ragione il duca. Nemmeno una segnatura, niente. Bello, eh? Chissà chi è.»

«È un vecchio, Giovà, non lo vedi?» disse Annina, socchiudendo gli occhi, con fare da intenditrice.

«Non è stato modellato da uno scultore che si è adattato a fare figure da presepe» mormorò Giovanni. «Questa è la mano di uno specialista, di uno che faceva solo pastori. Il duca ha visto giusto, Annina, il suo Scurnuso è una bellezza. Che ne pensi?»

Lei fece un mezzo sorriso. Non succedeva mai nemmeno quello, che Giovanni le chiedesse un parere. Gli avrebbe risposto "bellissimo, veramente" solo per farlo felice, ma lui l'avrebbe capita la bugia, nel tono e negli occhi.

Le piacevano di più i suonatori orientali. Se li ricordava come li aveva visti in casa Albaneta, un pomeriggio che era scesa nel salone celeste a chiamare la duchessa. Portavano turbanti di seta bianchi e rossi tempestati di perle vere e casacche d'oro tutte ricamate. Pure il Bambino le piaceva, con quello sguardo sereno e immobile e la pelle morbida e rosata di un neonato vero, incurante delle cose del mondo.

A volte si trattava di interventi minimi. Come nel caso dello Scurnuso, a cui Giovanni aveva stuccato la scalfittura sul gomito; a volte invece, specialmente quando si trattava delle accademie o dei pastori più antichi, erano necessari interventi più delicati. A una Madonna saltavano due dita – le più fragili erano il pollice e l'indice, che puntati uno contro l'altro disegnavano il cerchio in cui infilare la batista di lino che avrebbe avvolto il Bambino –, a un bue o a un montone si erano spezzate le corna, o a un gallo la cresta. Capitava poi che i pastori arrivassero sul tavolo di Giovanni in condizioni ancora peggiori, allora occorreva levigare un volto, ripassarlo con un velo di stucco e ridipingere un incarnato.

Annina di solito scostava una sedia dal tavolo e si sedeva anche lei, si incantava a guardare, presa dalla rapidità e dall'accuratezza dei gesti del marito. Lo immaginava, nelle lunghe ore all'ufficio delle Poste, chino allo stesso modo sulle lettere e sui pacchi, mentre timbrava, coscienzioso, ogni francobollo, completamente dimentico del mondo intorno.

Le rotture dei finimenti settecenteschi di vetro o di ceramica erano frequenti e il duca – non l'unico, ma il più importante e generoso committente di Giovanni – lo mandava a chiamare quasi ogni giorno. Avrebbe preteso che lavorasse a palazzo Valcarcel, per poterlo osservare, ma lui preferiva restaurare a casa, la sera.

Giovanni lavorava occasionalmente anche per qualche altro collezionista e Annina sorvegliava quel viavai continuo di zampognari, musicanti, georgiane, buoi, ciechi, pecorai, alabardieri con la solennità di un usciere di palazzo. Avrebbe voluto essere d'aiuto, ma esitava, finché una sera chiese a Giovanni se poteva dare una sistemata agli abiti dei pastori, mentre quelli aspettavano, pazienti, che la colla asciugasse e facesse presa. Lui sulle prime disse di no, che gli pareva una sciocchezza, che non era affare suo: se i suoi committenti – specie il duca, così irritabile – se ne fossero accorti avrebbero potuto togliergli il lavoro; poi, dietro le insistenze di Annina, si convinse e le guidò le dita per insegnarle a sfilare una casacca o a slacciare una camicia, facendo sgusciare dalle asole i bottoni di corno o d'argento, grossi come lenticchie.

Annina, tutta presa da quella nuova responsabilità, studiò con diligenza il da farsi: decise – con una certa compostezza e un vago dispiacere – che non avrebbe nemmeno sfiorato con l'acqua le tuniche di ermesino degli angeli o gli abiti di seta ricamata delle gran dame, li avrebbe soltanto fatti rinvenire col vapore di una pentola d'acqua sul fuoco. Una sorte analoga l'avrebbe riservata ai pastrani, alle casacche di panno, ai gilè e alle marsine di broccato. Le camiciole di cotone e di lino, invece, venivano tuffate dentro a un barattolo di vetro col coperchio ben avvitato che conteneva una mistura di acqua tiepida e scaglie di sapone: Annina lo scuoteva come una nacchera finché l'acqua non si tingeva di grigio. Seguivano, sempre nel barattolo-nacchera, una serie di risciacqui finché l'acqua non rimaneva quasi perfettamente limpida. Il momento prezioso, il clou, l'apice dell'intera operazione, quello che le consentiva di spiegare le ali del suo talento, era la stiratura di quelle camicie, tanto più preziosa perché assurdamente inutile e invisibile: una volta stirate e inamidate, le camicie ritornavano nascoste sotto le casacche di broccato, sotto le giubbe di panno, i mantelli di tela di sacco, e se ne vedeva appena un accenno, quando una rimaneva slacciata o un lembo sfuggiva da un paio di calzoni.

Giovanni e Annina non dissero mai a nessuno cosa accadeva ai pastori una volta approdati sul tavolo di casa Scotti: entrambi immaginavano che il duca, più di chiunque altro, si sarebbe risentito e l'avrebbe considerata una leggerezza, forse anche una stupidaggine. Il fatto stesso che Albaneta, pur dotato di un occhio vigile e attento, non sospettò mai che i suoi pastori tornassero a casa lavati e stirati di fresco fu per Annina l'implicito riconoscimento del suo grandissimo talento di guardarobiera e finissima stiratrice.

6

Il presepe si monta comunque, guerra o non guerra

Per tutto il mese di novembre Annina su Giovanni non ci poteva contare. La mattina, mentre lui si vestiva, radunava in una pezza qualcosa da mangiare che lo tenesse in piedi fino all'ora di cena, quando finalmente sarebbe rincasato. Lo vedeva studiarsi allo specchio dell'armadio con attenzione, alla mercé della sua stessa fantasia, come se il vestito pulito e la camicia perfettamente inamidata facessero del Giovanni riflesso una versione elegante di quello, dignitoso, che Annina intravedeva di spalle.

Nelle quattro, cinque settimane in cui, dopo l'orario d'ufficio, Giovanni Scotti raggiungeva a piedi palazzo Valcarcel di Albaneta, la cerimonia della vestizione gli prendeva più tempo del solito. Tutta quella pignoleria mattutina metteva Annina di buonumore: anche se le scarpe lucidate – quasi a stoppino, tanto brillavano – fatti pochi passi per strada avrebbero perso ogni lucentezza, velate di polvere; e anche se, a metà pomeriggio, di quella stiratura impeccabile sarebbero rimasti forse solo la piegatura del bavero e il colletto della camicia, per cui lei aveva usato una diluizione di amido dosata con precisione scientifica.

Il giorno di Ognissanti il duca di Albaneta cominciava a montare il presepe. Scendeva lui stesso ad aprire i saloni, in veste da camera, li faceva sgombrare e, prima di risalire a vestirsi, chiamava i falegnami per montare il trabattello nella sala della musica. Per un giorno intero, tra il magazzino e il primo piano andava avanti una processione di casse e scatoloni che venivano ammucchiati secondo le direttive del duca. Nel tardo pomeriggio arrivava trafelato dall'ufficio postale anche Giovanni Scotti. Posava in un angolo la coppola nera, si sfilava la giacca e si arrotolava le maniche della camicia fino agli avambracci: per qualche settimana avrebbe allestito la scena sacra insieme al duca.

Albaneta si sistemava in ginocchio, sopra un cuscino, e con l'aiuto di Giovanni estraeva i pezzi a uno a uno dalle casse di legno, dove erano stati riposti l'anno prima. Con delicatezza, come stesse pulendo la bocca di un neonato, sfilava i rimasugli di paglia che si insinuavano nelle pieghe delle vesti di seta, lisciava il manto della Madonna stirando il fil di ferro cucito nell'orlo per dare volume e consistenza di abito vero, e col pollice lustrava le guance degli angeli. Per pulire gli argenti e gli ottoni dei finimenti Giovanni usava una pasta biancastra di sua invenzione che li faceva brillare alla luce delle candele.

Se al duca spettava la regia, a Giovanni toccava l'esecuzione: inchiodava una tela di cotone a un grande telaio di legno, che poi fissava alla parete del salone; con mano sicura adoperava stucco, gesso e colla per preparare la cornice prima di stendere la foglia d'oro e, da ultimo, in tre pomeriggi dipingeva un fondale stendendo il colore con grosse pennellate («Metteteci un po' più di luce e di sole! Siamo a Napoli, Giovanni, ve lo siete scordato?»). Albaneta intanto continuava a estrarre i pastori dalle casse, finché tutto il salone era invaso da decine di figure, suddivise per generi: gli uomini e le donne, i ragazzini e gli angeli, gli animali. A parte, poi, i finimenti. «Il mio esercito» si compiaceva Albaneta, «con le sue armate disciplinate e ubbidienti.»

Dipinto il fondale, Giovanni lo aiutava ad avvicinare lo scoglio alla parete. In silenzio montavano il presepe seguendo lo schema classico settecentesco, a sinistra l'annuncio ai pastori, al centro il rudere del tempio pagano, a destra la taverna, il *diversorium* del Vangelo di Luca. Con due pennelli finissimi Giovanni spolverava gli ovili, il tempio e le case, insistendo nelle pieghe del sughero dove si annidava la polvere.

Considerate le sue dita grosse e corte, il duca maneggiava i minuscoli arredi del presepe con una grazia sbalorditiva. Sui tavoli della taverna riusciva ad appoggiare lucerne di ottone alte un paio di centimetri e zuppiere grandi come biglie di vetro. Un corteo di dame con i parasole di carta cinese scortava i re stranieri carichi di tesori e in alto, sopra tutta Napoli e i suoi vicoli, sopra gli ambulanti, i pezzenti, sopra le galline e le reti da pesca, tra le colonne ioniche degli antichi dèi, turbinavano gli angeli, gli arcangeli e i cherubini.

Dopo aver montato il presepe, Albaneta e Giovanni si sedevano su un panchetto a contemplare l'opera compiuta.

«Guardate quegli angeli in gloria, Giovanni, li abbiamo fatti volare in un vortice maestoso, non vi pare? E quella bella ragazza con il costume di Genzano, avete visto che occhi sgranati? Quella non l'aveva mai vista un'ambasceria di Mori come la nostra, così ricca, con le scimmie, i leoni e gli elefanti con i pennacchi. E lo Scurnuso? Quest'anno si è messo di buonumore, non sembra anche a voi? E la luce? Lavoro magnifico, Giovanni, le vostre pennellate. Vi avevo chiesto di dipingere la luce nuova dell'alba sulla notte pagana e voi ci avete messo pure il riflesso del mare.»

A quanti gli chiedevano se non fosse una sciocchezza montare e smontare un presepe di centocinquantaquattro pezzi anche in tempo di guerra, Albaneta rispondeva, con uno sguardo di completo stupore per l'insensatezza della domanda, che il presepe è per sua stessa natura devozione, speranza e movimento; e che non avrebbe interrotto la consuetudine di montare la scena sacra nemmeno sotto una pioggia di bombe.

7

Francesco di Belmonte e la sua "vocazione" tardiva

La vocazione religiosa del cardinale Francesco di Belmonte non si sarebbe potuta definire autentica. «Trovandomi» diceva agli amici più intimi allargando le braccia e stringendosi nelle spalle, «mi sono fatto prete.» Quel "trovandomi" alludeva a un patrimonio agli sgoccioli, fatto di terre abbarbicate sulle pendici della Sila e pertanto "assai ingrate".

Il ramo dei marchesi di Camigliata a cui apparteneva il cardinale Francesco di Belmonte era un ramo nato secco che avrebbe dovuto essere potato per non indebolire la pianta principale, quei principi di Belmonte che avevano fatto costruire a metà Seicento il palazzo a Monte di Dio. I principi di Belmonte al regno borbonico avevano dato denaro, ufficiali, badesse, abati, donazioni e un paio di ammiragli. E soprattutto figli. Figliavano e figliavano, afflitti da una capacità riproduttiva che dissanguava il patrimonio, generazione dopo generazione, tali e quali i polloni che succhiano linfa e vigore.

Intorno al 1832, per sollecita intercessione reale – a palazzo non si voleva scontentare uno dei pilastri su cui poggiava la corte borbonica in quegli anni traballanti –, il ramo dei marchesi di Camigliata era stato potato dalla mano implacabile del giardiniere reale, con il pretesto che alcuni regnicoli minacciavano di sollevarsi; e l'intero gruppetto marchionale era stato spedito a inselvatichirsi nelle Calabrie, a tante ore di carrozza da Napoli e dai principeschi cugini da renderne inudibili le proteste e impossibile il ritorno.

Quando raccontava della sua tardiva ordinazione, Belmonte diceva la verità. Da ragazzo, in Calabria, qualche buona lettura l'aveva fatta e aveva coltivato sogni ambiziosi: visitare l'Europa, traversare gli oceani, frequentare il bel mondo. Tuttavia, pur avendo un carattere poco incline al pessimismo, un'occhiata alla liquidità familiare aveva rintuzzato quei sogni, e non poco. La visione dei boschi sterminati della Sila, in cui si figurava irrancidire negli anni, lo sgomentava. Era consapevole – consapevole e rassegnato – che essere il secondogenito di una famiglia impoverita era una iattura bella e buona: alla morte del padre, quel mezzo deficiente di suo fratello Raimondo avrebbe ereditato il palazzo sulla piazza di Camigliata con tutti gli arredi, biliardo compreso (uno spreco, Raimondo non sapeva nemmeno reggere in mano una stecca); e non solo il palazzo, ma anche le campagne in pianura ridotte a paludi da una pessima gestione. Se fossero toccate a lui, si rammaricava, le avrebbe vendute con un duplice vantaggio: lui si sarebbe goduto i denari e l'ipotetico acquirente avrebbe potuto bonificarle e metterle a reddito. Grano, agrumi, liquirizia... laggiù cresceva qualunque cosa, bastava seminare. Raimondo invece le avrebbe lasciate marcire, così, per il gusto di andare a caccia di anatre.

Nel dicembre 1906 una febbre enterica arrivò fino a Camigliata e si portò via un terzo del paese, compreso il padre di Raimondo e Francesco. Le volontà testamentarie del marchese furono eseguite alla lettera: Raimondo ereditava ogni cosa, tranne una masseria affondata nella Sila greca, a venti chilometri dal paese più vicino e destinata a Francesco. Ci sarebbero voluti più soldi a rimetterla in sesto – commentò la marchesa vedova – di quanti se ne sarebbero mai potuti ricavare in tre secoli di mezzadria. Francesco aveva compiuto da poco sedici anni e non aveva idea di cosa gli avrebbe riservato il futuro: non riconosceva in sé alcuna inclinazione per la carriera ecclesiastica o militare e si sentiva solo vagamente portato allo studio.

Fu padre Cantelmo, lo zio prete, a smuovere inavvertitamente quella situazione di stallo suggerendogli l'ingresso in seminario. Qualche mestiere doveva pur intraprenderlo, disse, Raimondo stava per ammogliarsi e non se lo sarebbe tenuto in casa tanto a lungo. La vita sacerdotale aveva i suoi vantaggi, soprattutto per un ragazzo incline alla solitudine e alla lettura; e, quanto al seminario, padre Cantelmo aveva delle conoscenze a Napoli, dove la vita era senz'altro più effervescente che in Calabria. A Napoli poi viveva, ultimo della stirpe, il vecchio principe di Belmonte, capo della casata, ricchissimo, eccentrico e senza figli. E qui padre Cantelmo faceva una risatina sorniona, biascicando «*oncle à héritage*» nell'orecchio della marchesa che faceva finta di non sentire, per decenza.

Nei discorsi di padre Cantelmo non c'era la minima traccia di vocazione, si stupiva Francesco, tantomeno di spiritualità. E poiché non se ne sentiva scorrere dentro una goccia nemmeno lui, questa considerazione finì con il rassicurarlo.

Si affidò a quella nostalgia dello zio per un mondo lontano e moderno, quello di Napoli e di Roma, e per il suo brulichio, come all'unico progetto che considerasse alla propria portata; e fu questo, alla lunga, che stese su di lui un incongruo impasto di promesse mancate e sogni irrealizzabili, disincanto e speranza, malinconie e rimpianti già presagiti, come una maledizione incombente a cui la via del seminario sembrava essere l'alternativa più solida.

8

Una carriera in ascesa: Francesco di Belmonte diventa cardinale e incontra per la prima volta Girolamo Albaneta

La carriera ecclesiastica che Francesco di Belmonte aveva intrapreso con tanta leggerezza in realtà aveva finito col piacergli. Una volta uscito dal seminario aveva preso l'abitudine di visitare ogni chiesa e ogni monastero di Napoli, insistendo per farsi aprire i chiostri e gli archivi, anche quelli più inaccessibili o in cattivo stato. A volte, alla fine di una giornata di studi o di ritorno dalle visite pastorali – che di tanto in tanto gli toccavano –, capitava che venisse preso da un oscuro sentimento di correità.

Era questione di pochi attimi, va detto: ogni riflessione, per amara che fosse, veniva spazzata via da una ventata di disincanto che gli pareva il complemento naturale della sua natura giocosa e concreta. Senza provare una vera amarezza, si domandava se quel rassegnato distacco nei confronti del lerciume del mondo – era così che lo chiamava tra sé e sé – non fosse peccaminoso, tanto più peccaminoso e persino oltraggioso considerato l'abito che portava; gli pareva che le sue ricognizioni nel cuore di un luogo in cui si mischiavano così vistosamente degrado e bellezza avrebbero dovuto far risuonare in lui corde di indignazione. Ed era consapevole, consapevole e mortificato, che era piuttosto la bellezza a impensierirlo, come se contenesse in sé un potere di soggiogamento più distruttivo che fruttifero. Considerava il proprio disincanto come la conseguenza naturale della capacità di adattamento della specie umana, declinata a Napoli in una delle sue forme più sofisticate. E quando presagiva che quella capacità a cui riconosceva, in generale, diversi meriti – tra cui quello di essere stata la salvezza dei napoletani lungo i secoli – sarebbe potuta diventarne anche la condanna, il suo umore sereno si tingeva di una breve inquietudine; breve, appunto, perché la sua indole fondamentalmente gioiosa non consentiva in lui una lunga permanenza di emozioni di natura diversa.

Si fece la fama di uomo colto e appassionato, e poiché dirigeva la sua voracità intellettuale prevalentemente verso il sacro, questo fu sufficiente a fargli fare un'onesta e meritata carriera. Il suo cognome storico e altisonante gli abbreviò la strada per la porpora cardinalizia e la sua memoria prodigiosa gli valse l'incarico di sovrintendente agli archivi ecclesiastici della diocesi, compito che svolse sempre con attenzione e competenza. Aveva imparato a stemperare i rari accenni di senso di colpa che pure lo pungevano di tanto in tanto – ricordava benissimo le ragioni per cui era entrato in seminario – nel convincimento di essere, a suo modo, un accademico prestato alla chiesa, per qualche oscuro progetto del Padreterno, o comunque per una misteriosa distrazione celeste; e smise di ricordare a se stesso che ogni tanto avrebbe desiderato in dono la benedizione di una fede trasparente. Senza più indagarne le ragioni si convinse che nel suo caso la "vocazione" era stata seminata in un terreno così ricco da far nascere spontaneamente attorno a sé una moltitudine di erbe infestanti, da tenere a bada con occhio vigile ma senza darsene troppa pena.

Se l'elezione a cardinale non era stata una grossa sorpresa per nessuno, il testamento del vecchio principe di Belmonte lasciò tutti di stucco: Francesco ereditava ogni cosa, beni mobili e immobili, compreso l'intero palazzo a Monte di Dio. «Il mio è un caso singolare» amava dire agli amici quando un Fiano di Avellino gli benediva l'umore, «dal fondo delle Calabrie sono risalito su fino a Monte di Dio. Entrato in seminario per necessità e non per vocazione, ne sono uscito con la vocazione e senza necessità. Mio zio, l'ultimo principe di Belmonte, buonanima, si è strozzato con un'oliva di Gaeta, imprevedibilmente senza figli, e io sono finito a godermi il palazzo avito. O meglio, avuto.»

Era passato poco più di un mese quando Francesco di Belmonte fu chiamato a benedire per la prima volta il presepe di casa Albaneta prima che venisse smontato nel giorno della Candelora. Ne rimase folgorato. Impartì la benedizione con espressione assente, perso com'era a contemplare la scena sacra. Il duca di Albaneta scambiò quell'imbambolamento per un chiaro segno di devozione, e devozione in effetti si rivelò in seguito, non tanto – o non solo – al sacro Mistero quanto al collezionismo.

Belmonte aveva finalmente ricevuto la sua personale folgorazione, sia pur meno sacra di quanto ci si sarebbe potuti aspettare. «Quanto ne volete?» sussurrò, incapace di distogliere lo sguardo dal presepe. «Quanto?»

«Eh?» fece il padrone di casa, nel dubbio di non aver sentito bene.

«Quanto ne volete?» ripeté Belmonte.

«Quanto ne volete di che, Vostra Eminenza?» si spazientì il duca. Quell'imbecille non poteva pensare che il presepe di casa Albaneta fosse in vendita.

Belmonte si scosse. «Scusate» disse, «mi sono espresso male. Quanti ne avete?»

«Centocinquantaquattro. Quarantasette animali, centodue pastori e cinque accademie. Il pezzo più importante è lo zampognaro. Tommaso Schettini. A mia moglie piace la procidana. Li vedete gli orecchini di corallo? Li ho fatti copiare a Torre del Greco per mia nuora.»

«E quelli?» domandò Belmonte puntando il dito su un gruppo di tre figure, uno storpio, un ragazzo e una bambina.

«Avete occhio da intenditore, Eminenza. Complimenti. L'autore è sconosciuto. Sono figure tarde, ma la squisitezza della fattura è sorprendente. Sembra che respirino, non è vero? E guardate lo storpio, lo vedete che il dolore gli ha scavato la faccia? E la bambina? Non vi viene voglia di baciarla?»

«È uno spettacolo» mormorò Belmonte.

«Uno spettacolo, sissignore.»

Quella notte il cardinale non riuscì a chiudere occhio. Appena si addormentava, gli sembrava di vorticare in un turbine di ali e braccia e sbuffi di seta bianca come i mulinelli di polvere nello scirocco. Uomo di chiesa e di nobiltà, come amava definirsi, Belmonte riteneva di conoscere bene tanto le anime degli uomini quanto le loro debolezze. E quest'arte, diceva, chiamata altrove diplomazia, gli aveva consentito di galleggiare sugli anni incerti dell'ultimo trentennio con la stessa facilità di un sughero gettato tra i flutti. Adesso però scorgeva un fine: gli sembrava che, vista in retrospettiva, la sua vita – che fino a quel momento gli era parsa mossa da una folata di vento leggero e nient'altro – avesse acquisito una intelaiatura precisa; anzi, che a ben guardare l'avesse sempre avuta, se solo si fosse preoccupato di osservarla in filigrana.

In pochi mesi, Belmonte riuscì a mettere insieme una collezione di ventisei pastori. All'asta Doria d'Angri acquistò un gruppo di pecore e capre di Giuseppe Gori, due angeli e un suonatore di violino di Celebrano. E al rione Sirignano comprò dagli eredi De Luigi uno scarabattolo di vetro e tartaruga che custodiva un Mistero di rara bellezza.

9

Girolamo Albaneta prende una decisione e fa una proposta al cardinale Belmonte

La svolta arrivò con una telefonata a metà mattina del 10 dicembre 1942. Era Girolamo Albaneta. All'apparecchio, una voce per la prima volta affievolita dalla stanchezza pregava il cardinale di tornare a benedire, come ogni anno, il presepe montato. Belmonte accettò con allegria, era sempre un piacere salire lo scalone di palazzo Valcarcel di Albaneta e intrattenersi con un padrone di casa dalla conversazione tanto colta e brillante.

«Allora, raccontatemi un po', come procede la vostra collezione? La passione continua o si è fatta più tiepida, Eminenza?» lo punzecchiò Albaneta ricevendolo nel salottino Impero.

«Continua, continua, con un solo obiettivo: trovare i pastori della camera segreta del principe di Ischitella.»

«Rassegnatevi, non esistono più. Ischitella aveva le mani bucate e si vendette pure l'oro dei Re Magi e le stoviglie d'argento. Quella leggenda, che avrebbe avuto una camera segreta dove custodiva i pastori più belli, non ha alcun fondamento.»

«Eppure negli archivi ho trovato un riferimento preciso a...»

«Tutte balle, Eminenza, perdonate la franchezza. Volete un bel presepe? Compratevi il mio.»

Belmonte sorrise. «Lo comprerei se fosse in vendita» scherzò.

Albaneta tirò fuori un pacchetto di sigarette. «Tabacco di contrabbando» disse, «favorite.»

Il cardinale scosse la testa. Albaneta aveva occhi serissimi e lui si sentì a disagio. «Benediciamo questa vostra meraviglia» disse.

«Allora, che ne dite? Lo volete il mio presepe? Allestito con centotrentasei pezzi. Lo scoglio è originale e la taverna ha i vetri antichi. E vi vendo pure i pastori che conservo in vetrina. Sono quelli più delicati, che potrebbero subire qualche rottura a entrare e uscire dalle casse ogni anno. Sono altri diciotto capolavori. Tutti antecedenti al 1759 tranne sei, posteriori di una quarantina d'anni ma altrettanto belli. Della stessa mano, credo, dell'artista che ha modellato lo storpio e i due ragazzi che vi piacevano tanto. Venite a dare un'occhiata allo Scurnuso.»

«Lo Scurnuso?» chiese Belmonte.

«Lo chiamava così l'antiquario che me lo vendette anni fa.» Albaneta aprì un cassetto del comò e infilò una chiave nella serratura della vetrina. Con grande delicatezza prese lo storpio e lo mise in mano al cardinale. «Guardatelo. Lo sentite come respira?»

Belmonte portò il pastore sotto la luce di una lampada. La pelle dello storpio, cotta dal sole, sembrava luccicare di sudore. «Chi è l'artista?» domandò.

«Non ne ho idea. Faceva parte della collezione di Gaspare Riccio. Ho fatto qualche ricerca, ma non sono riuscito a scoprire nulla. Ho sempre pensato che si trattasse di un suo lavorante di cui lo stesso Riccio aveva intuito le doti, altrimenti non avrebbe conservato questo gruppo di pastori con tanta cura. Vedete la verosimiglianza con cui sono ritratte le figure? Voi siete uno studioso, abituato alle biblioteche e agli archivi. Pensate quanto ancora potreste scoprire sul presepe napoletano e su questo artista in particolare. Non vi piacerebbe se fossero vostri?»

«Albaneta, voi vi burlate di me e della mia debolezza» si incupì Belmonte. «Portate rispetto all'abito, se non all'amico.»

«Nessuna burla. Voglio vendere. Ragioni personali.»

«Vendete qualcos'altro. Vendete la terra, i quadri, le argenterie, ma non privatevi del vostro presepe. È una vita che collezionate pastori, e prima di voi li collezionava vostro padre. Scusate, ma mi pare una fesseria.»

«Tutto quello che si poteva vendere è stato venduto, Eminenza. Siete un uomo distratto. Date un'occhiata alle pareti. Come vi sembrano?»

Belmonte si strinse la punta del naso tra le dita. Aveva una conoscenza sufficiente delle cose del mondo per sapere quanto i tracolli finanziari fossero sempre in agguato, ma non si sarebbe mai aspettato che accadesse agli Albaneta.

Le pareti comunque – sospirò, guardandosi in giro – erano effettivamente spoglie.

«Cos'è successo?» domandò corrugando le sopracciglia.

Albaneta tirò una lunga boccata di fumo e sembrò riflettere. Tacque anche Belmonte, da buon conoscitore di anime quale si piccava di essere. Si preparò all'eventualità che il duca non rispondesse; o che mentisse, soprattutto se la rovina economica era da attribuirsi al gioco. Quanto alle donne, benché costose, era difficile pensare che avessero potuto prosciugare un simile patrimonio.

«Mio figlio Giacomo si è sposato dieci anni fa, ricordate?» chiese Albaneta. «Con una ragazza intelligente. Bella, anche. Li avete incontrati qui da me, qualche volta. Abitano a Roma. Abitavano» si corresse. «Hanno due bambini, Girolamo e Sandro.»

Belmonte annuì. Ricordava i due bambini che lo osservavano impettiti e silenziosi quando celebrava messa nella cappella di palazzo Valcarcel, l'antivigilia di Natale.

Albaneta sorrise. «Sa cosa dice Girolamo? Che è un bambino molto fortunato perché festeggia tutto due volte.»

«Due volte?»

«Hanuccà e il Natale. La Santa Pasqua e la Pasqua ebraica.»

Belmonte serrò le labbra.

«Voi non avete figli, Eminenza, né nipoti. Ma quando mi guardo Girolamo e Sandro e penso che siamo un paese che va a caccia di bambini come loro, di donne come mia nuora, mi viene la nausea. Peggio che la nausea, mi viene da vomitare. Lo sapete che in mezza Europa rastrellano gli ebrei? Dicono che li mandano a lavorare. Ci credete, voi, a queste balle?»

Belmonte sentiva caldo alle guance. Albaneta sembrava rinsecchito, come se tutta quella preoccupazione lo avesse roso da dentro. «E allora, questo presepe» disse riscuotendosi, «che ne vogliamo fare?»

Il cardinale era confuso. «Perdonatemi, credo di non aver capito.»

Il duca di Albaneta socchiuse gli occhi e si lasciò sfuggire un mezzo sorriso. «Ho delle conoscenze» mormorò. «Tutti quei ricevimenti a cui mia moglie mi ha obbligato a partecipare negli anni, alla fine a qualcosa sono serviti. Ho trovato il modo di farli partire. Tutti e quattro. La partenza è fissata entro il 15 del mese venturo. Voglio che vadano in America.»

«E voi?»

«Io? E dove volete che vada, io? Di lingue estere so solo il francese e lo parlo una chiavica. Mi vedete, voi, laggiù? A fare l'italoamericano? Meglio restare a Napoli a fare il duca, credetemi. Mi viene meglio, sapete, l'ho fatto tutta la vita. Insomma, questo presepe ve lo accattate o no?»

«Quanto ne volete?»

«Un'enormità. Ho venduto tutto il resto, palazzo compreso, per un tozzo di pane. Se potessi, il mio presepe non lo venderei mai. C'è tutta Napoli qui dentro, e la Napoli che piace a voi e a me. Non quello schifo che vediamo oggi e che andrà sempre peggio perché gli uomini peggiorano, Eminenza, lo sapete meglio di me, visto il mestiere che fate.»

«Quanto grande è quest'enormità?»

«Grande abbastanza perché Giacomo e i bambini possano vivere senza preoccupazioni. E non vi faccio nessuno sconto.»

Belmonte schioccò la lingua.

«Non mi chiedete perché me ne approfitto?» riprese il duca.

«Sono tutto orecchi.»

«Siete il solo acquirente che vorrei, l'unico che si merita i miei pastori. E poi questo presepe ve lo siete già comprato con gli occhi e con il cuore anni fa, Eminenza, quando veniste a benedirlo la prima volta; se lo volete è tutto vostro, ora. Pagatemi e portatevelo via. Ve lo rimontate dove volete, a casa vostra o al palazzo vescovile, come vi pare. Oppure, date retta a me, lo nascondete per bene, lo mandate in campagna, per proteggerlo dalle bombe. I pastori sono delicatissimi, si rompono con facilità e la seta dei vestiti si taglia con lo sguardo. Perdere tutta questa bellezza sarebbe un sacrilegio, uno dei tanti che si consumano ogni giorno. Sapete come si dice, no? Il presepe è una pagina di Vangelo spiegata ai napoletani. Se è così, se di Vangelo si tratta, tocca a voi rimediare. Avete denaro, conoscenze, influenza. Vi sono piovute sulla testa un certo numero di benedizioni, perdonatemi se mi permetto di ricordarvelo. Che ne dite? La mia offerta vi sembra interessante?»

Il cardinale era seduto su una poltrona di velluto verde, rigido e diritto, senza nemmeno sfiorare lo schienale. «Posso prestarvi il denaro» disse, «senza che mi vendiate il presepe. Sono un uomo ricco.»

«Niente carità, Eminenza, e niente debolezze. Vi offro uno scambio, alla pari. Anzi, sulla mia offerta ci metto sopra anche il segreto che ho custodito meglio. Si chiama Giovanni Scotti. Senza di lui, non provateci nemmeno a montare un presepe. Scordatevi di vestire i pastori o di riuscire a sistemarli come si deve. Fu mia moglie a scoprirne l'esistenza, per caso. È il marito della nostra stiratrice, figuratevi. La sua abilità più evidente è quella di restauratore, ma le sue competenze vanno molto al di là. Giovanni Scotti non parla con nessuno, parla solo con i pastori. Io credo che sappia chi sono stati. Sapete meglio di me che sugli autori del presepe napoletano non si hanno molte notizie, a parte i grandi scultori che hanno lasciato opere firmate o di attribuzione certa. E immaginerete anche voi che molte di queste fisionomie sono reali. Queste sono le facce di duecento anni fa. Guardate questo storpio con le mani e i piedi bendati, potete immaginare che non abbia mai vissuto?»

«Albaneta, la vostra proposta mi turba.»

«Non turbatevi per così poco, Eminenza. Guardatevi attorno. Vi pare che possiamo ancora indulgere in sottigliezze? Credevamo che la nostra città fosse più eterna di Roma, più saggia di Atene e molto più bella del vostro Paradiso. Credevamo che questo fosse un segno. L'indicazione che un miracolo si sarebbe compiuto oggi, domani o dopodomani. Crediamo nelle leggende, nei miracoli, nelle profezie, parliamo con i morti e con i santi. Come Giovanni Scotti che parla con i pastori. Ma adesso sono stanco. I napoletani sono stanchi. Ci si stanca anche della bellezza, non vi sembra? Ci si stanca di aspettare promesse che non si compiono, miracoli che non accadono. Ieri pomeriggio sono cadute le bombe sul lungomare e le esplosioni hanno fatto tremare anche questo mio vecchio palazzo. In segno di gratitudine per la nostra misteriosa salvezza, mia moglie ha fatto benedire dal parroco tutta la strada e lo ha ringraziato con una zuccheriera d'argento, vuota naturalmente, l'ultima del servizio inglese. Guardate i miei angeli in gloria, turbinano come uno sciame di api colorate. Non si sono accorti di nulla. Giocano, smemorati e distanti. Le loro ali sono fatte di legno, come sapete. Se fossero di terracotta sarebbero troppo pesanti e non avremmo quell'illusione di un volo compiuto in piena libertà e leggerezza che tanto ci incanta. Libertà illusoria, naturalmente, sono appesi a fili invisibili, legati mani e piedi; nati nei vicoli, anche loro. Prigionieri, Eminenza, come tutti noi, qui.

Datemi retta, compratevi il mio presepe e invitate Giovanni a casa vostra. Offritegli un bicchiere di vino e cominciate a giocare. Può dipingervi un fondale in due giorni, scegliete voi tra i tanti colori del cielo di Napoli quello che si intona di più al vostro umore del momento. Lui vi dipingerà il cielo settecentesco con le sue striature di celeste e rosa o quello così limpido da sembrare compatto come una volta di smalto. Volete un cielo cupo? La notte stellata? Scotti sa rammentarvi la luce della luna invernale, la stessa che vi avrà sorpreso da bambino le notti in cui un incubo è venuto a svegliarvi. O i colori trasparenti della nostra estate, quando l'alba stende le pieghe del mare. Scotti sistemerà i vostri pastori – i nostri, lasciatemelo dire – come voi non vi sognate nemmeno di poter fare. Ve li indicherà a uno a uno. Vi dirà che la pescivendola è stata una bella ragazza di Castellammare di Stabia, o che il tavernaro era un attaccabrighe finito poi impiccato. Lo vedete l'erbivendolo che guida una giumenta con la gerla stracolma com'è contento di avere tanto ben di Dio da piazzare al mercato? E il ragazzino scontroso vicino allo storpio? Ogni volta che montavamo il presepe, Scotti voleva metterli vicini, lo Scurnuso e il ragazzino senza camicia. Diceva che è così che dev'essere. Non vi credete, eh, non sono impazzito. Vendo tutto e spedisco i miei nipoti da un'altra parte, questo è quanto. Forse Scotti è uscito pazzo. Inventa storie, leggende, dicerie. È possibile che si burli di noi, di me e di voi e di questa nostra debolezza, conservare qualcosa di fragile e inutile quando tutto il resto affonda. Oppure è un visionario, uno scimunito, che inventa una trama dove non ce n'è. Decidete voi. Io, per me, ho deciso.»

10

Giovanni Scotti passa di mano come il presepe Albaneta

Quella domenica – aveva smesso di piovere da un paio d'ore, ma la luce del primo pomeriggio conservava una lucentezza da temporale imminente – Giovanni rientrò a casa stravolto. Annina non lo aveva mai visto così agitato. Si era seduto al tavolo in un silenzio ostinato e irremovibile, senza togliersi neanche la giacca. Lei si era intestardita a tentare di cavargli di bocca parole sensate, finché, quando i bagliori di nuovi lampi avevano ripreso a brillare, Giovanni le aveva detto che Albaneta era impazzito o qualcosa di simile: aveva venduto il presepe e ogni altra cosa a palazzo.

Annina lo aveva guardato, sospettosa. «Ma che vai dicendo Giovà, il duca? Il duca nostro? E la duchessa? Che dice la duchessa? Che hanno venduto? E io che credevo che avevano nascosto la roba loro per paura di perderla!»

Giovanni l'aveva guardata senza nemmeno vederla e si era alzato per andare a togliersi il vestito buono. Era tornato con addosso i pantaloni da lavoro e aveva estratto i pennelli immersi nel barattolo con l'acquaragia, asciugandoli nello straccio. Annina si era sentita strappata tra due opposti sentimenti: immaginava che per Giovanni sarebbe stato doloroso interrompere la lunga consuetudine di amicizia – si poteva chiamare così? – con il duca; ma al tempo stesso si augurava che avrebbe passato più tempo a casa, almeno la domenica.

Albaneta cominciò a trascorrere tutti i pomeriggi al Molosiglio, a scrutare il mare come se dovesse strappargli chissà quale segreto: si rialzava il bavero della giacca quando una folata di vento più forte lo infreddoliva e rimaneva appoggiato al bastone, con le gambe tozze leggermente divaricate, fino al tramonto. Si diceva che la duchessa, che fosse per il dispiacere di aver visto partire il figlio e i nipoti o per aver dovuto licenziare metà della servitù, avesse cominciato a vaneggiare anche lei; comunque fosse, nei suoi impeccabili tailleur seguiva il marito fino al porto mantenendosi a una certa distanza, le mani a schermo davanti al viso, se per ripararsi gli occhi dal sole o per non essere riconosciuta nessuno poteva dirlo.

Di ritorno verso casa risalivano via Chiaia, il duca più avanti di una ventina di passi e la duchessa che rallentava guardandosi attorno. Si fermava davanti a quelle vetrine ricavate nelle facciate delle case – a un metro da terra, incorniciate di legno scuro e chiuse su un lato da un lucchetto – per mostrare ai passanti fazzoletti ricamati, cravatte o articoli di profumeria quando il negozio in cui acquistarli è all'interno di un cortile o nel vicolo dietro l'angolo. La duchessa faceva le sue soste secondo l'estro del momento, ma non mancava mai la vetrina della modista, che esibiva un unico lembo di feltro grigio – un'idea di cappello, più che un cappello vero – e uno scampolo di veletta nera a piccoli pois, quasi uno sciame di moscerini; e l'agenzia di viaggi Gargiulo & Gentile – chiusa da un paio d'anni – i cui proprietari, nella fretta del trasloco, avevano dimenticato in vetrina manifesti e locandine pubblicitarie di grandi alberghi e crociere transatlantiche.

La duchessa di Albaneta assumeva allora la stessa espressione concentrata di quando supervisionava la tavola prima di un ricevimento. La perfetta simmetria dei posti apparecchiati, lo scintillio dei cristalli vuoti, le candele nuove ancora da accendere ai suoi occhi erano già qualcos'altro, ospiti in conversazione, bicchieri riempiti di vino rosso e bianco, fiammelle danzanti. Che il futuro immediato o lontano potesse compiersi, ubbidiente alle sue aspettative, era una certezza che nemmeno la guerra o la separazione da Giacomo e dai bambini avrebbe potuto incrinare e che risorgeva, indenne, sollecitata da quelle cianfrusaglie impolverate.

Con lo stesso languore fiducioso la duchessa di Albaneta osservava i grandi alberghi sui laghi, dalle terrazze a pelo d'acqua soffocate di camelie e ortensie, tra cui spuntavano come animali misteriosi poltrone vuote di midollino e sedie Thonet. Il duca non si voltava mai a chiamarla, né si fermava ad aspettarla. Passato, presente e futuro si erano confusi, in ciascuno dei due, come un'acqua mischiata al vino in proporzioni diverse ma ugualmente irrimediabili: e se l'una sostava, mortalmente pallida, davanti alle locandine sbiadite, l'altro camminava lento, badando a non infilare la punta del bastone nelle giunture irregolari dei basoli di piperno.

Giovanni non era rimasto a casa come la moglie aveva sperato, e in questo Annina vide una macchinazione degli eventi contro di lei che la lasciò più perplessa che irritata. Giovanni aveva seguito i pastori di Albaneta ed era stato accalappiato dal cardinale. Annina, non avendolo mai visto, se lo figurava come una montagna d'uomo scintillante di raso rosso, più simile a un diavolo che a un prelato; e per lei diavolo era, perché rappresentava la tentazione in carne e ossa che attirava Giovanni irresistibilmente, trascinandolo via da lei come un pesce preso all'amo, incapace di liberarsi e sfinito dalla stanchezza.

11
Il cardinale Belmonte chiede a Giovanni Scotti di redigere un inventario e si immalinconisce

Una volta acquistato il presepe di Girolamo Albaneta, il cardinale – all'apice del suo prestigio e felice di aver ottenuto, sia pure a caro prezzo, una collezione di pastori composta di pezzi accuratamente selezionati – conobbe per la prima volta in vita sua i demoni dell'inquietudine e dell'insonnia. Stentava a confessare a se stesso che non prendeva sonno e restava inchiodato alla spalliera del letto non per la visione di una città sventrata, né per l'odore di legno bruciato che emanava dalle viscere di Napoli; e neppure per la miseria della popolazione, avvilita dalla mancanza di acqua e di cibo e costretta a una transumanza da un ricovero all'altro.

La sua preoccupazione non riguardava nemmeno i suoi beni personali, il gran palazzo ereditato in extremis con lo scalone di marmo, i lampadari scintillanti o le sedie di raso verde e oro che facevano apparire polveroso e provinciale ogni arredo del feudo di Camigliata. Il pensiero che lo teneva sveglio era il presepe.

Voleva proteggerlo, conservarlo; e prese a chiamare Giovanni Scotti con mille pretesti: dar movimento al gruppo dei Mori facendo sgusciare a metà del corteo un paggio africano, con il turbante piumato di rosso e la fusciacca in vita, allestire il gruppo di sfaccendati seduti ai tavoli dell'osteria o sistemare il pastore della Meraviglia in mezzo ai pecorai addormentati. Giocare con i pastori – di questo si trattava, alla fine – gli era diventato necessario, e in questo gioco l'abilità di Giovanni gli era indispensabile; ma, sopra ogni altra necessità, spiccava quella di avere Giovanni accanto a sé, come custode del suo tesoro, ispiratore di ogni scenografia e soprattutto complice dell'ansia e del godimento che quel tesoro gli procurava. Di notte, quando la paura delle bombe si faceva più acuta, si malediceva per non averlo nascosto negli scantinati del palazzo o spedito in Calabria, nelle cantine sicure di Camigliata. La mattina invece, quando il sole gli rischiarava l'inquietudine, tutte quelle paure notturne sbiadivano davanti alla gioia che la sua collezione gli procurava.

Incerto sulla scelta migliore, decise di farne redigere almeno un inventario e di custodire i pezzi più belli in appositi astucci. Ordinò a un artigiano di Port'Alba la fattura di una decina di cofanetti imbottiti rivestiti di cuoio rosso, come gli astucci adoperati per custodire le porcellane, e affidò a Giovanni Scotti il compito di dare un nome a ciascuna figura – il baccalaiuolo, il verdummaro, la georgiana, l'angelo dell'Annuncio, il giovane Moro.

Giovanni, in cuor suo, considerava una fesseria da ignoranti l'idea di conservare i pastori dentro scatole imbottite; il duca di Albaneta mai e poi mai avrebbe rinchiuso in una custodia – come una cosa morta – uno dei suoi pastori. Ma non disse nulla e si dedicò con pazienza alla stesura dell'inventario. Di tanto in tanto, però, vinceva la sua naturale ritrosia e spiegava a Belmonte come il colorito di un volto variasse di tonalità a seconda del sesso e del rango della figura: toni di pesca acerba per le Madonne e gli angeli in gloria, gote rosate e incarnato chiarissimo per le georgiane e le nobildonne, carnagioni color cuoio per i contadini e le popolane. Con il suo occhio sicuro insegnava a Belmonte come riconoscere la steccata che distingueva la mano di ciascuno di quegli scultori o modellatori che fossero, lo aiutava a individuare gli archetipi, a distinguerli dalle repliche di bottega o dalle infinite varianti.

Nomi certi non se ne trovavano e il cardinale si sentiva turbato che una simile maestria nella maggioranza dei casi fosse condannata a restare anonima, tanto oscure e incerte erano le attribuzioni. Confrontava allora i pastori tra di loro, cercava le somiglianze nei modi in cui erano stati plasmati un orecchio, una capigliatura, le dita di una mano, nel tentativo di individuare lo stile di ciascun figuraro.

Giovanni, dal canto suo, redigeva l'elenco e descriveva gli atteggiamenti e le pose delle figure aggiungendo le sue annotazioni personali. "Il mercante gozzuto," scriveva nella sua grafia a grandi lettere, "il pezzente sdentato", "la circassa gioiosa", "il mendicante ingrugnito". Con pazienza e lentezza, tracciava una lettera alla volta, per non sbavare l'inchiostro; consapevole, curiosamente consapevole, che restituire un nome perduto era un gesto solenne, il compimento di una missione.

Belmonte, in piedi accanto a lui, vigilava silenzioso e attento e si sentiva mordere dentro una nostalgia di tempi di pace e mercati di piazza, di feste popolari e cortei principeschi. Tutto perduto, si immalinconiva, i presepi del principe di Ischitella e quello del duca di Collecorvino, quello dei duchi di Diana Calà, quello dei Ruggiero – commercianti di seta al Sedile di Porto – e quello dell'orafo Jovine. Tutto perduto. Le note di pagamento, i nomi delle botteghe e quelli dei figurari.

Giovanni, nel vedere quello scoramento, lo consolava: «Eminenza, ma a voi che ve ne importa di conoscere l'artista? Non vedete che queste sono anime di cristiani, come la vostra e la mia? Guardatevi il vostro Scurnuso, la faccia di terra che tiene... Quello pensa che deve morire ma non è vero, quello campa, come voi e come me. Campa, Eminenza, e camperà più di noi. Manco lui sa chi lo ha modellato. E allora che ve ne importa a voi? Che vi cambia? È vostro. Lo tenete voi. Pure l'astuccio gli avete fatto. Non vi basta?».

12
Cenere

Nello spazio dilatato dal silenzio, il rito serale dell'apparecchiatura del vestito di Giovanni è diventato un rituale scaramantico, come se compiendo ogni giorno gli stessi gesti lui e Annina riuscissero a tenere a bada il disordine incombente.

È stato Giovanni a indicare a entrambi la via da percorrere, rivelando un attaccamento ostinato alle sue abitudini: continuare a uscire di casa alla stessa ora, indossare lo stesso vestito e le scarpe lucide, conservare il doppio lavoro – l'impiego alle Poste e quello di restauratore – come un militare in congedo che non si rassegni a levarsi di dosso l'uniforme.

Annina lo vede uscire di casa tranquillo, sempre alla stessa ora, senza mostrare fretta né agitazione, nemmeno quando la città sembra scivolare in un'isteria collettiva; è venuta a sapere – solo un paio di settimane dopo la tragedia – che Giovanni si trovava a pochi passi dal tram numero 9, sventrato da una bomba appena dopo che ne era sceso. Sospetta che sia scampato perché l'ufficio postale dove lavora è da quelle parti. Fingono tutti e due di non accorgersi che nell'ultimo anno le incursioni aeree su Napoli si sono intensificate, che i bombardieri arrivano all'improvviso e che la guerra ha preso una piega diversa: si accanisce sulla popolazione, mira a uccidere e distruggere senza fare più distinzioni tra obiettivi militari e obiettivi civili. La città ne mostra ovunque i segni: cumuli di macerie, edifici e chiese sventrati, rottami di incrociatori semiaffondati.

Chi non è sfollato ha imparato la via più breve per raggiungere i rifugi antiaerei, di cui Napoli, per la sua natura geologica, è piena. Donne, vecchi e bambini ammucchiati nella penombra azzurrognola, pensa Annina, che sonnecchiano nell'attesa del cessato allarme, apatici per la paura e la fame. Quei cunicoli sotto terra di cui ha soltanto sentito parlare le mettono addosso un misto di curiosità e sgomento, li immagina abitati da spiriti antichi le cui vite tranquille e sotterranee sono disturbate – o forse no, non disturbate, forse persino divertite – dalla presenza dei fuggiaschi.

Di tutti gli abitanti del palazzo, Giovanni è il solo che si rifiuti di scendere nelle grotte scavate nel tufo e Annina ormai lo asseconda. Che suoni o no la sirena antiaerea, Giovanni non interrompe quello che sta facendo. Che sia seduto a tavola davanti a un piatto di minestra o che sia allo sportello dell'ufficio postale, in compagnia dei sacchi di corrispondenza. Un conoscente le ha raccontato che durante gli allarmi Giovanni è l'unico a non allontanarsi e che i colleghi sospettano che abbia perso la ragione. Si comporta come il comandante di una nave che affonda, dicono, ma è soltanto un semplice impiegato statale.

Annina ascolta, scuote la testa e lo difende coraggiosamente, ma senza crederci: «Se Giovanni si rifiuta di scappare, avrà le sue buone ragioni» ribatte. Lo immagina allo sportello, come un re deposto e avvilito ma ancora colmo di fierezza. Se viene colto dalla sirena per strada, le è stato riferito, non allunga il passo, non corre verso il riparo più vicino ma continua per la sua destinazione, badando solo a non farsi travolgere da quelli che corrono.

Annina le prime volte veniva presa da una rabbia che le gonfiava d'ira le vene del collo, soprattutto quando lo vedeva restare seduto ad aggiustare quei maledetti pastori mentre lei gli urlava che bisognava scendere al ricovero, che non c'era tempo, già si sentiva il rombo degli aerei con il loro carico di tritolo. Lui si limitava a risponderle che andasse lei, che ne aveva tutte le ragioni. Che scendesse insieme agli altri, in quella corsa disordinata giù per le scale, lui no, lui non ci sarebbe andato. «Non posso, Annina» diceva, «si secca tutto e dovrei rifare l'incollaggio», oppure: «Devo finire questa stuccatura prima che si asciughi».

Annina quei pastori glieli avrebbe spezzati a uno a uno, avrebbe voluto lacerare la seta dei vestiti con le unghie. Immaginava di pestare quelle dita sottili di terracotta sotto le scarpe riducendole in una polvere finissima, come quella che si solleva su Napoli dopo i bombardamenti. Ma non faceva niente. Si limitava a guardarlo con un'ondata di amore infinito che le arrivava non sapeva da dove e si accucciava sotto il tavolo tremando di paura.

Una volta finito il bombardamento, l'euforia per aver scampato il pericolo le si mischiava a una collera sorda che le faceva ronzare le orecchie. Si chiudeva allora in un silenzio arrabbiato, di cui Giovanni non si accorgeva nemmeno, assurdamente convinto di adempiere al proprio destino restando seduto dov'era, illuminato da un fuoco interiore.

Annina se l'immagina ancora così la fiamma dell'ostinazione e della sfida, che consuma ogni residuo di saggezza finché non rimane che cenere.

13

Il cinema è sempre il cinema

Ad Annina ogni tanto, la sera, piacerebbe ancora andare al cinema: Napoli, e questo è un pensiero che la riempie di orgoglio, ha continuato la sua vita sotto le bombe come se niente fosse. Più o meno come Giovanni, del resto. Al cinema Alambra si proietta *La maestrina*, allo Smeraldo *Addio, Kira*, ma lui la sera è sempre troppo stanco e innervosito; e comunque, taglia corto, le storie inventate non gli piacciono.

Lei gli sorride e protesta, dice che un tempo non era così, che prima della guerra, prima di tutto il resto – dice proprio così, "di tutto il resto", come se l'insieme delle loro vite formasse un grumo indistinguibile, una massa aggrovigliata e inestricabile di umori, accadimenti, notizie –, al cinema andavano insieme ogni domenica e lui ne usciva allegro, spensierato, pronto a ripetere la battuta di un attore con un tono enfatico o ridicolo; e fa del suo meglio per convincerlo che due ore di svago non possono fare danno. Ma Giovanni è irremovibile: chi passa tutta la giornata fuori di casa, sostiene, una volta rientrato non ha nessun desiderio di uscirne, tanto più chi ha un doppio lavoro, come lui, che di giorno lavora alle Poste e la sera restaura i pastori.

Per Annina è diverso: fin da ragazza è sempre uscita di casa per andare a stirare nelle case degli altri, e tutto quello che vedeva, stipato lungo il tragitto e così mutevole da un rione all'altro, finiva con l'apparirle come un catalogo del quotidiano, incarnazione viva dell'agire umano: i panni stesi, i manifesti incollati ai muri, i mucchi di immondizia, la bancarella di limoni, il chiosco dei fiori freschi o la vetrina all'angolo di via Chiaia, con i guanti di capretto sistemati in file ordinate, colorati di tinte pastello come le gelatine di frutta, in attesa di calzare mani dalle unghie smaltate e arrotondate; e se, quasi per sbaglio, intravedeva qualcosa di sé nel riflesso di una vetrina, si incarnava lei pure in una giovane femmina bellissima, fasciata di un vestito di raso argentato mentre comprava i biglietti al botteghino dell'Alambra, tutto specchi e lampadine accese; e da lì, da quel pensiero nutrito dalla polifonia dei suoni e dei sentito dire, dei vicoli e delle piazze, delle fotografie sui rotocalchi e delle canzoni alla radio, si innalzavano altri pensieri, che innestavano nella sua passeggiata una girandola di visioni inaudite e fantasticherie: lei, Annina, avrebbe indossato quei guanti di morbidissimo capretto adagiati nella vetrina, un paio per ogni vestito e capaci di trasformarle le dita in piume colorate di uccelli tropicali, l'azzurro, il rosso, il rosa acceso del corallo di Torre del Greco; e sempre lei si sarebbe sporta con accanto il suo Giovanni, di notte, dal parapetto di una nave illuminata a festa, vibrante in un saluto già colmo di nostalgia prima ancora di lasciare il porto alla volta di chissà quali paesi immensi e sconosciuti – le Americhe, l'Africa, la lontanissima Australia – da cui avrebbero mandato a casa uno sciame di cartoline illustrate, con una scritta d'oro in rilievo, MERRY CHRISTMAS AND HAPPY NEW YEAR.

Tornava indietro da quei pensieri di giovinezza soltanto rientrando a Montecalvario, ricondotta per mano dalla successione di gesti sempre uguali: accendere i fuochi, far bollire l'acqua, preparare un sugo per la pasta, stendere una tovaglia perfettamente stirata, deporre due piatti e due posate con la stessa cura con cui avrebbe insistito a ripassare la piega ostinata di un colletto. Si ricordava di quando in gioventù passeggiava con Giovanni sotto le araucarie e le palme della Villa Comunale impolverandosi le scarpe, e si ricordava anche di aver pensato che le sarebbe piaciuto dormire, almeno una volta, tra quelle lenzuola di lino finissimo che stira ogni giorno fino a cancellare ogni minuscola piega, insistendo con la punta del ferro negli angoli per levigarli come se fossero scaglie di madreperla.

La sera, aspetta l'arrivo di Giovanni con impazienza: tutte le notizie che ha accumulato nella giornata sono lì, pronte per essere raccontate a quell'unico ascoltatore che si allenta il nodo della cravatta prima di sedersi a tavola. Non c'è bisogno di un acuto spirito di osservazione per capire che Giovanni non ascolterà: fingerà, piuttosto, annuendo di tanto in tanto. Usando l'accortezza di non interromperla a sproposito o di non deviare il discorso, c'è caso che lei non se ne accorga. Ma tanti anni di vita matrimoniale, come affievoliscono gli slanci, così acuiscono le percezioni: Annina sa che lui non ascolta, eppure non c'è sera in cui rinunci a raccontare.

Annina inventa. Aggancia un episodio realmente accaduto a un'invenzione, inonda Giovanni di ricordi distorti, in cui gli eventi accaduti si mescolano a quelli soltanto immaginati. Le vicende minime e quotidiane degli inquilini del caseggiato, degli abitanti del vicolo, di tutto il rione Montecalvario, si colorano di leggenda. Amori perduti, malasorte, ricatti di malavitosi, fortune insperate, partenze improvvise, ritorni inaspettati: le memorie dei sognatori sono inesauribili, e quelle di Annina non fanno eccezione. Il suo diventa un soliloquio grandioso, un'epopea che narra le vite degli altri mischiate alla sua, scagliata nelle loro due stanze al quarto piano come un razzo incendiario: «Miracoli a profusione, negli ultimi giorni» riferisce con la sua voce limpida, «a Portapiccola una ragazzina cieca dalla nascita ha trovato sotto le macerie una statuetta della Vergine Maria e ha riacquistato la vista. Durante un bombardamento è crollato un intero palazzo a largo Montecalvario, ma si sono salvati tutti, compresi due cani, perché nel caseggiato gli Onofrio tenevano un crocifisso antico incrostato d'argento, dono di un sant'uomo». Nulla le sembra troppo banale o troppo straordinario, tutto ai suoi occhi ha legittimità di esistere quando un'intera città è sull'orlo dello sfacelo.

Ad Annina pare di intravedere, negli interstizi dei racconti che raccoglie pazientemente nei vicoli, che affidarsi alla sorte e confidare nei santi è semplicemente uno dei tanti espedienti di un popolo vitalissimo, messo in scacco dall'attesa di qualcosa che non succede; e che è divenuto preda delle sue stesse allucinazioni e dei suoi stessi sogni per fugare il sospetto che non sia rimasto nulla da sperare.

Più Giovanni tace, più Annina parla e non smette di credere nella possibilità che qualcosa, prima o poi, riesca a penetrare in quella bolla trasparente e resistentissima in cui lui si è rinchiuso da anni. Ma ogni tentativo fallisce quando, dopo aver mangiato in silenzio, Giovanni va in camera da letto, si sfila l'abito e indossa un maglione di lana che ha qualche chiazza di colore a olio sui polsini e una più grossa di colla, ormai completamente secca, sul davanti; al posto dei pantaloni di grisaglia ne indossa un paio di panno nero che gli stanno comodi e cadono larghi sui piedi. Così conciato, estrae da sotto il letto la cassetta degli attrezzi: una colla biancastra conservata dentro un barattolo di vetro a cui aggiunge un filo d'acqua, i pennelli, la carta vetrata, la gomma arabica, i pigmenti colorati e due preziosissime boccette, una di trementina e l'altra di olio di noce, che ha pagato un occhio della testa al mercato nero.

Il malato di turno – è così che Annina chiama i pastori – viene estratto con tutta la delicatezza possibile da un involucro di carta velina e paglia. Giovanni fa un gesto con la mano come a dirle che i racconti devono cessare, che lei può mettersi a rigovernare e a riporre le stoviglie nella credenza, che può andare da basso a fare quattro chiacchiere con le altre donne che stanno tutte scendendo alla spicciolata nel vicolo, che se non è in vena di chiacchierare con loro può sempre andare in camera da letto e lì tirare fuori dalla borsa il rotocalco che sfoglia avidamente quando è sicura di non essere vista o disturbata. Sono anni, ormai, che lei non apparecchia più i vestiti dei pastori, come faceva al tempo del duca di Albaneta. Ci pensa ancora, ogni tanto.

Di notte, a letto, Annina si scioglie i capelli e affonda la testa nel cuscino. La stanchezza si manifesta con una pesantezza di tutto il corpo di cui lei percepisce la fisicità come se si trattasse di una scoperta improvvisa. Nel buio ricostruisce a memoria e con l'immaginazione la mappa della camera, come un geografo dotato di strumenti approssimativi: riconosce nella montagna scura ai piedi del letto la sagoma dell'armadio, nella figura alata e sospesa a mezz'aria, dall'altra parte della tenda, il vestito di Giovanni ancora appeso alla corda e nel luccichio indistinto oltre il tavolo da cucina – sembra una lucciola intrappolata – il riflesso di un raggio di luce proveniente dalla finestra sulle scale che si proietta sul vetro di un bicchiere ogni volta che un inquilino, in viaggio tra i pianerottoli, accende l'interruttore.

L'intera camera da letto, con l'armadio montagna, il vestito alato, i bicchieri, il tavolo con la cerata, condivide con Annina l'attesa che una sirena attacchi a suonare nella notte, seguita dall'esplodere di bombe che potrebbero cadere lontane, provocando solo un tintinnio di vetri, o vicinissime, scatenando il terrore; e che potrebbero anche scegliere, tra la moltitudine dei caseggiati in città, proprio il loro. Immagina che tutto il palazzo – cinque piani e tre cortili, ringhiere, gradini di pietra, tende, persiane, letti, cassettoni, stoviglie, lumi, travi di legno e sbarre di ferro, cancelli, lenzuola – possa richiudersi su di loro come materiale eruttivo, ingoiandoli e seppellendoli. Più ancora del fragore di un'esplosione, Annina teme l'insensatezza di Giovanni, il rifiuto di mettersi in salvo.

Annina la sognatrice si ricorda di Giovanni com'era, un ragazzone un po' grosso con due occhi infossati e le ciglia folte. Una voce interiore le dice che le uniche cose che perdiamo realmente sono quelle che noi stessi consideriamo perdute, e questo pensiero, mai espresso a parole ma soltanto accudito nell'intimità, le impedisce di rassegnarsi: scivola in un torpore tranquillo, illuminato da immagini sbiadite di una speranza che resuscita e che nessuno potrebbe più mettere in fuga. Senza esserne consapevole, Annina si affida all'ostinazione di Giovanni come se fosse l'unica, possibile, irrinunciabile salvezza. Vederlo chino ad aggiustare i pastori, così assorbito dal lavoro da non prestare alcuna attenzione al mondo esterno, le trasmette, insensibilmente, la certezza che è possibile cancellare la realtà con l'immaginazione, rifiutarla, arginarla, respingerla.

Apparecchiare ossessivamente ogni sera il vestito di grisaglia, cancellarne le macchie invisibili e profumarlo di essenze è un rituale che le è caro. È la sua risposta ai lividi di ombra che la luce della lampada da tavolo disegna sul volto di Giovanni quando ridipinge le mani o la testa di un pastore sbrecciato. Annina sa che quell'ostinazione rammenta a entrambi l'indubitabile presenza del mondo. E mentre percepisce che ogni cosa, anche la più effimera e fragile, chiede di essere eterna, si addormenta, cullata dal respiro di Giovanni che le dorme accanto e dal filo di luce che arriva, intermittente, dalle scale.

Parte terza

PENISOLA SORRENTINA

Estate 2009

1

Una sacca ancora da svuotare

Vicky sporge un piede e lo dondola nel vuoto. Tende l'orecchio ai suoni che filtrano attraverso le persiane chiuse – le finestre sono completamente aperte e lei giudica che siano all'incirca le nove.

Scende dal letto e dà un'occhiata alla camera in cui dorme, con i due letti di ottone e il cassettone di mogano. La sua sacca da viaggio, ancora da svuotare, è sulla poltrona di cuoio. Spalanca le persiane ed esce in terrazza, la sente tiepida di sole sotto le piante dei piedi nudi. Contro la balaustra sono allineati vasi di agrumi e di gelsomino e cassette di erbe aromatiche, in un angolo c'è la pompa per annaffiare, un serpente di gomma placido e inerte, arrotolato pigramente su se stesso con la bocca riversa da cui gocciola un filo d'acqua. La terrazza corre lungo la facciata della casa e guarda su altre terrazze, più basse, digradanti verso la marina, ciascuna con il suo corredo di fichi e limoni in vaso e di pavimenti di maiolica. Non tutte hanno vasi di terracotta, ce ne sono di quelle in cui i gerani o il basilico spuntano da grossi contenitori di latta che balenano d'oro nel sole.

Vicky si appoggia alla balaustra e guarda la strada che si

snoda in discesa fino al mare tra le pareti imbiancate a calce e le macchie di buganvillee e plumbago. Nei punti più ripidi il selciato è interrotto qui e lì da brevi scalinate di piperno grigio, lucido e incavato, su cui lei si siede spesso verso sera, quando aspetta che suo padre venga a chiamarla per fare insieme una lunga passeggiata fino al porto, a guardare il rientro delle barche che increspano di scie tutta la baia. Sbatte le palpebre per il riverbero e resta a occhi chiusi, sentendo il tepore del sole sul viso. Immagina di nuotare nell'acqua fresca e di rotolarsi nella sabbia calda. Vuole andare al mare e restarci tutto il giorno.

Torna in camera da letto e sistema nell'armadio le magliette e due paia di pantaloni, ma si interrompe quasi subito. Muore dalla voglia di cominciare la sua prima giornata di vacanza: i vestiti possono aspettare ancora nella sacca da viaggio, è il mare che non può aspettare, è lei. Si infila una maglietta e un paio di bermuda blu, si tira su i capelli in una crocchia disordinata ed esce dalla sua camera. Percorre il corridoio fino alla porta del salotto.

«Papà?» chiama, senza avere risposta. «Papà?»

Vicky sbuffa, contrariata. Suo padre deve aver lavorato fino a tardi, come gli accade spesso.

Non si alzerà prima di mezzogiorno e lei gironzolerà da sola per casa, aspettando il suo risveglio, annoiata e impaziente.

«Papà?» chiama ancora una volta. «Papà?»

Lo vede immediatamente, nell'istante in cui varca la porta dello studio. Il cuoio rosso manda bagliori di fuoco. Vicky si avvicina incuriosita: sul tavolo, in mezzo a mucchi di carte in disordine, c'è un astuccio come quelli che si usano per i gioielli. Ma non ne ha mai visti di così grandi. Allunga una mano, tentata di aprirlo. Si guarda in giro e attende. Niente, nessun rumore dall'interno della casa; l'estate in casa di suo padre è questo: attesa, silenzio, passi felpati e l'odore dei libri mischiato al profumo di cera d'api e lavanda.

Lancia un'altra occhiata all'astuccio. Ha due battenti ed è chiuso da una serratura dorata che lo fa assomigliare alla porta di un tabernacolo. Vicky fa scattare il meccanismo di apertura. All'interno l'astuccio è leggermente imbottito e foderato di seta color avorio, drappeggiata negli angoli in pieghe regolari. Lo storpio giace sdraiato su un fianco, con una gamba allungata e l'altra piegata. I suoi occhi scintillano nella penombra dello scrigno, fissi e luminosi come quelli di un animale sorpreso nel buio. Vicky lo sfiora con le sue dita sottili, frastornata dall'anatomia di un corpo umano modellato nella creta. Ne accarezza l'ossatura del volto, i muscoli infiacchiti dalla malattia.

Quella casa – così scura, ingombra di libri e soprammobili, silenziosa – le appare improvvisamente come uno dei tanti luoghi del mondo in cui gli oggetti approdano e da cui ripartono, come accade a lei quando arriva per passare due mesi con suo padre, così lontana dal mondo che le è familiare.

2

Tesori che appaiono nei cassetti del comò

«Ti piace?»

La voce la fa sobbalzare.

«Papà!» grida. Gli corre incontro e allarga due braccia magre.

Lui si china e le sfiora la testa con un bacio.

«Cos'è quello?» Vicky indica la figura.

«È per te» dice suo padre.

Lei lo guarda, incerta. «Per me?»

«È il tuo regalo di benvenuto.»

È vero, pensa Vicky. Le sue vacanze solitarie in quella grande casa buia affacciata sul mare sono costellate di sorprese, piccoli lussi colmi di mistero avvolti nella carta velina: il binocolo di madreperla, quello con cui la bisnonna aveva assistito a tutte le prime rappresentazioni nei teatri d'opera sparsi per l'Europa; un paio di orecchini pendenti in pietra lavica, bellissimi e inutili perché Vicky non ha i lobi forati, che un tempo sono stati – così le ha detto suo padre posandoglieli nel palmo della mano – magma incandescente nel cuore di un vulcano; una collana di perle di vetro.

Quando alla fine delle vacanze tornava da sua madre con quei regali "da grande", gli occhi le luccicavano di contentezza nel mostrarglieli. La sua felicità si spegneva puntualmente davanti al disappunto che le leggeva nello sguardo. Sua madre era convinta – lo aveva capito benissimo – che quei regali fossero motivati dal senso di colpa, una specie di risarcimento; e, in ogni caso, a lei dispiaceva che lui sapesse renderla felice. In seguito Vicky ha finto di non averne più ricevuti. Ha detto a suo padre che preferiva non portarli a casa e lasciarli lì, per ritrovarli l'anno dopo. Quegli oggetti disparati – un anno ha ricevuto una mappa di seta dei contorni di Paestum (così c'era scritto sul bordo) ripiegata molte volte e conservata dentro una rilegatura di pelle blu, incisa in oro, e un metro pieghevole in osso, sottile come una lama – sono il suo tesoro personale. Un portaprofumi di cristallo e bronzo dorato ha segnato lo zenit di quei regali eclettici, finché non è apparso, su un tavolino del salotto, un ventaglio spagnolo orlato di piume con il manico intarsiato di madreperla che fruscia come un vestito da ballo. È appartenuto, secondo suo padre, a un'attrice infelice e bellissima, fuggita in Sudamerica per inseguire il suo amore. «E nessuno sa» le ha sussurrato «come sia finito nel cassetto del nostro comò.»

3

Una nuotata mattutina

Lui è nello studio, seduto alla scrivania. Passa ore chiuso lì dentro. Vicky è incerta se entrare – di spalle sembra concentrato e assorto –, ma decide di fare un tentativo e gli arriva accanto.

Si vedono poco, in questa casa al mare che lei ritrova intatta ogni estate. Le poltrone e i divani di cuoio, la ringhiera della scala con i pomi di ottone lucido, le tende di cotone leggero, le stesse tazze della colazione con i paesaggi cinesi bianchi e blu, la striscia compatta di mare oltre il profilo delle terrazze, ogni cosa è al suo posto, come se l'avesse aspettata, paziente e immobile, senza tradirla. E lei a fine estate può ripartire per tornare da sua madre, lontano da lui, il dispiacere mitigato dalla certezza che in sua assenza non avverrà alcun mutamento, che senza di lei tutto si addormenterà, nell'incantesimo dell'attesa. Ma quest'anno i capelli castani di suo padre hanno qualche striatura di grigio. Quei fili bianchi non hanno nessun diritto di cittadinanza, non lì. Che nulla cambi, che le abitudini, i suoni, gli odori respirati tra quei muri siano eterni e immutabili è il patto che Vicky ha stretto con la casa, la promessa implicita che custodisce dentro di sé; e a quella promessa nulla può sottrarsi; nulla, e soprattutto, non lui.

«Papà?»

Non risponde. Fa sempre così. A volte Vicky ha l'impressione che non riesca a sentirla, come se fosse immerso in qualcosa da cui non vuole, o non può, distogliersi.

«Che facciamo oggi, papà? Ti va di andare al mare?» chiede, ancora. «Nuotiamo fino alla boa. Come gli altri anni.»

Suo padre non risponde nemmeno questa volta.

«Sono diventata abbastanza veloce, sai. Non mi devi più aspettare.»

«Dovrei lavorare» dice lui, senza alzare la testa dal libro che sta leggendo. Ma allunga una mano nel vuoto verso di lei, come se volesse accarezzarla.

«È il mio primo giorno» si ostina Vicky. «Non ci vediamo da un mucchio di tempo.»

«Lo so. Non possiamo andarci nel pomeriggio?»

Vicky tace, delusa, e arretra di un passo. «Ci siamo sempre andati di mattina» dice. Le è sgusciata nella voce un'intonazione più alta, quasi supplichevole.

Lui si gira e leva lo sguardo su di lei. «Vicky?»

«Nel pomeriggio si alza il mare, non si può andare alla boa» mormora lei. Arretra fino alla porta e gli volta le spalle, decisa a tornare di là.

«Ci tieni molto?»

Lei scuote la testa. «Non fa niente. Finisci il tuo lavoro. Io torno in camera.»

«Vicky?»

«Sì?»

«Facciamola questa nuotata, allora. Vai a cambiarti.»

Lei scivola fuori dallo studio con un breve sorriso appena accennato, del tutto insufficiente a esprimere la felicità che prova. Andranno alla spiaggia. Nuoteranno al largo, come due pesci lucidi e veloci, loro due soli. Come ogni anno.

4

Un improvviso lampo di tenerezza e d'amore

Vicky è sprofondata nella poltrona del salotto, con il suo regalo sulle ginocchia. Suo padre le ha detto di averlo comprato a un'asta, insieme ad altri oggetti appartenuti a un collezionista.

«Viene da Napoli. Faceva parte di una grande collezione di pastori settecenteschi» le ha spiegato. «Era custodita in un palazzo a Monte di Dio, ma durante la guerra il palazzo è stato colpito da una bomba, è scoppiato un incendio. Si sono salvati solo pochi pezzi. Se non fosse per un inventario anonimo che si è conservato intatto, non sapremmo nemmeno che il tuo regalo ha un nome: lo Scurnuso.»

La pelle dello Scurnuso si fa calda sotto le sue dita. Suo padre le ha detto che è stata bravissima, che ha respirato ogni tre bracciate e non ha mai perso il ritmo. Poi si sono seduti ad aspettare che il vento li asciugasse e hanno guardato le barche, i bagnanti, il venditore di cocco e i ragazzi africani con le braccia coperte di parei colorati e collane.

Con i polpastrelli Vicky strofina le guance scarne dello Scurnuso che diventano lucide, come se prendessero vita. Si domanda se lo storpio che ha tra le mani avrebbe mai voluto essere ritratto così, malato e coperto di stracci. Si domanda come ha vissuto. Ed è una percezione rapidissima, un attimo immerso nella luce d'oro di una giornata estiva. Vicky riconosce, in quegli occhi di vetro limpido, un improvviso lampo di tenerezza e d'amore, un amore tenuto nascosto e incapace di svelarsi; lo stesso che ha visto balenare nello sguardo di suo padre quando lo ha superato di dieci bracciate e ha raggiunto per prima la boa, senza fiato e con il cuore che le batteva fortissimo.

Una di queste sere lui la porterà al cinema all'aperto e poi a mangiare un gelato, seduti al bar in piazza, come due turisti qualsiasi, e lei ordinerà una coppa gigantesca, con sopra una nuvola di panna su cui saranno infilzati come bandierine due o tre ventagli di biscotto, croccanti come la gioia che si sente addosso. Come gli orecchini di pietra lavica o il ventaglio spagnolo, anche lo Scurnuso viaggia per le invisibili e argentee strade del Tempo senza averne desiderio né colpa. Cosa accadrà ancora, non si sa; è irrilevante, allo stesso modo in cui è irrilevante sapere a chi sarà risparmiato il nulla.

Siamo sempre in ritardo per qualcosa

Postfazione

Se provassi a spiegare come mai quando parlo di certi romanzi o racconti mi viene più facile dire che ci ho abitato dentro dalla prima all'ultima pagina, questa nota diventerebbe un racconto in se stessa; posso solo dire che spesso quando si legge (e quando si scrive) ci si muove come ospiti nelle stanze di case altrui. Alcune splendide, altre scomode; ce ne sono di così ben arredate che uno non vorrebbe venirsene mai via. A volte sembra che ci sia qualcuno in casa, sempre lì ad aspettarci, da decenni, una figura con cui potremmo scambiare due chiacchiere in anticamera ma della cui esistenza reale non siamo del tutto certi; eppure, nemmeno ci sentiamo capaci di escluderla. Sfiliamo per corridoi stretti, ci ritroviamo in stanze piene di spifferi o dove il caldo è soffocante, sentiamo da qualche parte un rubinetto gocciolare fastidiosamente o un aroma di caffè che arriva dalla cucina; in qualche stanza c'è solo un silenzio che impaurisce, in un'altra si sente l'ascensore che trema quando si ferma al piano o un brano di jazz trasmesso alla radio. Ci sono palazzine dove non c'è nemmeno un montacarichi di servizio e tocca sfiancarsi a salire quattro rampe di scale con le buste della spesa; o casali dove sopra la stufa di cotto qualcuno ha appeso un guscio di tartaruga tropicale. E che dire di quelli dove le vespe hanno nidificato nella canna fumaria o dei cortili che riecheggiano di strilli infantili?

Ammetto di non prestare troppa attenzione ai fantasmi – ma non escludo affatto che siano tra di noi –, e comunque i personaggi dei libri che ho letto e di quelli che ho scritto, a quanto ne so, potrebbero tranquillamente essere fatti della stessa materia di cui sono fatti i fantasmi; o essere, perché no, un gioco di riflessi, un inganno dell'occhio. Sono loro che abitano in tutte le case della letteratura, visibili o invisibili, sempre autentici anche quando sono solo immaginati.

Questo è il mio stare tra le parole, uno stare fisico, sensibile, all'erta, in simile compagnia; affezionata alla forma romanzo, non mi sono mai troppo avventurata a misurarmi con il racconto, che richiede una dose di energia diversa; e tuttavia, quando faccio l'elenco dei libri che non ho scritto, mi accorgo che ci sono molti racconti. O meglio, possibilità di racconti, che guardo con un misto di rammarico e insofferenza. Dal mio umore del momento dipende se considero un peccato averli abbandonati nel limbo dell'irrealizzato oppure se mi congratulo con me stessa per la forza di carattere che ho avuto nel non accanirmi a dar loro occasione di esistenza. Alcuni sono solo immagini, frammenti che non riempiono una pagina di quaderno. Altri sono più articolati, tuttavia mai diventeranno manieri o palazzi, e nemmeno vasti appartamenti; sono piuttosto stanze, bilocali di ringhiera, ammezzati, magazzini. A volte, attorno all'unica stanza che vedo con chiarezza non esiste altro, e mi domando se ci sia qualche possibilità che le parole poi si rapprendano attorno a questa immagine nucleare, sviluppandosi in qualcosa di interessante; so benissimo che il processo, se si innesca, poi funziona. Ho scritto interi capitoli che non sono mai diventati romanzi. Li ho abbandonati per pigrizia o per disattenzione, e quando li ho ripresi non mi pareva più che avessero dimensione di affresco ma piuttosto di miniatura (sono lì che attendono con pazienza una seconda possibilità). E pure ci sono i racconti-racconti, quelli che non sopporterebbero un paragrafo in più, pena il crollo dell'intera costruzione, che nascono e finiscono compiuti, come un ritornello orecchiabile.

Tra quelli che mi sono data la pena e il piacere di concludere ci sono quelli di questa raccolta. Di ognuno vi potrei dire l'origine: *Il passo dello stambecco* è nato dall'insistenza con cui un unico fotogramma, nettissimo, mi si è incagliato nella mente, mostrandomi un paio di elefanti che caracollano nelle solitarie valli di Lanzo (e qui mi sono presa delle libertà: *Cabiria* fu girato, secondo le fonti, tra l'estate del 1913 e i primi mesi del 1914. Per esigenze narrative – e me ne scuso con gli storici del cinema – ho immaginato che alcune scene venissero girate nell'aprile del 1913. Inoltre, uso il sostantivo "film" al maschile, anche se nel 1913 si sarebbe detto "la film"). *La quercia di Pierre* è figlia di un ritaglio di giornale lungo meno di cinque righe. *Due capponi di prima classe* ha preso forma mentre sfogliavo tra le bancarelle di Portobello Road un vecchio quaderno di ricette; tuttavia, per ognuno di loro ci sono altre concause, tutte indispensabili a ciò che sono. La posizione ideologica purista, la troppo citata ispirazione, nel mio caso non è bastevole se non si arricchisce di ragionamenti e altre suggestioni: ho necessità di mescolare insieme vari ingredienti prima di capire se è il caso di mettermi a scrivere.

In questa raccolta posso riferire di una ferita all'orgoglio che ha sanguinato finché non è diventata un racconto, di uno o due testi nati su commissione che poi si sono alzati in volo con un'apertura d'ali ben superiore a quella che avevo immaginato per loro, e che sono, per questa via tortuosa, tornati a essere liberamente miei al punto che li considero del tutto nuovi; e accanto a quelli scritti di getto ci sono quelli che hanno richiesto molteplici lievitazioni, come accade per il babà. Per citare lo scomparso e da me molto amato Javier

Marías, nulla di tutto ciò mi sembra grave se si riesce a fare proprio il progetto e ci si diverte a scriverlo. Anzi, concepisco di scrivere qualcosa soltanto se mi diverto, e posso divertirmi soltanto se mi interesso.

Quello che non sospettavo affatto è che, pur trattandosi di racconti scritti in momenti diversi, siano germogliati tutti da una stessa radice; ogni volta che aprivo la cartella in cui li avevo radunati, mi sembravano curiosamente omogenei. Esisteva, tra loro, un principio di coesione interna evidente come un tratto somatico. I personaggi di cui si racconta qualcosa in queste pagine sono tutti parenti tra di loro. È gente che si incontra per strada, in ogni città, in ogni epoca; ciò che li ha resi vivi sulla pagina è stato un gesto, un'immagine o una frase udita per sbaglio. Di queste occasioni ve ne sono molte che ho dimenticato e qualcuna che invece ricordo; e, proprio mentre scrivo queste righe, me ne viene in mente una, risalente a diversi anni fa. Sono in viaggio, da Milano a Roma, mi fermo per bere un caffè e sono in coda alla cassa di un autogrill. Davanti a me ci sono due ragazzi, avranno poco più di vent'anni.

Uno dei due dice all'altro: Dai, sbrighiamoci, siamo in ritardo.

In ritardo?, dice quello che sta ritirando lo scontrino. Per cosa?

Mah, non lo so. Si è sempre in ritardo per qualcosa, no?

Ecco, questo è uno dei racconti che non scriverò, probabilmente. Ma penso anch'io che siamo sempre in ritardo, per qualcosa che non sappiamo ancora. È così che si finisce col vivere, con una fretta ontologica che ci divora, e tuttavia non sono ancora stata capace di decidere se questo sia un bene o un male e se dobbiamo davvero preoccuparcene.

Lo Scurnuso, che chiude la raccolta, è più una novella che un racconto. Un sabato mattina di febbraio ho preso il computer e me lo sono portato sul balcone di un appartamento in affitto, al primo piano di una baita in Val di Susa, e ho cominciato a scrivere. Mio marito Emanuele e i ragazzi erano andati a sciare. Sono andata avanti tutto il giorno, fino a sera. Ho terminato tre mesi dopo. Avevo l'impressione di scrivere sotto dettatura. Non avevo davanti il golfo di Napoli né i vicoli o le botteghe intorno a San Biagio dei Librai, ma la corona delle Cozie innevate e, quando scrivevo a Milano, il condominio di fronte. La cosa mi ha fatto riflettere: per scrivere di Napoli avevo bisogno di starne a distanza. Non sono nemmeno sicura che si tratti di un racconto su Napoli, o che riguarda Napoli; sospetto che riguardi soprattutto me, la mia percezione di un luogo in cui ho passato innumerevoli vacanze da bambina, dove mia madre tornava con una gioia infantile, piena, la felicità del vero ritorno a casa, lei che per vivere aveva scelto – per sé e per noi – una città del Nord. Avrei voluto provare anch'io, in modo altrettanto intenso, quella sua felicità del ritorno, sentire la sua stessa appartenenza, ma io, al contrario di lei, non mi sono mai sentita appartenere a nulla e a nessun luogo; per via di biografia sono nata a Firenze, ho vissuto in campagna, in provincia, in città, in una borgata alpina e oggi vivo in una metropoli. Che genere di appartenenza posso mai reclamare? E tuttavia, qualcosa di Napoli mi pareva di afferrarlo, mentre cominciavo a scrivere i primi paragrafi in quel pomeriggio innevato in Val di Susa. Come dicevo già nella nota all'edizione precedente de *Lo Scurnuso*, quasi tutto quello che sapevo e che so di Napoli è merito di mia nonna Laura. Penso di averlo assorbito per osmosi, guardandola. Non si stancava mai di visitarne le chiese, i vicoli, i chiostri, i musei. Amava intensamente la sua città e quanto ha saputo offrire alla civiltà e al mondo intero. L'amava talmente tanto – una passione vera, sempre viva – che non ha mai voluto lasciarla, e quando era costretta ad allontanarsene anche soltanto per brevi periodi sentiva subito, urgente, il desiderio di ritornarvi. L'amore per Napoli e per i pastori lo ha condiviso con mio nonno Tommaso, per più di cinquant'anni.

Lo Scurnuso, puro frutto di invenzione narrativa come tutti i personaggi e molti luoghi di questo racconto, nasce dal ricordo che conservo di loro, dalla curiosità e dal rispetto che entrambi provavano per ogni forma d'arte, anche la più oscura, dalla loro felicità di essere nati napoletani. E a loro è dedicato.

I racconti che precedono sono invece dedicati con amore ai miei guerrieri: Emanuele, Virginia, Paolo Tommaso, Maria, Margherita. Qualcuno di loro li ha letti, agli altri li ho letti io, ad alta voce, la sera o dopo pranzo. Si sta insieme anche così, noi della nostra tribù, allacciati dalle parole di un racconto.

Senza Alberto Rollo e Giovanna Salvia non sarebbe stato mai possibile arrivare qui, oggi. A loro, amici e complici, più che mai generosi e attenti, la mia commossa gratitudine.

Non riesco a dirvi altro se non grazie.

B.C.

Indice